新时代文学晋旅　山西中青年实力作家中篇小说代表作

邢利民　李骏虎 _ 主编

沙 发

SHAFA

杨凤喜　著

山西出版传媒集团　北岳文艺出版社

·太原·

图书在版编目(CIP)数据

沙发 / 杨凤喜著. —太原：北岳文艺出版社，2023.8
("新时代文学晋旅"：山西中青年实力作家中篇小说代表作 / 邢利民，李骏虎主编）
ISBN 978-7-5378-6747-4

Ⅰ.①沙… Ⅱ.①杨… Ⅲ.①中篇小说—小说集—中国—当代 Ⅳ.①I247.5

中国国家版本馆CIP数据核字(2023)第124277号

沙发
杨凤喜 著

//

出品人
郭文礼

选题策划
高海霞

责任编辑
赵　婷

装帧设计
张永文

印装监制
郭　勇

出版发行：山西出版传媒集团·北岳文艺出版社
地址：山西省太原市并州南路57号
邮编：030012
电话：0351-5628696（发行部）　0351-5628688（总编室）
传真：0351-5628680
印刷装订：山西万佳印业有限公司
开本：787 mm×1092mm　1/16
字数：222千字　印张：15.5
版次：2023年8月第1版
印次：2023年8月山西第1次印刷
书号：ISBN 978-7-5378-6747-4
定价：72.00元

本书版权为本社独家所有，未经本社同意不得转载、摘编或复制

目 录

沙　发 …………………………………001
伪诗人 …………………………………037
模特的葬礼 ……………………………060
地下室 …………………………………089
女上司 …………………………………119
16床 ……………………………………156
少年刀 …………………………………183
波隆那比熊 ……………………………217

沙 发

一

　　李春和赵小兵买的是二手房，他们搬过来的时候娜姐已经离婚半年了。

　　有关娜姐的情况李春是在后来才知道的。在李春印象中，从他们搬家那天到娜姐敲响她家屋门的十几天里，她和娜姐只碰过三次面。第一次碰面正好是搬家那天。赵小兵喊了三个狐朋狗友，借了辆加长版电动三轮车，跑了三趟才把出租屋那点家什倒腾过来。李春几年前就想买房，按说梦想成真，搬家这天她应该高兴，但她一直骂骂咧咧的。李春骂骂咧咧不是对搬家有意见，而是因为赵小兵又去赌博了，不仅输掉了三个月工资，还欠下了赌债。

　　赵小兵给龙城一家物流公司开大车，差不多半个月回一次家。以往，赵小兵每个月领到薪水，回家时会上交李春。赵小兵以前就赌博，李春寻死觅活，按时上交薪水是他写在保证书里的。但三个多月前，赵小兵回家时告诉李春，受新冠肺炎疫情影响，公司暂且发不了工资了。李春不相信赵小兵，先是搜身，检查手机，又打电话盘问和赵小兵一起开车的李猛。赵小兵像电影演员一样摊开两只手说，春，保证书我都写过三遍了，你怎么就不相信我呢？你去发生疫情的城市看看，别说大公司，好多小饭馆都关门了。李春只好相信了赵小兵。

　　他们买的这套二手房在顶层六楼，九十平方米。原来的房主焦先生开价四十万，李春和他纠缠了两个多月，赶上凤城房子有点饱和，有价无市，最终三十六万成交。李春没有办房贷，多年的积蓄划拉出来，还跟弟弟借了八万。这套二手房四年前刚装修过，这也是让李春满意的地方。赵小兵月薪八九千，原本每月上交七千，李春想攒上三个月，置办几件像样的家具。既然赵小兵暂且领不到薪水，买家具只能延后。家却是必须搬的，她租住的是城边上一间二十多平方米的平房，逼仄不说，屋顶还漏雨，做饭是在屋檐下的石棉瓦棚子里，房东也没素质，李春做梦都想住进楼房。再者，儿子已经五岁了，读小学按房产证确定学区，入学当年办的证不算数，她必须早点搬过去。

　　不承想，搬家前两天李春接到赵小兵初中同学李智俊的电话。李智俊一口一个嫂子，东拉西扯的。李春说，智俊你有屁快放，别浪费老娘时间。李智俊拖着哭腔说，嫂子啊，我和赵小兵没法比，人家是大车司机，风吹不着，雨淋不着，我是泥瓦匠，挣三千块钱手上得脱两层皮。细问，李春才知道赵小兵借了李智俊的钱，借钱当然是去赌博了。李智俊简直是为虎作伥、助纣为虐，李春骂他几句，把电话挂了。这当儿李春正在便民巷卖手擀面，抓起二尺长的擀面杖使劲往案板上砸，和好的面团蹦起来，吓得两个老太太转身就跑。

　　李春想先在电话里臭骂赵小兵一顿，等他回来后再具体收拾，要不要离婚还未可知。拨打电话时李春又想，赵小兵正开车呢，骂出车祸可不得了，尽管这条狗该死。电话接通后李春问，赵小兵，后天搬家你回来不？赵小兵说，春，搬家我怎么能不回去，我还要和你入洞房呢。赵小兵死皮赖脸笑，李春挂断了电话。第二天下午赵小兵回来，李春免不了折腾。李春扇了赵小兵两巴掌，赵小兵一个劲儿讨饶，两个人从出租屋闹到街上。有人看热闹，赵小兵想把李春抱回屋里。赵小兵瘦高个，两条胳膊又细又长，李春则是矮胖身材，赵小兵操练了三次才把李春抱起来。李春揪着赵小兵的头发，两条浑圆的小腿扑腾着，扑腾几下赵小兵就撒手了。看热闹的人笑起来，李春干脆自己跑回屋里。赵小兵不敢进屋，也不敢走，弓着腰站在屋檐下讨饶，看热闹的人聚在院门口。有人喊，还不跪搓板？又喊，此时不跪何时跪？赵小兵撇撇嘴，装模作样找搓板，李春从屋里冲出来怒吼，都给老娘滚！一把将赵小兵揪回了屋里。

　　折腾到五点钟，李春到幼儿园接儿子去了。赵小兵如释重负，李春再生气也不会当着儿子的面和他折腾。李春接回儿子后绷着脸做饭，赵小兵凑到烟熏火燎的石棉瓦棚子里，李春视他为油烟。赵小兵说，春，我要再去赌一次你剁掉我的狗爪子。李春正在切菜，抓过赵小兵的"狗爪子"就要剁，赵小兵慌忙把胳膊抽回去，觍着脸说，春，你还真要剁？看在赵将军的情面上，你再给我一次改过自新、重新做人的机会吧。

　　赵将军是他们儿子的名字，小名军军。晚上军军入睡以后，赵小兵欲和李春亲近。出租屋就一张双人床，军军靠墙睡在里边。赵小兵关了灯往床上爬，李春一脚把他蹬下去。赵小兵爬了三次，李春蹬了三次。或许是腿上没劲了，李春第四次蹬出去时赵小兵抱住她的小腿。李春抽了几次都没有抽回去，反倒把赵小兵抽到了床上。赵小兵和面一样揉搓李春的身体，李春想扇他一巴掌，又怕吵醒军军，犹豫之间滚圆的身体面团一样软下来。赵小兵趴在李春身上动作，李春用极低的声音咬牙切齿地说，赵小兵，老娘这是被一只改不了吃屎的公狗强奸了。赵小兵果然狗一样喘，忙完以后倒在床上，不多时打起了呼噜。李春却在流泪。李春想，每次和赵小兵折腾都是这样的结果，究竟是她心太软，还是她的身体禁不起赵小兵揉搓？昏暗中，她用泪眼怒视着赵小兵的刀把脸，恨不得一把将他掐死。

　　赵小兵搬家倒是卖力，吆五喝六的，亲自开着加长版电动三轮车。出租屋就那么几件家什，最笨重的是双人床，但双人床可以拆解。李春让赵小兵喊两个人，赵小兵喊来三个。关键那仨人李春看着不顺眼，叫杜青的胳膊上文着青龙，叫宋大宝的嘴有点歪，叫张来顺的不仅隔一会儿吐一口痰，还满嘴脏话。当然，她李春有时候也说脏话，但李春说脏话前有因后有果，前有车后有辙，哪像张来顺吃了屎般不停地喷粪？李春免不了骂骂咧咧，心想，赶中午搬完了家，还不知道这几个货糟蹋多少酒钱呢。

偏偏又出了事故。第二车家什拉到楼门前，宋大宝叼着烟，从车上跳下来打开马槽，杜青和张来顺往下抬五斗柜。五斗柜抽屉已经卸下来，一个空壳子矮柜能有多少分量？杜青却像吃了几十年软饭似的，手腕一抖，"哎哟"一声，李春眼睁睁看着五斗柜跌到地上，两条柜腿崴断了。关键杜青还少皮没脸地笑，宋大宝也歪着嘴笑，张来顺说，小兵，你这个五斗柜的腿子还没有你裤裆里那条腿粗。然后赵小兵也笑了。李春不方便和这三个货发脾气，指着赵小兵的鼻子骂，赵小兵，你死人呀，就知道瞪着两只狗眼看戏？

娜姐就是这当儿走过来的。娜姐中等个头，身材苗条，圆脸，短发，戴一副方框眼镜。这是在风和日丽的春天，她穿着黑色的紧身裤，黑毛衣，高高耸起的胸脯上飘着一条夺人眼球的绿丝巾。李春骂完赵小兵，一扭头看到了娜姐，脸腾一下红了。搬家前李春不止一次想过，住楼房和住在城边的大杂院不一样，搬过去后言行举止应该文雅一些。娜姐在三轮车前收住步子，李春没敢正视她。李春判断面前这个女人五十岁左右，关键她有文化。娜姐问，这是搬家啊？娜姐的声音略带嘶哑，李春匆忙点了点头。宋大宝还叼着烟，杜青和张来顺扶着断了腿的五斗柜瞅着娜姐，赵小兵也瞅娜姐，感觉像演哑剧似的。娜姐又问，你们买了六楼的房子？李春刚要开口，赵小兵凑过去说，对呀，三楼咱也买不起。李春暗自骂赵小兵多嘴，一时不知说什么好。娜姐没再说什么，缓步向楼门走去。楼门用砖头支着，娜姐上了台阶，扭身说，这样支着楼门容易让门板变形。李春匆忙向楼门跑去，这当儿杜青和张来顺吱吱哇哇把五斗柜抬了起来。

二

搬完了家,第二天一早赵小兵就走了。李春觉得对付男人光靠镇压不行,昨天下午她一边收拾屋子,一边又苦口婆心地给赵小兵上了堂思政课。赵小兵中午喝了酒,拍着胸脯表态,说他再不会去赌钱了,他要做一个顶天立地的男人,让老婆孩子过上好日子。他又用他的狗爬字写了一份保证书,还用手机拍了照,说每天清晨都会像公鸡报晓一样大声朗读五遍。忙到晚上十一点,赵小兵在卫生间搂住李春,又想和她亲近。李春说,赵小兵你消停点吧,也不怕你这二两重的狗骨头散架?焦先生并没有把电热水器拆走,李春冲了个澡,等她回到卧室时赵小兵已经睡着了。

李春却睡不着。她从主卧出来,到阴面的次卧看了看。其实有什么可看的呢,次卧就摆着一只窄窄的书柜,一套军军做作业的可升降桌椅。书柜里放着十几本军军看过的动画书,她挨个儿翻了翻,其中一本《丛林历险记》被军军用红蓝铅笔画得乱七八糟的。她想尽快给军军买一张儿童床,最好是那种动物造型的上下铺的儿童床,下铺睡觉,上铺可以摆放玩具。这个房间将是军军的世界,她必须给军军一个完美的童年。

然后李春又来到厨房。厨房有点小,但与出租屋屋檐下的那个石棉瓦棚子比已有天壤之别。焦先生不仅没有拆卸打在墙上的厨柜,连燃气灶具也给她留下了。下午李春已经擦过灶具,这当儿她又用纱布蘸着洗洁精仔细擦起来。大半瓶洗洁精也是焦先生留下的。李春擦一会儿停一停,擦了一遍又一遍,把灶具擦得光彩夺目,灯光下十分刺眼。李春想,焦先生真是个好人,当初她杀价杀得太狠了。焦先生快七十岁了,慈眉善目,他急于把房子处理掉是要投奔在深圳工作的儿子。李春想,倘若焦先生从深圳回来,她该请焦先生吃顿饭。又想,在焦先生心目中,她李春该不会是那种不近人情的悍妇吧?

从厨房出来,李春在客厅待了老长时间。客厅和餐厅连为一体,空空荡荡，连张沙发也没有，她坐在折叠椅上。折叠椅配套的是折叠餐桌，吃完了晚饭，她习惯性地把餐桌折起来了。她想到暂且还不能买家具，对赵小兵的怨气又在肚子里翻滚，恨不得跑到主卧把他暴揍一番。也许是为了消散肚子里的怨气，她干脆关了灯，来到了阳台上。她看到弯弯的月亮挂在天上，数不清的星星或远或近，睡意犹存般冲她眨眼。院子里有几棵大柳树，柳树的树冠影影绰绰摇晃着。再看对面那栋楼宇，两个单元还有三户人家亮着灯光。这当儿已经是后半夜两点多，李春想，对面尚未入睡的人在干什么呢？他们可否知道一个叫李春的女人刚刚从出租屋搬过来，此时正凝望着他们的窗口。他们可否知道这个外表粗野强悍的女人也有着柔情似水的心思。她隐约听到孩子的叫声，军军八成又做噩梦了，撒腿向主卧跑去。

  李春要接送军军上幼儿园，她不可能找一份按时准点的工作，搬家后还准备卖手擀面。她卖手擀面有配套的家什，包括一辆破旧的脚踏三轮车——昨天搬家她就是蹬着三轮车过来的，晚上用链条锁把它锁在楼下那棵五角枫的树干上，包括一张陈旧的课桌，用来放案板，包括二尺长的擀面杖、干干净净的脸盆和毛巾，包括闲下来时她坐的小马扎。他们这个小区是二十年前开发的，建有四五十栋楼房，小区大门老旧了，几个保安无精打采。大门西面是一溜商铺，东面是另一个小区的围墙，墙根下每天都有游商小贩。以往李春卖手擀面都是在家把面和好，出摊后再擀，现切的面条煮出来才有筋道。来这边卖手擀面李春心里没底，早晨送了军军，回家后先和了八斤面。十一点，她蹬着三轮车来到小区门口，见东面墙根下卖水果和卖菜的电动三轮车之间还有片地方，便准备在这里开张。她停好三轮车往下搬东西，卖水果的小伙子瞪着眼说，大姐你不能在这里。李春笑着反驳，这是你家的自留地还是责任田？卖菜的老头皱着眉头凑过来说，你在这里摆摊影响我们做生意。李春说，笑话，你还影响我做生意呢。三人犟起了嘴，一个五十多岁、腿有点瘸的保安跑了过来。保安指着李春说，赶紧滚蛋。李春怒目圆睁，把擀面杖拎在手里，指着保安说，有种你把刚才的话再说一遍！这架势把保安镇住了。李春说，亏你披了一身制服，先给老娘道个歉，立刻，马上。李春掂着擀面杖说完这句话，一抬头看到了娜姐。娜姐还是昨天的打扮，拎一只小包，正站在对面商铺门前的台阶上朝这边观望。李春的脸腾一下红了，说不来为什么，她有点害怕这个女邻居的目光。但李春明白，这当儿她不能泄气，不能让保安和这两个人把她看扁。她干脆豁出去了，咬牙切齿地说，既然他们能在这里做生意，老娘也能，老娘决不能让几个臭男人欺负。这是李春第二次和娜姐碰面。

李春有李春的办法，她不仅在小区门口卖起手擀面，过几日和游商小贩们的关系也融洽起来。卖水果的那个小伙子叫周根虎，还没成家，李春嚷嚷着要给他介绍对象。卖菜的老头叫唐世元，李春喊他"老汤圆"。说起来大家都是乡下人，来城里讨口饭吃，何苦过不去？那个保安叫王玉鹏，是水泵厂的下岗职工，妻子已经过世。老王是个实在人，到十二点多收摊子的时候，李春就冲他喊，老王，家里就我一个人，跟我回家吃手擀面吧。老王的脸腾一下红了，另一个年轻点的保安小刘打趣道，老王你倒是去呀，吃完面条还让你吃肉。老王摆摆手，拖着条瘸腿钻进了岗亭。有一天上午李春去打疫苗，出摊晚了，墙根下游商小贩挤成了游龙。老王吆喝几声，给李春腾出来一片空地。

就是在打疫苗的那天傍晚，李春和娜姐第三次碰面了。那时李春已经骑着自行车把军军接回家。军军看动画片，她到小区门口买水果。她拎着水果往回走，看到有个秃顶老头把脑袋栽到垃圾桶里翻拣垃圾，步子不由得慢下来。李春只是上午卖手擀面，凤城人晚上不喜欢吃面条。中午军军不回家，下午五点多才去接，李春还想找份营生。之前她织过十字绣，但她没耐心，粗枝大叶的，天生不是绣花的料。她搬过来后见有人在小区捡垃圾，一时动了心。但她觉得捡垃圾有点丢人，军军有个捡垃圾的妈妈恐怕也抬不起头。更要紧的是她卖手擀面呢，若去捡垃圾，谁还会买她的面条？李春已经把捡垃圾的念头打消了，但她看到有人捡垃圾还是有点心动。她一边走一边想着还能干一份什么营生，到楼下时一抬头，看到娜姐走在前面。李春收住步子，甚至想后撤几步躲到行车道旁的大柳树后边，好像干了什么见不得人的事情。娜姐上了台阶，开门时扭了一下头，看到了李春。娜姐没有说什么，也没有急着进门，拉着门等李春过去。李春倒慌了神，撒腿跑过去，一边喊，谢谢姐啊。娜姐笑了笑，李春撑住门，请娜姐先进。娜姐说，这是买水果去了？李春点点头，跟着娜姐进了楼道，小心地把楼门带上，几乎没有发出碰撞声。李春脚步快，爬楼梯时往往一步两个台阶。现在她跟在娜姐身后，走得十分憋屈。李春想说点什么，又不知道说什么好，总之别扭死了。李春不清楚娜姐住几层，心想但愿这个面色苍白的女邻居住在二层吧。爬到二层娜姐没有停，又想但愿她住在三层吧。可娜姐一直爬到五层才停下来，原来娜姐住在李春家楼下。娜姐穿着白色的运动鞋，爬楼梯几乎踩不出声音，李春好像也没有踩出声音，脖子上却出了一层汗。娜姐停下来掏钥匙开门，侧了侧身说，你先上去吧。李春忙说，姐，我不急的。李春听出自己好像在喘。娜姐也没有再让她，缓缓拧开门锁，拔出钥匙，拉开门，要进门时扭头望着李春说，进来坐坐？李春忙摇头，摇了几下觉得摇得太用劲了。等娜姐进了屋里，带上门，李春一步两个台阶，飞快地爬上了六楼。

　　回到家里，李春呼哧呼哧地喘气。把水果撂到折叠餐桌上，李春突然间十分恼火。李春是恼火自己窝囊，好像她十分害怕楼下这个女人似的。李春想，她和楼下的女人无非是邻居，凭什么一见她就心慌气短，这副样子分明不是她李春的做派嘛。但李春清楚，楼下这个女人她确实有点怕。也不能说是怕，是她一和这个女人碰面就浑身不自在，浑身不自在还不是怕？李春越想越烦躁，恶狠狠地吃了两根香蕉。电视机里海绵宝宝发出阴阳怪气的笑声，军军也笑，她这才想起来喊军军吃香蕉。军军正看得入迷，不理李春，李春粗声大嗓地吼，赵将军你给我过来，你耳朵卖菜去了吗？军军吓了一跳，等他从马扎上站起来，李春顿时后悔了。李春后悔冲军军吼叫，她暗自下过决心，就算军军犯了错也决不会训斥他。而现在，因为一个不相干的女邻居，她居然冲军军发脾气了。

军军倒没有在意，一瘸一拐走过来，从李春手里接过香蕉，返回去看电视。军军走路一瘸一拐，甚至比小区的保安老王还严重。李春生军军时难产，在乡镇卫生院生了八个小时都没有生下来。后又转到凤城一院，医生说羊水破了，胎儿可能缺氧，抓紧做了剖宫产。军军生下来后没发现什么异常，直到过一岁生日"抓周"时，一位当医生的亲戚发现他左半边身子好像使不上力气。赵小兵和李春带军军去检查，光省城的大医院就跑了五家，结论是军军属于轻度脑瘫，左边上下肢受到了影响。"脑瘫"两个字把李春和赵小兵吓坏了，他们带着军军看病，一直看到三岁，军军学会走路后一瘸一拐越发明显了。医生说这种病也没什么好办法，只能康复训练。小两口干脆来城里租了房子，每天带孩子到一家脑瘫专科医院训练两个小时。医生想让军军办个残疾证，以便享受国家专项补贴，李春断然拒绝了。康复训练看不出多大效果，钱倒花出去不少，李春决定不再带军军往医院跑。李春在医院见过的患儿哪一个都比军军严重，心情便舒畅了一些。一开始李春还按医院的法子逼着军军训练，有一次军军哭得厉害，李春想，这是何苦呢？只要孩子将来有出息，还在乎走路的样子不太雅观？她发誓一辈子对军军好，把他培养成栋梁之材。婆婆想让李春生二胎，李春断然拒绝了。李春婚后七年才怀上军军，婆婆本来就对她有看法，军军身体有问题，李春又不愿意生二胎，婆媳间的关系越来越僵。

现在，因为对军军吼了一声，李春回想起往事，心中涌动着巨大的感伤。军军出生以后赵小兵写下了第二份保证书，他说决不去赌钱了，他要扛起做父亲的责任。三年后赵小兵却又去赌，李春和他折腾，他说他是想赢点钱让军军将来过上好日子呢。李春果真原谅了赵小兵，岂止原谅了三次五次？军军还在看动画片，李春跑进卧室，趴到床上，捂着嘴呜呜地哭了起来。李春哭起来倒把那个令她浑身不自在的女邻居忘记了。

三

　　这天下午,娜姐敲响了李春的屋门。李春正在厨房忙碌,抽油烟机嗡嗡叫,她一开始并没有听到敲门声。李春忙什么呢?她在做土豆饼。李春左思右想,还是觉得下午在小区门口卖点小吃比较靠谱。一开始她想卖小笼包子,可她蒸了两次包子连自己都觉得寡淡,甚至连面都发不好。又想到卖烙饼,烙了两次觉得还可以,用塑料袋装了两张请保安老王他们品尝,老王说面太硬,小刘说没嚼头。李春说你们这些臭保安太难伺候了,说完把剩下的半张饼扔进了垃圾桶。李春不死心,又想卖土豆饼。小时候家里穷,在李春记忆中最好吃的食物就是奶奶烙的土豆饼。土豆饼做起来也简单,将土豆去皮后擦成细丝,打几颗鸡蛋,兑上面粉倒上水搅成稀糊状,电饼铛里洒点油,摊成两面金黄的圆饼,看起来就有食欲。李春脑海中已经呈现出在小区门口卖土豆饼的情景。她坐在小马扎上,面前蹾着个小小的液化气灶,灶上架着鏊子,旁边干干净净的水桶里是搅和好的材料,舀一勺倒到鏊子上,迅速摊开,香味就飘起来了。但李春摊了几张土豆饼还是觉得没有奶奶摊的好吃。她肯定想请教请教奶奶,可奶奶前年去世了。她忽然想到该上点调料,撒了点五香粉,味道果然好多了。继而她又想到,除了五香粉,她还可以撒胡椒粉、孜然粉,还可搭配点绿油油的菠菜叶,总之是越想越兴奋,越想越觉得离成功不远了。她正大口嚼着土豆饼,隐约听到敲门声,拎着翻饼子的木铲向屋门跑去。

　　李春打开屋门时娜姐正往楼下走,已经走到了楼梯拐弯处。娜姐扭回身来,李春又冲她笑了。李春说,姐,是你刚才敲门吗?娜姐点了点头。李春说,姐,你有事吗?说完李春就意识到口误,人家既然敲门当然有事。自己握着门把手母老虎一样叉在门口,好像害怕人家进屋似的。没等娜姐回答,李春又急着说,姐你进屋坐呀。李春一步跨出来,将屋门完全敞开,下意识地把木铲藏到身后。

娜姐走进李春家里，李春把屋门带回来时又感觉到不自在。李春穿着睡衣，脚下趿拉着拖鞋，腰里系着围裙，手里拎着锅铲，这副样子肯定不够文雅。娜姐进门后站在玄关处，打量着客厅，并没有往里走。李春站在娜姐身后，也往客厅瞅，空空荡荡的感觉越发让她不自在了。李春说，姐你坐，你坐呀，不用换鞋。娜姐又笑，李春跑到折叠餐桌前，把折叠椅拉出来，无论是桌还是椅，她现在都不往起折了。娜姐便坐到了椅子上，指了下厨房说，你这是做饭呢？李春说，我做土豆饼，以后想到小区门口卖。说完，李春跑进了厨房，把电饼铛里的土豆饼铲到盘子里端了出来，说姐你尝尝，我的手艺还不过关。盘子放到餐桌上后李春又回厨房拿筷子，心里想的是，人家八成不会吃她的土豆饼，这样反倒更让她难堪了。

娜姐向李春道了谢，果然没有动筷子。娜姐说，妹子请问你贵姓？李春说，我叫李春，木子李，春天的春。李春从来都是这样推销自己。娜姐说，是这样小李，有一件事情我想和你谈一谈。李春头皮一紧，心想这个女邻居会和她谈什么，该不是卫生间漏水漏到她家了吧。娜姐说，我看你家现在还没有买家具，计划什么时候买？李春说，最近就买。李春想的是，看来这个女邻居是向她推销家具来了，她家八成开着家具店。娜姐说，是这样，我也准备买几件家具。李春又想，看来女邻居是想让她凑数团购，问题是她要买的家具和女邻居要买的家具能是一个档次吗，关键现在钱还没有着落。娜姐说，小李，我看你也是个实在人，正因为你是实在人我才和你商量。李春点了点头，心里想的是，这和实在人不实在人有什么关系，关键是钱的问题。李春想着如何拒绝娜姐，最好委婉一点，以免伤了邻居间的感情。娜姐说，小李那我就直说吧，我家那只沙发不知道你能不能看上？李春皱起眉头，原来女邻居是想把她家的沙发卖给她。李春肚子里窝上了火，凭什么我买你家的二手货，这不明摆着寒碜人吗？又想，买家具的钱还没有着落，如果二手货合适未必不可以买。又想，就算买二手货她也不能买邻居的，不能让她小瞧。岂料娜姐说，妹子，你要不介意的话就下去看看，我一分钱不要的。

李春跟着娜姐下了楼。娜姐家里装修了不久,木地板是新的,擦得油光水滑,墙也白,家具闪闪发光,归置得整整齐齐。餐厅和客厅用一只乳白色的酒柜隔开,不同造型的格子里摆着奇形怪状的酒瓶子。李春更关心的当然是那张沙发。那是一张布艺沙发,样式简洁大方,大小和客厅适宜,碧绿的绒面像新的一样。李春瞅着沙发偷偷激动起来。

　　娜姐说,就是这张沙发,不知妹子能不能看得上。李春点了点头,点过头后又觉点得太急。娜姐说,这张沙发虽然用了十几年,但它结实着呢。李春又点头。娜姐说,其他家具我都换过了,原本想把沙发留下,想来想去还是都换了吧。李春又点头。李春想,可不能激动呀,好像她李春没见过沙发似的,就算一只新沙发又能值几个钱?娜姐说,妹子,你要不嫌弃的话现在就可以搬走。

　　从娜姐家出来,李春来到小区门口,喊了老王和小刘,又喊了周根虎。李春觉得加上她四个人就够了,没想到"老汤圆"也跟来了。李春从商店要了几个塑料袋,进娜姐家门前让他们套到脚上。她还动了点心机,告诉他们娜姐是她一个远方亲戚,她买这套房子就是娜姐介绍的。那沙发看起来轻盈,搬起来却有点沉,多亏来了"老汤圆"。"老汤圆"吆五喝六指挥着,摆布了半天终于把沙发从娜姐屋里搬出来。上楼也吃力,主要是拐弯不方便,只好把沙发竖起来。一伙人吵吵嚷嚷,总算把沙发抬到了李春的客厅里。送走四人,李春才发现出了一身汗。李春到卫生间匆匆洗把脸,跑出来坐到沙发上。屁股沉下去,其实也就一瞬间,但这种绵软温暖的下沉感让她忍不住笑了。

　　李春在沙发上坐了十几分钟,忽然想到该下去和娜姐道声谢。往出跑的时候又想到该给娜姐带点礼物。但她想不出带什么礼物,犹豫间看看手机,该去幼儿园接她的军军了。

　　李春把军军接回家,军军看到沙发后十分兴奋。看动画片时他一会儿躺着,一会儿趴下,一会儿在沙发上蹦来蹦去。李春笑着问,军军,咱家的沙发好不好?军军说,太好了,妈妈是花一万元买的吗?李春说,妈妈没有花钱,是从天上掉下来的。军军说,妈妈骗人,天上要能掉下来沙发,再让它给我掉下一张大象儿童床。李春乐了,她还攒着一万多块钱,心想要不先给军军买张儿童床吧。

晚饭简单,李春和军军吃的是土豆饼,就着牛奶。饭后李春带着军军来到小区门口,买了一大串香蕉、十几个苹果。李春拎着水果,带着军军敲响了娜姐的屋门。娜姐开门时李春的脸又烫起来,心想她现在来看娜姐是不是有点急,好像要和人家两清似的。问题是这点儿水果怎么能和一张沙发比?娜姐倒还热情,军军进门时摸了摸他的头。娜姐说,香蕉和苹果我都不喜欢吃,一会儿你给孩子带回去。李春想,娜姐该不是嫌她礼物轻吧,除了香蕉和苹果,她该再买个榴梿。

娜姐的沙发搬到了李春家,茶几靠了墙,客厅显得空旷。阳台上有两个皮墩子,娜姐示意李春到那边坐。李春问,姐,你的新沙发什么时候到,我帮你往上搬。娜姐笑了。娜姐没有戴眼镜,这当儿李春突然觉得娜姐这张圆脸亲切起来,好像也没那么白了。因为常年戴眼镜,娜姐的眼球看起来有点突出,眼睑有点松弛。其实娜姐的杏核眼挺好看的。娜姐说,哪能劳驾你搬,现在买家具不都是送货上门?李春说,那是那是。顿一顿又说,姐,都怪我,我还没问你尊姓大名呢。娜姐说,我叫侯娜,以前是中学教师,去年退休了。李春说,姐是老师啊,怪不得,第一次见面我就觉得你有素质。又问,姐夫在哪儿上班,孩子读大学吗?娜姐说,半年前我离了,孩子在国外。李春恨不得扇自己一个大嘴巴。

走的时候,娜姐果然让李春把水果带上了。回到家里,安顿军军睡下后,李春坐在沙发上看电视。李春把沙发坐了个遍,从这边坐到那边,又从那边坐到这边。她发现沙发中间地带稍有点塌陷,可能弹簧出了问题。赵小兵初中毕业后学过两年木匠,她想等赵小兵回家后拆开沙发修一修。李春知道赵小兵这当儿正开夜车,给沙发拍了条视频,发到他微信上。留言道:赵小兵,老娘借了五千块钱买了一张新沙发。

然后李春又琢磨娜姐这个人。李春忽然间明白了娜姐为什么让她感到不自在。娜姐是一个离异的女人，孩子在国外，一个人过日子难免会感到孤独。因为孤独，她的目光也就变冷了，变硬了，有些不近人情，应该是这样。娜姐见军军走路一瘸一拐的，婉转地问李春怎么回事。李春回忆起过往，娜姐叹了口气，李春甚至发现她的眼圈湿润了。就在那一瞬，李春认定娜姐是一个心地善良的女人，她把娜姐误解了。她以后要真心诚意待娜姐，两个人成为邻居本身就是缘分。夜已经深了，李春忽然想，这当儿娜姐睡觉了吗？娜姐的睡眠也许不太好，以至于脸色苍白。李春来到阳台上，探身往外看，她知道看不到五楼的窗口。

四

隔天，李春置办好做土豆饼的家什，在小区门口开张了。生意真不错，两个小时卖出去五十多张，至于五十几张李春记不清了。李春估算了一下，一张饼卖两块钱，除去成本，除去赏给老王、小刘和"老汤圆"他们那几张，她起码能赚六十块，比当天上午卖面条收入还高。"老汤圆"撇着嘴说，李春你这是闷声发大财呢，要不我改行卖汤圆？老王和小刘尝过李春的土豆饼，也觉得不错，小刘建议她定做点纸袋，用纸袋装土豆饼比塑料袋高级，还可以打广告。小刘连纸袋上的广告语都替李春想好了，就叫"春天的味道"。只可惜李春要接送军军，中午准备好材料，下午卖土豆饼的时间满打满算不过两个多小时。

无论上午卖面条还是下午卖土豆饼，李春都惦记着娜姐买沙发的事。李春想，娜姐既然把旧沙发送给她，新沙发恐怕已经在路上了。尽管娜姐说不需要她搬沙发，她还是该撤下生意照应一下，安装完起码可以帮娜姐清理一下卫生。李春嘱咐过老王和小刘，让他们留意点往小区送家具的车辆。即便如此，每有车辆驶过来她都会抬头瞅一眼。既然昨天没等到沙发，今天应该会到吧。李春这样想，直到她下午收摊时也没等来送家具的车辆。李春去幼儿园接军军，回来时又问老王，王哥我姐的沙发到了没有？老王开玩笑说，你去问你姐呀，怎么老惦记着隔壁老王？李春笑，当着军军的面她不方便和老王插科打诨。进了楼道，爬到五层时李春拉着军军的手停下来，停顿了十几秒，轻轻敲响娜姐的屋门。她先是敲了三下，顿了顿又敲三下，没听到屋里有任何响动。军军急着回去看动画片，扯着她爬上了六楼。进屋后李春训斥军军说，军军你急什么，我想和你大姨说句话。军军问，谁是大姨？李春说，你个没良心的，大姨送咱们家一张沙发。军军已经爬到沙发上，正在摁遥控，扭头说，你不是说沙发是天上掉下来的吗？李春乐了。

　　李春熬了点粥，拌了个凉菜，晚餐还准备吃土豆饼。她想尝试一下用荞麦面做土豆饼。摊了两张饼，吃起来略带苦味，军军咬了一口干脆吐掉了。李春有点失望，又想，说不定就有人喜欢这种苦味呢，她在手机上看到过，吃荞麦面可以预防心血管疾病，还可以润肠通便。她还惦记着娜姐的沙发，饭后来到阳台上，往下一瞅，真就把娜姐看到了。天色暗下来，娜姐穿着黑色的运动衣，但她一眼就认出了娜姐。她下意识地挪动步子，鼻尖差点撞到玻璃窗户。娜姐步态从容，即便从高处看也是昂首挺胸的样子。待娜姐走到楼门前，她撒腿向屋门跑去。出了屋门她却停下了，她听到楼门"砰"一声合回来，继而听到隐隐约约的脚步声。她的脑海中呈现出娜姐爬楼梯的样子，娜姐穿着白色的运动鞋。她往楼下跑，到楼梯拐弯处时停下了。但她不情愿停下，缓慢地下台阶，像电影里的慢动作一样，娜姐的脚步声越来越近。

　　娜姐爬到四层到五层的楼梯转弯处，一抬头看到了李春。娜姐说，小李啊，你这是要出去？李春慌乱地点了点头。李春觉得没道理慌乱，看来她还是有点"怕"娜姐。李春使劲抬起头来问，姐你干什么去了？娜姐说，到公园走走。李春说，姐是去健身吧，怪不得身材这么苗条。李春放松了些。李春突然意识到，只有在恭维娜姐时才会放松，她是不是有点下作了？娜姐笑了笑，掏出钥匙开门。李春这才想到最重要的事，忙问，姐，沙发还没有送到？娜姐说，我退货了。李春吃了一惊，她想问娜姐为什么退货，又觉不合适，就像上次问娜姐老公在哪里上班一样。迟疑间，娜姐已经拉开了门。李春看出来娜姐没有邀请她进屋的意思，况且她不是要出去吗？李春便带着疑惑下楼了，在一楼过道里停留了差不多三分钟，然后往楼梯上爬。原来她穿着拖鞋，尽管上台阶也像电影里的慢动作，还是发出了"吧唧""吧唧"的声音。

李春想不通娜姐为什么退货。后来又想，退货也正常吧，结了婚还会离呢。李春还想不通娜姐为什么不请她到屋里坐坐。这两天她一直惦记着娜姐的新沙发，说白了还不是惦记着娜姐？她是诚心想对娜姐好，她都让军军喊娜姐大姨了，娜姐对她却是一副爱答不理的样子。又想，娜姐如果是一种施舍者的心态，她宁可不要这张沙发。

过了两日，娜姐又敲响了李春的屋门。这一次是晚上九点多。幼儿园布置了手工作业，李春带着军军到公园拣了十几种树叶，准备在A3纸上粘一座漂亮的城堡。李春笨手笨脚的，她已经毁掉了三张A3纸，折叠餐桌上铺了一大片树叶的残渣。军军说，妈妈，完不成作业我明天不去幼儿园了。李春越发急躁起来，"叭"一声把剪刀拍在桌上，训斥道，赵将军你什么意思？作业是给我布置的还是给你布置的？军军噘起了嘴，李春又后悔了。

这当儿李春听到了敲门声。李春开门后吃了一惊，不光因为娜姐站在门口，娜姐怀里还抱着两只橘黄色的沙发靠枕。李春忙说，姐你快进屋呀。李春明白娜姐是给她送靠枕来了，她想接过靠枕，又觉得接过来不合适，好像急着要人家东西似的。娜姐把靠枕放到沙发上，李春跟在她屁股后边问，姐，你买的新沙发什么时候到？娜姐说，不急的，其实买不买沙发无所谓。这话说的，李春不知道如何接茬。李春说，姐你坐呀，我给你洗个苹果。娜姐说，小李我上次和你说过，我不喜欢吃苹果的。李春想去给娜姐倒杯水，转身后想到没有合适的杯子，纸杯更没有，倒上水娜姐恐怕也不会喝。李春转回身说，姐你坐呀，别和我客气。这次娜姐坐下了，还扯过一只靠枕垫在背后。娜姐说，这两只靠枕我搁在床上，看电视时靠一靠，搬沙发的时候忘记给你了。李春说，姐，没关系的，没有靠枕沙发坐着也舒服。李春说完又后悔了，人家专程把靠枕送过来，这是什么话？娜姐说，上午我拆下靠枕的套子洗了洗，你别介意啊。李春说，姐我怎么会介意呢，我明白你对我李春好。李春并没有坐，她捧起另一只靠枕摸了摸，接着说，这布料摸着就舒服。娜姐望着李春笑了。

这当儿，军军从餐桌那边走了过来。军军耷拉着脑袋，腼腆地喊了一声大姨。娜姐愣了愣神，反应过来军军喊的是她，忙和他打招呼。李春也反应过来，军军性格内向，没想到他会主动问候娜姐，而且喊她大姨。但娜姐和军军说话，军军反倒不吭声了。李春说，军军，大姨和你说话呢。军军缓慢地抬起头，停了停才说，大姨，我记得上次去你家，你说过你是老师。娜姐说，对呀。军军说，大姨是老师，能帮我用树叶粘一座漂亮的城堡吗？我妈说她从来没有见过城堡。李春的脸又烫起来，原来军军是为了这个。娜姐说，大姨也没有见过真正的城堡，但大姨可以试着帮帮你。

不到十分钟，娜姐就帮军军在A3纸上粘了一座城堡。娜姐先用铅笔画了张草图，只用剪刀裁剪了五六次，大多树叶还保留着原来的形状。那城堡简洁大方，由三组高低不同的尖顶房子组成，不仅层次分明，有立体感，城堡旁还生长着一株枝繁叶茂的绿树，绿树上还落着小鸟，李春简直看呆了。李春说，姐你太有才了，换了我三天三夜也弄不好。娜姐又笑，李春说，姐你是美术老师吗？娜姐说，我教的是英语。李春问军军，大姨给你粘的城堡好不好？军军说，比妈妈粘的好一百倍。李春的脸又烫起来，但这一次烫她认可，烫得舒坦，烫得恰到好处。

问题是军军很快就对城堡丧失了兴趣，他连声谢谢都没有说，跑去看动画片了。李春批评了军军几句，好像要替他挽回点颜面似的，捧着那张粘着城堡的A3纸反复把玩。李春说，姐，多亏你帮忙，我干粗活没问题，哪会做什么手工。娜姐又笑。娜姐问李春，小李你爱人呢，他干什么工作？好像经常不在家吧。李春说，他也没文化，开大车跑长途。娜姐说，有没有文化其实不重要，两口子和和睦睦过日子就好。李春说，那是那是。李春说第二个"那是"的时候突然间鼻子一酸,继而眼窝湿润了。娜姐诧异地望着李春,李春终究没有把持住,眼泪扑簌簌掉了下来。

五

事后李春又后悔了。李春后悔在娜姐面前失态。不仅是失态,李春把一肚子的委屈和怨恨都讲出来了。李春每天和赵小兵通一次视频电话。每次视频通话李春差不多讲同样的内容:赵小兵你别再去赌钱呀,当心老娘剁了你的狗爪子;赵小兵你早晨念保证书了没有,说话不算数的男人连狗屎都不如,诸如此类。李春知道赵小兵又快发工资了,她担心赵小兵领到工资后还了赌债,赌债不受法律保护,就连助纣为虐的李智俊也不值得同情。她更担心赵小兵领到工资再去赌,最近几天通话时便加重了语气,要求赵小兵领到工资第一时间给她转过来,她好去还买沙发借的钱。孰料,当天吃晚饭时她与赵小兵视频通话,赵小兵竟发起了狗脾气。赵小兵说,李春你烦不烦,我还要开车呢,不能让我休息一会儿?李春说,赵小兵你以为老娘愿意烦你,你要不去赌钱老娘屁都懒得对你放。赵小兵说,老子就要去赌。说完挂断了电话。赵小兵脾气好,甚至打不还手骂不还口,李春和赵小兵说过,这好像是他唯一的优点。但现在赵小兵要造反了,要暴动了,都要让李春喊他老子了。李春哪能咽得下这口气?她又拨赵小兵微信视频电话,赵小兵没有接,连着三次都没有接,拨手机号也不接,后来干脆关机了。李春以为赵小兵会回电话服软,但他的手机一直处于关机状态。

事后李春也想过,娜姐也就随便问了句话,她怎么就管不住自己的眼泪呢?是因为刚好问在这个节骨眼,还是她真把娜姐当成了亲人?李春想来想去,还是觉得自己太孤独了。她和公婆闹僵了,只在逢年过节时回去探望一下。父亲脾气火暴,母亲患有先天性心脏病,她的委屈更不能和父母讲。甚至是,赵小兵赌博的事她都没办法和弟弟说一声。有一年夏天,那时候李春和赵小兵还住在乡下，军军还没有出生。赵小兵赌钱后李春又和他折腾，李春把弟弟喊过去撑腰做主。弟弟遗传了父亲的火暴脾气，抓起板凳就要往赵小兵头上砸。李春急了，扑上去抱住弟弟喊，你不能这样对你姐夫呀。这话说的，好像弟弟干了伤天害理的事情，弟弟再不愿意管她这些糟心事。

李春流着泪把她的委屈讲给娜姐，脑海中不断呈现过往的情景。想想看，结婚这么多年，她李春有过几天舒坦的日子？在外人眼里，她李春大大咧咧，少心没肺，谁能想到她肚子里藏着天大的委屈？娜姐叹口气说，小李，你也不容易啊。李春的眼泪越发汹涌，抹都抹不迭。娜姐又说，小李啊，赌博和吸毒一样，一旦上瘾不好戒的。这话又戳到李春痛处，赵小兵保证书写过多少遍了，还不照样去赌？而她让赵小兵一次一次写保证书，何尝不是自欺欺人？事实上她已经对赵小兵失望了，无非是心存幻想。她曾想过每天守着赵小兵，让赵小兵和她一起做点小本生意。但她清楚，男人是守不住的，她同意赵小兵去跑长途，不过是图个眼不见为净。娜姐说，小李啊，你居然忍受了这么多年，你为什么不离婚呢？当断不断，反受其乱；断而不断，必有后患。说完这句话，娜姐手机响了。娜姐说她还有事，李春抹把泪把她送出家门。

安顿军军睡下后，李春坐到沙发上发起了呆。其实哪是发呆，李春心里涌动着巨大的波澜。李春反反复复想，她要不要离婚呢？当断不断，必留后患，娜姐讲的另外八个字她没有记住。李春经常会和赵小兵提到离婚，无非是过过嘴瘾罢了，她根本没下过离婚的决心。如果她离婚，军军不就是单亲家庭的孩子了吗？她发过誓，要给军军一个完美的童年。问题是她不和赵小兵离婚，军军难道就能有一个完美的童年？军军想要一张儿童床的梦想都一时间难以实现。然后李春又想到了爱情。李春很少思考爱情，一个女人怎么能不思考爱情呢？问题是她李春哪有什么爱情，认识赵小兵以前她从来没有谈过恋爱，倒是经常在院子里看到公鸡围着母鸡转。她和赵小兵是媒婆牵的线。她记得很清楚，没齿难忘，赵小兵第二次到她家，媒婆和父母让俩人单独说说话。也就说了三句两句，赵小兵蹭过去把她抱住了。她挣扎着，她想喊，却怕另一间屋里的父母和媒婆听到。赵小兵揉搓着她，那时候她还没有这么胖，等赵小兵噙住她半边嘴唇后她就没力气挣扎了。隔几天，赵小兵骑着摩托车拖着李春来凤城逛街。中午他们在路边的小饭馆吃的大碗面。李春一直记得小饭馆油污的窗玻璃上打的广告：大碗面，撑破肚。午饭后赵小兵在附近的小旅馆开了间钟点房，两个人把事情办了。现在李春又回想起小旅馆破败肮脏的景象，白床单磨得少皮没毛的，到处是黄斑。窗帘短了少半截，根本遮不严，李春闭着眼睛配合着赵小兵，听到他像狗一样喘。待李春睁开眼，看到墙上到处是苍蝇屎、蚊子血，包括蚊子和苍蝇残缺僵硬的尸体。当时李春只是感到反胃，现在回想起来倒有点恶心了。这也罢了，李春想，结婚这么多年了，她过生日的时候赵小兵给她买过一次蛋糕吗？哪怕巴掌大的蛋糕。过情人节的时候赵小兵给她买过鲜花吗？哪怕是一枝瘦弱的马上要凋谢的玫瑰花。李春躺到床上后依旧辗转反侧，窗帘透出亮色，她终于下定决心要离婚了。李春才三十六岁，她希望还能遇到爱情，即便遇不到爱情也希望日子过得舒坦一些。赵小兵，李春几乎咬牙切齿地喊出来，老娘一天也不想忍受你了！

  第二天一早，李春送了军军，回家后感到浑身乏力，头脑昏沉。一晚上没合眼，她的身体好像被抽空了，昨晚那些想法虚虚实实，梦境一样缠绕着。李春习惯性地准备和面。她往大瓷盆里舀了两勺面，赌气般丢下勺子。她不是要离婚吗，还卖什么手擀面？

  这当儿赵小兵给李春打来了电话，李春这才想起天亮前她给赵小兵发过微信，让这条狗赶紧跑回来离婚。赵小兵恢复了一贯死皮赖脸的语气。赵小兵说，春，我昨天和你发脾气是因为心情不好。李春怒吼，赵小兵，给老娘回来离婚。赵小兵说，春，你怎么又说气话，打死我也不会离，我要让你们娘俩过上好日子。李春还要吼，眼泪却不争气地流出来。赵小兵说，春，昨天我心情不好是因为老板真要拖欠我们工资，我们决定和他大干一场。李春吃了一惊,眼泪惊回去,说,赵小兵你可别胡来呀。赵小兵说,我们哥几个昨天晚上秘密商量过,老板要不给我们开工资,我们就集体跳楼。李春又吼出来,赵小兵,别给老娘胡来。赵小兵说,春,我们无非是吓唬吓唬老板,就算为了你们娘俩我也不会跳楼,我赵小兵哪有那么傻?赵小兵的语气俏皮起来,李春倒不知道说什么好了。

挂断电话,李春又发了一会儿呆。李春接着去舀面。舀了两勺,又把勺子丢下了。李春想,她不是要离婚吗?就因为赵小兵打了个电话,难道就变卦了?好像赵小兵感动了她似的。又想,赵小兵说老板不给他们开工资,他们要集体跳楼,会不会又是说谎,又在给她下套?又想,果真如此,说明赵小兵已经病入膏肓、无可救药,她要再不离婚就说不过去了。

李春又给和赵小兵一起跑车的李猛打电话。说起来李猛和李春还是一个村的,李猛的父亲和李春的父亲还是刚出五服的本家兄弟。李春说,猛哥,你知道我每次给你打电话都是为了赵小兵,你今天如实回答我的问题好不好?李猛说,妹子,我每次都在如实回答你的问题,骗谁我还能骗你?李春想,你李猛哪次不是在骗我,哪次不是在替赵小兵打掩护?李春说,猛哥,那我问你,你们老板是不是要拖欠你们工资。李猛说,现在干什么都不容易,老板人还是不错的。李春说,那这个月倒是发不发工资呀?李猛说,我们哪能和公务员比,拖欠工资也正常。李春说,那我再问你,发不了工资你们是不是准备集体跳楼,吓唬吓唬老板?李猛说,妹子,我正在高速上开车呢,到了服务区再聊啊。

李春又丢下了舀面勺子。这当儿手机响了起来,李春以为李猛回过电话来了,却是赵小兵的初中同学李智俊。李智俊张口又叫她嫂子,拖着哭腔说,嫂子啊,我和赵小兵没法比,人家是大车司机,风吹不着,雨淋不着,我是泥瓦匠……李春记得李智俊上次就是这样说的,回道,智俊你有屁快放,别浪费老娘时间。李智俊说,嫂子啊,我实在是没办法了,我老婆说赵小兵再不还钱她就上吊,你难道希望我家破人亡?李春说,谁借你三千块钱你和谁要去。李春想挂断电话,李智俊急着说,嫂子啊,三千我就不和你说了，赵小兵又和我借了五千，你知道不？李春吃了一惊，怒吼道，你猪啊，记吃不记打？李智俊说，好我的嫂子，赵小兵说这次他不是去赌，是买沙发，我也是鬼迷心窍，利息我一分钱不要了，快把本金还我呀……

六

这个上午，李春终究没有去卖手擀面。大约十一点的时候，李春决定找娜姐聊聊。李春下决心要离婚，又觉得决心下得还不够彻底，禁不起时间考验，甚至经不起赵小兵狗爪子的揉搓。她想和娜姐再聊聊，娜姐再把道理讲一遍，离婚就会成为板上钉钉的决定。问题是，李春要离婚还需要一个认识不久的女邻居帮她把关和敲定吗？李春敲门时便有些犹豫。即便犹豫她也把娜姐的屋门敲响了，敲了三次。娜姐屋里静悄悄的，她停顿了几分钟回到了家里。

但李春不死心。李春站在阳台上往下看，大柳树的枝条轻轻摇摆，她刚搬过来时柳树刚发出新芽，枝条间透出影影绰绰的嫩绿，现在已然是绿意葱茏。阳光有些晃眼，李春探身往下看，她又看到了那个捡破烂的秃顶老头。老头戴着口罩，探身往垃圾桶里瞅，拽出来一只扁纸盒，在桶壁上磕打几下，拎着纸盒向另一只垃圾桶走去。老头也是瘦高个，他的身后跟着一条摇尾乞怜的小黑狗。明媚的阳光下，老头看起来像一个缓慢移动的、笔画稀疏的汉字，跟着他的那条小狗像一个单引号。李春还看到她的脚踏三轮车，她用链条锁把三轮车的前轮和那棵胳膊粗的五角枫锁在一起，那辆破旧的三轮车看起来像简笔画。时间不知不觉过去，李春在阳台上站了四五十分钟，终于看到了娜姐。娜姐还是一身黑衣，胸前飘着夺人眼球的绿丝巾，即便从高处看也是昂首挺胸的样子。李春撒腿向屋门跑去。

李春打开屋门后又退回来了，她担心上次的经历重演。李春想，娜姐会像上次一样对她爱答不理，将她拒之门外吗？李春觉得这一次和上一次不一样了，她向娜姐敞开了心扉。昨天晚上，她觉得她和娜姐的心离得那样近，近得像母腹中一对缠绕在一起的双胞胎。李春握着门把手站在门口，一只脚站在防盗门门槛外边。李春听到开楼门的声音，楼门"砰"的一声合回来，她的心脏扑通扑通地跳。李春都跑到六层到五层的楼梯拐弯处了，最终还是踅了回来。

李春想给娜姐带点礼物，好像带点礼物她才有勇气面对娜姐似的。问题是她能给娜姐带什么礼物呢？她决定给娜姐摊两张土豆饼。虽然上次娜姐没有吃她的土豆饼，但这次和上次不一样了。李春做土豆饼已然胸有成竹，得心应手，经历过几百个顾客味蕾的检验。所谓众口难调，有几个人说过她李春做的土豆饼不好吃呢？李春手忙脚乱地做起了土豆饼，即便手忙脚乱，她也是有章法的。配好料，她没有用电饼铛摊土豆饼，而是跑到地下室拎上来液化气罐和鏊子。"刺啦""刺啦"的声音响起，香味扑鼻而来，她想起来自己还没有吃早餐。摊好两张饼，她谨慎地盛到一只干干净净的塑料餐盒里，急匆匆给娜姐送去。

这一次敲门李春没有犹豫。姐——李春一边敲门一边喊，她听到自己的喘息声。门很快开了，娜姐换上了黑色的家居服，握着门把手把门撑开，探出半边身子。李春说，姐——娜姐皱着眉头看着李春，看不懂似的。李春说，姐，我给你摊了两张土豆饼……娜姐的眉头并没有舒展，还那样看着李春，直到李春垂下头去。李春的脸烫得厉害，烫得像烧红的鏊子一样，娜姐的目光难道是液化气灶喷吐出的蓝色火焰？娜姐说，小李，上次我就说过，我不喜欢吃这个，再说我一天吃两顿饭，现在不可能吃东西的。娜姐的声音越来越不耐烦，李春说，姐，我知道了。

李春回到家里，重重地把屋门摔上。李春想，她摔门的声音娜姐应该能听到吧。李春摔完门还不罢休，还想把土豆饼摔到沙发上。李春想哭，又不情愿哭出来，坐到餐桌旁使劲捂着脸。李春想，这是热脸贴了个冷屁股呢。李春后悔和娜姐倾诉衷肠，就算一肚子的委屈烂在肚子里，也不该讲给这个不近人情的女人。又想，娜姐送她一张沙发不仅是施舍的问题，还骗取了她的信任，她把一肚子委屈讲给娜姐是供她嘲笑吗？

李春越想越生气，因为对娜姐的不满，和赵小兵离不离婚倒不重要了。毕竟夫妻一场，就算真要离婚也不在乎三天五天。李春甚至想把老刘、小王他们喊来，把娜姐的沙发给她送回去。送回去也不是个事，李春愤怒地把那两张土豆饼吃掉了，吃的时候才发现忘记了放盐。然后李春开始准备食材，下午还去卖土豆饼。

下午李春却心不在焉，打不起精神，连老王都看出来了。老王问，春子，看你没精打采的，上午偷汉子去了？李春瞪起眼说，春子也是你喊的？老王笑着说，看你说的，我这是热脸贴了个冷屁股。李春意识到不该迁怒于老王，叹口气说，一个朋友死了，我上午去烧了两张纸。说完后觉得这话太狠了，那个朋友指的是娜姐吗？按说李春没精打采对生意也不会有太大影响，但下午她只卖了二十多张饼。快到五点时李春收摊子，蹬着三轮车回到楼下。李春从三轮车上把液化气灶拎下来，突然感觉头上一阵刺痒，像落了一群苍蝇。李春缓慢地抬起头，目光顺着反光的玻璃窗一层一层爬上去，爬到五楼的窗口时隐约看到一个黑影。

连着三天李春都没有遇到娜姐。这天晚上，军军已经睡了，李春在卫生间洗漱，听到楼道里传来滞重的脚步声。李春家的卫生间和楼道只隔着一堵墙，楼道里的脚步声越来越清晰，也越来越沉闷，好长时间才踏出去一脚。对门住户是一对中年夫妇，孩子已经读大学，在别处还有房子，很少回来。李春一边刷牙一边竖起耳朵，忽然间反应过来，是赵小兵回来了。赵小兵看来又喝多了，走起路来东倒西歪，颠三倒四。这个破烂货，他还有脸回来，他是要借着酒劲鼻涕一把泪一把地讨饶吗？

李春丢下牙刷跑向屋门，"嘎巴"一声把防盗门的保险拧上了。赵小兵，你去死吧！李春几乎喊出来。李春索性返回了卫生间，她还没有洗脚。李春想，赵小兵用钥匙开不了门必然会拍门，一边拍门一边语无伦次地呼喊她。她的耳边仿佛已经响起赵小兵的喊声。李春想，就算赵小兵喊破了嗓子她也不会去开门,就让这条狗死在门外吧。又想,天都这么晚了,赵小兵在楼道里闹腾必然会惊扰到邻居。

这样想,李春又来到屋门后。李春果然听到钥匙串碰到门板上发出的声音,一把钥匙磨磨蹭蹭地正往锁孔里插。却没有插进去,钥匙串"哗啦"一声掉在大理石地面上。然后李春又听到吭哧吭哧的声音,像一条狗热得喘气。钥匙串被捡了起来,一把钥匙又往锁孔里插,还是没有成功。

李春想,赵小兵啊赵小兵,有本事你把门打开,你打开门老娘就服你了。又想,赵小兵既然开不了门,为什么不拍打门板,为什么不呼喊她呢?是因为心中有鬼,害怕她离婚吗?所谓酒醉心明,看来赵小兵以前发酒疯纯粹是装的,这个货色一直在表演,一直在欺骗她的感情。

李春气得脚掌发麻,她不准备把赵小兵拒之门外了,她"嘎巴"一声拧开保险,握住门把手,愤怒地把门推开。她想把赵小兵一把扯进屋里,恶狠狠地扇了他一连串耳光,然后再踹他三五十脚,甚至用擀面杖把他的脑浆敲出来。

但李春开门遇到了阻力,她只是把门推开了半尺宽。李春听到"咚"的一声,分明是脑袋撞到门板上,或者门板撞到脑袋上。然后李春听到外边的人后退几步,又是"咚"的一声,脑袋撞到了对门的门板上。待李春把门撑开,探出半边身体后顿时间愣住了。昏黄的光线里,李春看到一个五十多岁的男人双手撑着膝盖靠着对门的门板,一动不动注视着她。这男人中等身材,理着板寸,穿着黑衬衣,方脸阔鼻,浓眉大眼,哪是什么赵小兵?

李春惊出了一头冷汗。李春问,你是谁?你想干什么?没等对方回答,李春缩回身去,想把门带上。那男人突然踉跄着冲过来,甚至像飞身一跃,一只手使劲扳住了门沿。

七

  后来李春想，就算那男人扳住门沿，只要她手上一松劲，探身推一把，他就会仰身摔倒，待他撒手后顺利关上屋门。李春从小到大干过不少粗活，有的是力气，就算掰手腕也不惧身边任何一个男人。但李春没有这么干。闲下来时李春也喜欢看手机，除了看杂七杂八的消息，形形色色的短视频，她还关注过相面术。李春判断那男人不像是私闯民宅、杀人越货的坏人。那男人脑袋已经撞了两次门板，倘若后脑勺再磕到大理石上，磕坏了如何了得？后来男人两只手都扳住了门沿，李春一只手握着门把手，另一只手也扳住门沿，她担心把门弄坏。当男人含糊不清地喊出"娜""侯娜"时，李春吃了一惊，两只手放缓了力道。李春把男人放进了屋里。
  那男人进屋时被防盗门的门槛绊了一下，他打了个趔趄，"呼"的一声把门带上了。这当儿李春倒有些害怕了，半夜三更的，她怎么能把一个素昧平生的男人放进屋里？男人摇摇晃晃往卧室走，李春一把拽住他，差点儿把他拽倒。李春说，你到底是谁，你想干什么？其实李春已经想到男人的来由了，她心里还藏着巨大的疑问。李春还揪扯着男人的胳膊，怕他摔倒。男人一把甩开她，又咬着舌头般喊，娜，侯娜，我的娜……李春急了，挡住男人的去路说，你别喊呀，我儿子在卧室睡觉呢。又说，你是不是找五楼的侯娜，这可是六楼。男人望着李春笑了笑，他的脸憋得通红，笑得有点虚，露出满口白牙。男人说，你是谁？你别骗我。我数着台阶爬上来的，这就是五楼。李春哭笑不得，心想，你倒是数楼层呀，喝成这副熊样，台阶哪能数清楚？李春闻到了浓烈的酒味。李春酒量不错，只是平素很少喝，她闻出了曲酒的香味。李春说，大哥，真是六楼，你要找侯娜还是下到五楼吧。李春举起一只手随意指了指，意思是让男人看清楚，这里不是侯娜家。男人往厨房那边瞅，又瞅折叠餐桌，果然皱起了眉头。李春想笑，他承认这个醉酒的男人有点可爱，那副皱起眉头的样子一本正经，十分认真。男人瞪着眼问，我走错了？李春说，天地良心，你真的走错了。男人摇了摇头，嘲笑自己不争气似的，看样子想走。但男人不情愿走，扭头又打量起屋内的陈设，他把那只沙发看到了。他忽然间喜形于色，几乎是手舞足蹈地蹦到了沙发前。男人说，别骗我，你到底是谁，这是我家的沙发，是我精挑细选买回来的沙发。男人身子一歪，坐到了沙发上，拽过一只靠枕抱在怀里。李春又吃了一惊，她倒把娜姐送她的沙发忽略了。

男人抱着靠枕呜呜地哭起来，像抱着走失以后千辛万苦找回来的孩子。男人一边哭一边唠叨，娜，侯娜，你倒是出来见我呀，你让一个胖女人拦着我什么意思？你给我出来……李春气愤地望着男人，心说你才胖呢，你们全家都胖。但李春还是下意识地摸了摸隆起来的肚子，她确实该减减肥了。娜，侯娜，姓侯的，你出来呀，万水千山总是情，今天晚上我看到我们看过的月亮了……男人又喊，李春想他这是讲什么乱七八糟的呢？男人直起腰拍打着靠枕，又喊，娜，侯娜，房子我给你你不要，钱我给你你不要，你到底要什么？你是让我把我的心掏出来交给你吗？说完，男人丢下靠枕撕扯他的黑衬衣。男人把衬衣扣子全都撕开，里边穿着白背心。男人把白背心撩起来，两只手在胸脯的位置使劲抓，真要把心脏掏出来似的。

李春又有些紧张，这个男人太疯狂了。李春走到男人跟前说，大哥，求求你，别闹了，我儿子在卧室睡觉呢。男人果然停下来动作，缓慢地抬起头，他的眼窝里储满了泪。男人说，儿子，儿子？我的儿子啊……他又把丢到一边的靠枕扯过来，抱在怀里，杵着脑袋呜呜地哭起来。李春一时间不知所措。男人的哭声把她心里搅得乱糟糟的，她看到了男人鬓角发根处泛出的白。李春想，这是一个多么可怜的男人呀。大哥，你别哭了……李春劝慰男人，她声音低沉，甚至有些哽咽。男人却还在哭，李春产生了抚摸男人头发的冲动，甚至想把那颗不停抽动的脑袋揽入怀中。但李春不能这么干。李春决定给男人倒杯水。李春找了一只杯子，是军军用过的卡通陶瓷杯，杯子上既有月亮又有星星。李春倒好水后又觉得水太烫了，倒到碗里凉了凉，用勺子搅了搅，这才又倒回杯里。等李春端着水从厨房返回来，男人抱着靠枕歪到沙发上睡着了。大哥，大哥你醒醒呀！李春喊了几次男人都不理她，鼻孔里发出轻微的鼾声。

这就给李春出了道难题。李春看了看手机，已经晚上十一点半了。她打了个哈欠，产生了一种极不真实的感觉。一个素昧平生的男人，怎么就跑到她家里睡着了呢？而她居然处变不惊，安之若素，甚至对男人产生了感同身受般的怜悯和同情。李春觉得生活有点荒诞了。问题是，李春家也不是旅店，她不可能让男人一直睡下去，一觉睡到天亮。李春尝试着推了推男人的肩，男人摇了摇脑袋继续睡，不乐意李春打扰他似的。李春又推了一次，然后就不好意思推他了。

李春决定把娜姐喊来。这个男人本来就是找娜姐的，李春更像是截和。李春撒腿跑出了屋门，然后又跑回来了。李春不是忘记了带钥匙，而是惦记着她的儿子。楼道里有一点风，这时候她彻底清醒了，有点像大梦初醒。李春想，军军睡在卧室，万一她走后那男人醒过来，跑进卧室怎么办？万一他是个十恶不赦的坏人呢？说到底她不能相信所谓的面相术。李春又使劲推了男人两把，急促地喊，大哥你醒醒，你醒醒呀！男人又摇了摇头，抬起一条胳膊挥了挥，赶苍蝇似的。李春急得跺脚。李春跑进主卧，军军倒还睡得踏实，她找到主卧的房门钥匙，带上门后反锁上，这才跑出了屋子。她把防盗门完全敞开，这样屋里有什么动静楼道里也能听到，然后她撒腿跑到了五楼。

李春根本就没有犹豫，使劲儿拍响娜姐的屋门。李春一口气拍了十几下，一层到六层的声控灯全都亮了。李春一边拍一边喊，姐，姐你睡了吗，有个男人找你跑到我家了！娜姐屋里没有回应，李春继续拍门，继续喊，她先把娜姐对门那个光头小伙子喊出来了。小伙子抓着门把手，探出光头问，大半夜的嚷嚷什么？李春见过小伙子几次，感觉贼眉鼠眼的，说不准刚刚刑满释放。李春解释道，有个男的找侯娜，他喝多了，跑到了六楼。小伙子说，也不看看几点了，跑到几楼你也不该大喊大叫。李春说，你以为我愿意大喊大叫，那你把那个喝多了的男人弄到你家呀。这话好像不讲理，小伙子瞪起小眼睛说，你脑子有病。李春正要还嘴，又听到开门声，说不来二楼还是三楼的一个女人喊，这是谁家在楼道里吵架呀，老娘有失眠症，还要不要人活？光头小伙子回道，姐，有个娘们偷汉子偷错地方了。说完把光头缩回去，"砰"一声把门关上了。李春气坏了，转身欲拍打小伙子的屋门，把他喊出来理论一番，这当儿娜姐的屋门突然间开了。"呼"的一声，李春的肩被门沿蹭了一下，娜姐站在她面前。让李春吃惊的不光是娜姐突然间出现，娜姐头发蓬乱，面色苍白，目光如炬，这阵势把李春镇住了。娜姐指着李春的鼻子怒吼，你给我滚，滚，滚！娜姐连喊了三声"滚"，一次比一次高，最后一次喊出来时李春感觉娜姐已经蹦起来了。然后娜姐扭身进屋，"砰"一声关上门，李春浑身颤抖，感觉整栋楼都摇晃起来。

  李春还能说什么呢？她稍作迟疑，捂着嘴跑回了家里。李春没有关门，那男人还在沙发上沉睡，李春端起那杯凉在折叠餐桌上的水，几步跨到沙发前，扬手泼到男人脸上。李春打了个激灵，杯子差点从手里滑出去。那男人也打了个激灵，睁开眼怔怔地看着李春，看不明白似的。男人突然间坐起来，瞪着眼问，你是谁？这是什么地方？李春吼道，这是什么地方问你自己呀？你给老娘滚，滚，滚！男人慌乱地站起来，左右瞅瞅，疾步向门口走去。快到门口时他扭了一下头，又瞅了一眼沙发。

  李春把屋门关上，背靠门板呼哧呼哧地喘，她又流泪了。她摊开双手捂在脸上，呜呜地哭了起来。她听到卧室那边传来拍门声，军军在喊她。她撒腿跑过去，掏钥匙开门，把军军搂在怀里。军军问，妈妈在外边干什么，我刚才梦到你和爸爸吵架了。李春摸着军军的头，眼泪落在他头顶上。李春说，军军，你长大以后会保护妈妈吗？军军说，那当然，谁要敢欺负妈妈我用擀面杖揍扁他。

八

　　李春明白，她和娜姐已然反目成仇，不可能有挽回的余地了。问题是李春有什么错？那男人本来就是找娜姐的，李春难道不该去喊她？李春承认，当她知道那个醉酒的男人找的是娜姐时，瞬间有一种窃密般的惊喜。当男人坐在沙发上向李春倾诉时，她甚至觉得她和娜姐扯平了。即便如此，娜姐就该指着她的鼻子骂她吗？这完全是一种令人发指的人格羞辱，她应该一巴掌扇回去。

　　李春又想把娜姐的沙发送回去，却还是下不了决心。她甚至迁怒于沙发，举起抱枕在沙发上砸了两次，终究没有砸坏。路过娜姐家门时李春不由得会加快步子，好像做贼心虚，不敢面对娜姐似的。这么说李春还是"怕"娜姐，她究竟"怕"什么呢？再路过娜姐家门，李春便故意把步子放慢，她隐约听到娜姐屋有什么动静，步伐又加快了，甚至像落荒而逃。

　　让李春郁闷的远不止这些。李春给赵小兵下了生死令，如果这个月不上交五千块钱，就让他死在外边，永远别回来。赵小兵受到威胁，又不肯接李春电话了。下午李春又去卖土豆饼，听到"老汤圆"他们议论，昨天龙城检测出五例阳性新冠病例，大清早官宣了。龙城离凤城不过三十公里，两个城市的人往来密集，疫情防控形势一下子紧张起来。以前当然也在防控，但因为本地和周遭城市都没有感染者，大家该干什么干什么，好多人口罩也懒得戴，警惕性并不高。现在情况不一样了，小区门口开始测体温，扩音器不间断播放着防控要求，关键半下午城管来了，从今天起小区门口不准扎堆摆摊做生意。游商小贩作鸟兽散，李春蹬着三轮车进了小区，她想让老王他们通融通融，在小区里边继续摆摊。老王叹口气说，春子你消停消停吧，大家都在储备物资，还不快去超市抢购点东西？回到楼下，李春把液化气灶什么的放到地下室，正拎着大半桶食材上楼，幼儿园的老师打来电话，让她赶紧去接军军，即日起暂停入园。

让李春郁闷的还有，晚上吃饭时她就在手机上看到官方发布，本地生活物资货源充足，市民朋友无须抢购。李春想到自己在超市抱着军军深一脚浅一脚地走，后来干脆买了双拖鞋，等了两个多小时才结完账，然后她赌气把另一只布鞋扔掉了。李春又有那种哭笑不得的感觉，她觉得生活是有些荒诞了。

既然做不成生意，李春就在家陪着军军。军军看动画片时李春看手机。李春喜欢看短视频，喜欢看人生感悟一类的文章，感动她的文章她也会转发到微信朋友圈。李春想，如果没有网络，如果手机上看不到包罗万象的信息，一旦她肚子里积攒了怨气该如何消解？真是这样，即便她愁肠百结、怒发冲冠，看手机的过程也会逐渐平静下来，甚至把好些道理都想通了。否则，这么多年她如何能走过来，她和赵小兵鸡飞狗跳的日子又如何能过下去？这么说，李春是不可能离婚的，她所谓的决心不过是自欺欺人罢了。问题是，既然看手机能消解她的怨气，她为什么还要向娜姐倾诉衷肠呢？看来看手机只能缓解症状，她内心深处的伤痛还是无法自愈。

想到娜姐后李春又有些烦躁，但她不希望烦躁了。李春想，娜姐送了她一只旧沙发，然后娜姐指着她的鼻子骂了她三声"滚"，这样就算扯平了，谁都不欠谁。从此以后两个人将形同陌路，各自为安，井水不犯河水。又想，娜姐送她沙发是物质层面的事情，骂她则属于人格羞辱，两件事情驴唇不对马嘴，怎么可以冲销呢？吃亏的还是她李春。

出于疫情防控的需要，小区建了微信群，李春扫描楼门上贴的二维码加入了群聊。四五百号人的微信群自然热闹，大家讨论疫情，说上海一日内增加了多少病例，龙城的病例是怎么传播开的，总之形势不容乐观。然后又讨论小区的防控，由防控疫情又讨论到小区管理，有人干脆骂娘，物业太不像话了，举出种种例证。李春从来没有发过言，一个叫"本色男人"的业主骂小区保安时她差点乐出来，"本色男人"说，那个腿有点毛病的老保安到处扔烟头，每天和卖土豆饼的胖女人搭讪，工作态度极不端正！李春加着老王的微信，她想把这句话转发给老王，想了想还是算了。

李春也惦记着赵小兵。赵小兵正给龙城一家物流公司跑长途，她从网上查过，那家公司并不在发生疫情的封控区。赵小兵不接李春的电话，李春不想主动联系他，便又给李猛打电话，孰料李猛也不接她电话了。李春犹豫再三，给赵小兵发微信说，赵小兵，龙城有了疫情，这个月你上交三千也可以。过了一会儿，赵小兵回过微信来，说，春你放心，我这几天正悔过自新，洗心革面呢。李春当下心里一热，心想赵小兵也许真的会悔过自新。又想，狗哪能轻易改得了吃屎？她想等赵小兵回来后再好好教育教育他，她的驯夫术说不准有问题。

　　这天晚上，军军已经睡了，李春又躺在床上看手机。看了几个短视频，李春又看微信朋友圈，她总共有二百多个微信朋友。看过朋友圈，李春又看小区的微信群。一看她又乐了，一个微信名为"不许学狗叫"的小伙子发了条寻物启事，图片上是孤零零的一只运动鞋，下边一行小字：本人某月某日在某超市抢购生活用品时被某人踩掉运动鞋一只，有拾到者请从速联系，以便珠联璧合，破镜重圆。小伙子显然是玩笑的口吻，李春想，看来在超市抢购时被踩掉鞋子的不止她一人呢，生活是有些荒诞了。下面是各种搞笑的评论，李春又乐了好几次。往上翻，一伙人讨论的是卖旧家具的事。"21号楼业主"说，前些天他想处理掉旧冰箱，那冰箱一点问题也没有，无非容量小点。他打电话把收废品的喊过去，人家只给五十块，这不是寒碜人吗？他赌气把人家轰走了。然后又喊来了一个收废品的，也是出五十块，还得他找人从四楼抬下去，他当下就火了，决定再用十年八年，新冰箱也不准备买了。下边"岁月静好"接着说，你这个旧冰箱算什么，我家有台老式电视，又大又重，花了六十块钱才让打扫卫生的搬到楼下扔掉。下边"星星的长发"接着说，我差点儿被一张旧沙发折磨疯了，开始还想卖给收废品的，人家嫌我住在六楼，不光不给我钱，要想让他们搬走沙发我还得出三百块钱搬运费。我和你一样赌气不干了对不对？找几个人想抬到楼下当垃圾扔，可小区不允许，说清运公司也没办法处理这种大件，你说这算什么事？最终我还是花三百五十块钱让收废品的搬走了，我第二次和人家联系时人家涨价了。李春看着看着就不淡定了，她甚至怀疑"星星的长发"就是娜姐，虽然"星星的长发"说住在六楼，虽然娜姐没有什么长发。

　　李春手机上存着一个收废品的手机号，第二天一早她打通电话说，大哥，我有一只旧沙发想处理掉，你要吗？"大哥"说，现在防控疫情，不方便。李春说，过一段时间也可以的，大哥我这沙发还好着呢，先问问价。"大哥"问，住几楼？李春说，五层，没电梯。"大哥"说，你找人抬到楼下，我给你五十。李春说，你们不能抬吗？"大哥"说，我们抬你给我二百五，我给你五十。李春把电话挂了，心想自己还真像个"二百五"呢。李春还想找个收废品的问一问，又觉得无此必要。总之她又烦躁起来，肚子里积聚起怨气。

　　让李春郁闷的还不止这些。昨天晚上天气就阴沉起来，天快亮的时候淅淅沥沥下起了雨。李春晚上没有睡好，刚刚迷糊一会儿就被雨声吵醒。李春站在阳台上打完电话，天空阴沉沉的，闪亮的雨丝像是织起一张网。往下看，只见她的脚踏三轮车委屈地停在那棵五角枫下，五角枫树干不过她的胳膊粗，树叶还没有长大，三轮车早被淋湿了。李春决定到地下室找块塑料布，苫盖住三轮车，最好车轮下再垫块砖，以免轮胎被积水泡乏。李春急匆匆下楼，路过娜姐家屋门时她又听到自己粗壮的鼻息，她甚至想恶狠狠地踹一脚门。李春忘记了打伞，待苫好了三轮车，找来砖块垫在车轮下，她的头发和肩膀被淋湿了，雨越下越大。李春撒腿往回跑，快跑到楼门前时脚下一滑摔倒了，脑袋差点儿磕到台阶。李春爬起来，裤腿和屁股上泥淋淋的，胯骨一阵疼痛。

　　李春回家后洗了把脸，换过衣服，胯骨还是有点疼。这当儿军军还没有起床，她没好气地喊，赵将军你快起床呀。喊完她又后悔了，这还不是迁怒？军军睁开眼眨巴了一会儿，懒洋洋地说，妈妈，我不舒服。李春吃了一惊，趴到床上摸军军的额头，烫得厉害。凤城还没有新冠病例，李春明白军军不太可能感染，但心里还是不踏实，况且现在不是看病不方便吗？她匆忙找来体温计给军军测体温，还好只是低烧，刚才感觉烫得厉害和她手掌冰凉有关。她琢磨了几分钟，让军军喝了半包感冒冲剂。她想她真是个"二百五"，与其跑到超市抢购两个洋葱，还不如备点药品呢，关键她损失了一双鞋。

李春忙碌了一阵子，胯上倒感觉不怎么疼了。她去厨房做早餐，准备给军军做个水蒸蛋，多放点胡椒粉让他发发汗。雨还在下，窗外雾蒙蒙的，雨点斜着身子，不停地飞到窗玻璃上，一道一道滑下来，像是擦不完的泪痕。李春端着碗，用筷子不停地搅拌着碗里的蛋液，搅得心里越发烦乱。这当儿她听到开门声，脑海中下意识地跳出一张男人的脸，是那个醉酒以后误打误撞跑到她家的男人。李春扭过身后顿时间生气了，赵小兵站在她面前，脸上浮起死不要脸的、湿淋淋的笑。李春差点儿把半碗蛋液泼到赵小兵身上。李春说，赵小兵，你给我滚，滚，滚！

九

到九点钟的时候，雨还在下，赵小兵把他的狐朋狗友又喊来了。赵小兵喊来的还是那三个人，李春横看竖看都不顺眼。杜青的胳膊上文着青龙，宋大宝的嘴有点歪，张来顺在楼道里吐了口痰，进门后满嘴脏话。

张来顺说，赵小兵你他妈有病呀，下雨天搬什么沙发？

李春说，赵小兵没病，是老娘有病，老娘是个二百五。

杜青一屁股坐到沙发上，说，这沙发还可以吗，人摞人也压不坏。张来顺和宋大宝就笑。宋大宝说，下雨天急着换沙发，赵小兵看来你发财了，别忘了和我结账。赵小兵一个劲儿冲宋大宝眨眼，李春假装没有看到。赵小兵说，发什么财，劳驾哥几个，不把沙发处理掉人家李春就让我滚蛋。李春说，赵小兵你喊他们来是看戏的吗，给老娘把沙发搬走，立刻，马上！

四个人开始搬沙发，哪有老王、小刘他们利索？吭哧吭哧，吆五喝六，总算把沙发挪到了楼道里。他们刚把沙发挪出去，李春"砰"一声把防盗门关上了。李春靠在门板上喘气，她又想哭，使劲儿捂住了嘴。李春听到张来顺说，赵小兵，这他妈到底怎么回事，为什么要扔掉这只沙发？李春没听到赵小兵回答，赵小兵八成在打手势。宋大宝说，赵小兵你喊我过来，我真以为你要还钱呢。李春还是没听到赵小兵回答。杜青说，这他妈搬到楼下费多少力气，赵小兵你中午请我们喝茅台。过了三四分钟，四个人又开始吭哧吭哧地搬沙发。

李春来到了阳台上，她等着这几个货把沙发搬出楼门。她本来想让赵小兵喊人把沙发还给娜姐，想想还是算了。赵小兵带回来三千块钱，她决定今天就从网上订购一只新沙发，哪怕因为疫情原因商家不能及时发货。李春等了十几分钟，赵小兵把楼门打开了。雨还在下，赵小兵找来砖头支好楼门，四个人总算把沙发挪出去，站在楼门前各自抽完一支烟，把沙发横着扣在了李春的三轮车上。

这当儿李春才长出了一口气，她想此时此刻五楼的阳台上八成也站着一个女人，像她一样张望着。赵小兵用绳子把沙发绑了绑，亲自蹬着三轮车，那三个货色撑起雨伞跟在后边，都不知道扶一把，横在三轮车上的沙发摇摇晃晃向前移动。

军军还在卧室哭，他不理解妈妈为什么执意要处理掉这只沙发。李春抱着军军说，军军听话，妈妈很快就给你买一只新沙发，比这只沙发好一百倍。五岁的孩子毕竟好哄，李春说还要给他买一把冲锋枪，他就不哭了。李春摸了摸军军的额头，好像也不烫了，她又长出了一口气。

李春从卧室出来，看到了撂在马扎上的那两只靠枕。李春忘记让赵小兵把靠枕也带走了。李春想拿上靠枕去追赶赵小兵，或者干脆把靠枕扔进垃圾桶。但李春抓着两只靠枕下楼的时候还是有些犹豫，她承认她有些犹豫。一出楼门，她就听到救护车刺耳的鸣叫声。扭头一看，一辆救护车正沿着楼侧的行车道向小区深处行驶。正愣神间，李春看到赵小兵骑着三轮车，载着那只沙发摇摇晃晃地返回来了。李春不清楚怎么回事，抓着靠枕向赵小兵跑过去。

　　赵小兵浑身都淋湿了,头发绺在一起,挂满雨水的脸上闪闪发光。他咬牙切齿地蹬着三轮车,被雨淋湿的沙发好像增添了分量。李春冲赵小兵吼道,赵小兵,你怎么又把这只破沙发拉回来了?赵小兵腾出一只手抹把脸说,春,咱们小区有人感染新冠了,马上要封控,杜青他们吓跑了。李春说,那你也得把沙发给老娘处理掉。赵小兵说,我怕出了小区就回不来了。说话间三轮车已驶到楼下,赵小兵从三轮车上跳下来,沙发向后滑,三轮车前轮翘起来,像支起一门大炮。车把一歪,前轮"嘎吱""嘎吱"转动着,甩出去细碎的水珠。

　　李春又吼,赵小兵,你必须给老娘把沙发处理掉!李春一手抓着一只靠枕,使劲向赵小兵砸过去,赵小兵闪身躲开了。

　　雨还在下,路面上到处是积水,两只靠枕先后落下来,没有激起任何波澜。

伪诗人

七月的一天,我的姑姑从乡下跑来看我。阳光炽烈,我匆匆往回赶,老远就见她蹲在楼门前那棵简笔画般疏朗的五角枫下。她的头发几乎全白了,瘦骨嶙峋,穿着一件肥大的广告衫,身旁卧着一条挂着油渍的蛇皮袋。看到我后她身体向前倾,双手撑着膝盖站起来,我慌忙上去扶住她。"石头,"姑姑说,"我的记性越来越差,还担心找错地方了呢。"说着姑姑笑了,牙还是那么白,脸上密布的皱纹闪闪发光。姑姑只比我大十三岁,不过六十出头,看起来竟如此苍老。

我拎起那只蛇皮袋,起码有二十斤重吧。我责怪姑姑,来之前该提前通知我,我好去接她。姑姑又笑,回到家里后我让她到卫生间洗把脸,她却不肯。她双手撩起衣襟擦汗,肚子露出来,肋骨滚动着,两只枯瘪的乳房轻轻摇晃。姑姑打小就疼爱我,她大约觉得在我面前没什么好顾忌的吧。

但姑姑分明又是拘谨的,尤其我的妻子回家以后。姑姑目光游移,坐在沙发上不停地搓着手,右手的中指上缠着污黑的胶布。我给她沏了茶她不肯喝,水果也不吃,她终于站起来,弯腰驼背地把蛇皮袋解开了。她先从蛇皮袋里拎出来一塑料袋红枣,然后拎出来一塑料袋葵花子,然后是小米和绿豆。这些都是姑姑自己家出产的,不打开蛇皮袋我也能想到。让我意外的是姑姑最后从蛇皮袋里拎出来一沓陈旧的稿纸,它们被麻绳捆绑着，同样装在塑料袋里。"石头，"姑姑说，"这是宋诗人以前写的诗，他老得不行了，得了糖尿病，你能帮他出一本诗集吗？"姑姑皱着眉头望着我，嘴角似在抽搐，我一时间无言以对。

姑姑不肯在我家吃饭，她说要到三儿子庆春家去。庆春去年才结婚，在城里买了商品房，姑姑负担了一半的债务。我三番五次挽留姑姑，姑姑说："已经说好的事，不去的话恐怕庆春媳妇会有意见。"我只好把姑姑送到小区门口，她临走时把那只空空荡荡的蛇皮袋叠起来带上了。我要替她拦一辆出租车，她不肯，庆春所在的小区离这边有四五里地。她推搡着我让我停下来，佝偻着背大步往前走。阳光刺目，松软的柏油路闪闪发光，令人眩晕。姑姑扭身向我挥了挥手，她的背影趔趄着，如一枚残败的落叶贴着路面飘走了。

这个燠热的夜晚我注定要失眠。我望着那些陈旧的稿纸发起了呆。几颗金黄的米粒从纸页间蹦出来，欢快地跳跃着，仿佛在嘲笑着我，或者嘲笑着过往的时光。往事如烟，我的姑姑，我那个貌美如花的姑姑、风姿绰约的姑姑，她在岁月的风霜中已经凋敝了。

姑姑提到的宋诗人是我的姑父，小学五年级时他代过我一个月语文课。我回想起那个遥远的春天，宋诗人骑着一辆掉了挡泥板的自行车，后座上夹着简单的行李，吹着口哨驶进乡村校园的情景。我想起宋诗人给我们上的第一堂课，第一堂课他就让我们大吃一惊。他说他是个诗人，我们知道李白是诗人，杜甫是诗人，但谁都没有亲眼见过诗人。他举起一张折痕累累的四开小报让我们看，红色的墨迹勾勒出台阶的形状，框子里正是他写给春天的诗。"你们看到了吗？"他骄傲地说，"我是一位诗人，我的笔名叫宋行舟。"整堂课他都让我们背诵他写的诗，"淅淅沥沥春雨下，春雨贵如油……"

那是二十世纪八十年代初期，宋诗人长发飘飘，风流倜傥，满脸青春痘。他几乎每天都写诗，每天都让我们背诵他写的诗，课本倒让他忽略了。校长起初忌惮诗人的名号，等他干满一个月后便辞退了他。他已然沦为笑柄，谁都喜欢模仿他尖细的声音和神经质的腔调——你们知道吗？我是一位诗人！他败坏了诗人的名誉，村里人还以为诗人都是神经病呢。

宋诗人被辞退以后并没有离开我们杨村，这就要说到我的姑姑了。我的姑姑是村子里最漂亮的姑娘，一出门便会吸引来目光的追逐，她只好甩一下马尾辫，像驱赶蚊子或者苍蝇一样把那些目光驱散。姑姑到了谈婚论嫁的年龄，提亲的人来了一拨又一拨，都被她毫不留情地拒绝了。晚上我发愁得睡不着，我掰着指头把村里的小伙子数了一遍又一遍，连镇上的邮递员和售货员都数过了，还是没有谁配得上我的姑姑。直到宋诗人出现后我才恍然大悟，姑姑原来是在等待一位诗人呢。

不清楚宋诗人和姑姑是什么时候相识的，我想多半是姑姑到河边洗衣服的时候，宋诗人时常到村外的小河边散步。有一天下午，快要放学时宋诗人把我叫到了操场上，他甩了一下长发说："石头，你看美丽的晚霞多么让人心醉。"我便抬头看了看晚霞。他接着说："石头，我有一件十分重要的事情，你能帮我一次忙吗？"我赶紧点了点头，他是一位诗人。他像变戏法一样，从身后拿出一个亲自糊的牛皮纸信封说："石头，这是我刚写的诗，像露珠一样新鲜，你能帮我转交给你的姑姑，请她指教一下吗？"我的脸顿时烫起来，像意外获得了一种奖赏，又不太像。我的姑姑连初中都没有读完，认识的字未必比我多，让她怎么指教呢？我接过了信封，飞快地跑远了。

回家后，我想把信封拆开，看看宋诗人写了一首什么诗，然后用树胶再把信封粘住。我终究没有这么干，赌气般跑到姑姑屋里把信封交给了她。"宋诗人写了一首诗，请你指教。"我这样说，姑姑惊讶地望着我，她把眼睛瞪起来后越发漂亮了。她正坐在床沿上绣花，撂下针线，慌乱地把信封藏在了身后。"石头，这件事不能和任何人讲。"姑姑说，她的脸红得像一片火烧云。

我替宋诗人送过两封信，或者两首诗，姑姑一次都没有回复过。没等宋诗人让我送第三封信，他就被学校辞退了。这时，村庄里已经有了姑姑和宋诗人谈恋爱的传闻,有人看到姑姑和宋诗人傍晚在小河边并肩散步。宋诗人被辞退后在喜镇赁了一间房,每天还会来我们杨村,还会到河边散步。他用惯常的声音和腔调说:"我是一位诗人,我决不会像一朵孤云一样飘去,因为这片深情的土地上有我梦中的新娘。"他操着半生不熟的普通话,快把别人的牙根酸掉了。他把我的姑姑推送到了风口浪尖。

我爷爷和我奶奶每天都守护着姑姑,有谁乐意自己的闺女嫁给一个神经病呢?面对爷爷奶奶的质问,姑姑总是沉默寡言,谁都不清楚她在想什么。爷爷为了自证清白,撇清和宋诗人的关系,有一次在村街上愤怒地说:"母猪才会嫁给那个宋诗人呢!"但宋诗人不停地制造着舆论,每天傍晚他都会赶过来,站在河边朗诵他新写的诗。他的诗写给梦中的新娘,村里人像看猴子表演。

我父亲脾气暴躁,一天晚上,他带着两个本家兄弟找宋诗人算账去了。那个夜晚月黑风高,我躲在墙角瑟瑟发抖。我想偷偷跑到镇上,抢先一步把父亲的行动计划告诉宋诗人,却担心父亲打折我的腿,或者拧断我的脖子。我又想去告诉姑姑,但我躲不过爷爷奶奶的眼睛。一个时辰后父亲他们就回来了。父亲说:"狗屁诗人,就扇了两个耳光,踹了一脚,那货就跪下认屁了!"

第二天,宋诗人却找上门来,这让我对父亲的话产生了怀疑。宋诗人鼻青脸肿,但腰杆挺得笔直,他捧着一束乱蓬蓬的五颜六色的野花。那是夏日午后,宋诗人一路走来,看热闹的人越来越多,简直像一支迎亲的队伍。狗在跳,鸡在飞,在一片乱糟糟的声响中,宋诗人扑通一声跪在了我们家院门前,将那束野花高高擎起。"我梦中美丽的新娘,请你嫁给我吧,我愿意把诗人滚烫的心交给你!"他叫喊着,看热闹的人轰一声笑了。

我奶奶正在院子里洗衣服,院门外的景象把她吓坏了。她跑回屋里喊爷爷,爷爷也慌了神,来到院子里,他先是拎起了挂在屋檐下的锄头,大约担心一锄头下去会把自己送进班房,便放下锄头拎起了扫把,可扫把轻飘飘的能有多大作用呢?他跺了两下脚,干脆猫着腰端着奶奶洗过衣服的一大盆脏水冲出去,痛快淋漓地把宋诗人连同那束野花浇成了落汤鸡。"疯子,神经病,猪,狗,王八蛋——"爷爷气得浑身发抖,宋诗人甩了下长发,水珠齐发,爷爷像中了流弹,在众目睽睽之下僵住了。

我的父亲在睡午觉,他被吵醒以后也冲了出来,拎起了爷爷刚才放下的锄头。他怒不可遏,如果他冲到院门前,宋诗人说不定就报销了。但这时候姑姑从她屋里冲了出来。姑姑跑得飞快,简直像一支离弦的箭。姑姑一边跑,一边发出声嘶力竭的呐喊:"住手!有我在,谁都别想欺负他,我就是他梦中的新娘!"姑姑扑上去,把宋诗人湿津津的脑袋,连同那束被玷污的野花紧紧地搂在了怀中,那架势像是视死如归地保护襁褓中的婴儿。

从那一刻起,姑姑变得不可理喻。她听不进任何劝解,执意要嫁给宋诗人。可怜的爷爷,他在大庭广众下讲过豪言壮语,他怎么能容忍自己的掌上明珠变成一头令人不齿的猪呢?我父亲想把宋诗人赶走,甚至口出狂言要灭掉他,但他粗鲁的行为直接导致了姑姑和宋诗人私奔。说不来是爱情的力量还是诗歌的力量,姑姑大半夜翻墙而出,简直像一位江湖女侠。时隔数月,当她再次出现在村里时肚腹已经隆起。她说她已经怀上了宋诗人的孩子,正在她肚腹中茁壮成长的当然是一位小诗人了。木已成舟,生米做成了熟饭,爷爷只好同意了姑姑的婚事,他在一场凄凉的婚礼后大病一场,再没有缓过来。我父亲愤怒地说,爷爷活生生是让姑姑气死了。父亲要和姑姑绝交,姑姑在爷爷的坟头长跪不起。就算她义无反顾的坚持是为了爱情,她所付出的代价也太大了。

宋诗人他们村在五十里外的山沟里,他弟兄四个,家贫如洗,姑姑生下孩子后连一条包裹婴儿的被子都拿不出来。父母和兄弟同样看不惯宋诗人,他的一个弟弟甚至嘲笑姑姑,说姑姑真是瞎了眼,嫁给宋诗人是个天大的笑话。姑姑只好笑一笑:"可是,他是一个诗人呀!"可怜的姑姑,他八成是被宋诗人洗了脑,月子还没有出她就开始不停地干活,她给孩子洗尿布,宋诗人在一边摇头晃脑地吟诗;她带着孩子去农田里干农活,宋诗人仰躺在地塄上吹口哨，眺望白云和蓝天；她病倒了，发高烧，宋诗人说：我给你朗诵一首新写的诗吧。好像他那些狗屁不通的文字是什么灵丹妙药，可以包治百病似的。

　　这些都是姑姑讲给我的。那一年我已经在凤城读高中，姑姑生了第二个孩子。我瞒着父母去看望姑姑，姑姑抱着我痛哭流涕。姑姑似要把一肚子苦水都倒出来，她说："石头，我和你说的话千万别回家说呀。"我明白姑姑的意思，这还不是自作自受，打落了牙齿往肚子里咽？她对宋诗人失望了，对自己的婚姻不再抱有幻想。这个自诩为诗人的家伙，他好吃懒做，醉生梦死。他不再写诗，却喜欢上了发酒疯，他把我的姑姑害苦了。

　　我劝姑姑离婚，姑姑擦干眼泪苦笑着。短短几年，她那张俊美的瓜子脸变得如此粗糙，她的笑这般灰暗和凄凉。和姑姑道别时我忍不住哭了，我骑着自行车来到村口，宋诗人正和一帮老头下棋，我老远就听到了他阴阳怪气的叫嚷声。我产生了深深的自责，如果当初我不替宋诗人送那两封信，也许姑姑就不会嫁给他了。

　　时间如此残酷，三十多年就这样过去了。我上次与姑姑见面是在她的三儿子庆春结婚那天。姑姑生了三个儿子，分别叫阳春、笑春、庆春。宋诗人希望笑春是个女孩子，那样的话名字当然就叫白雪了。姑姑的三个儿子倒还争气，虽然没有读多少书，但个个身强力壮、勤奋踏实、性情直爽，谁都没有遗传宋诗人令人不齿的基因。庆春结婚前借钱在凤城买了商品房，姑姑接手了一半债务。这么多年了，姑姑张罗着给阳春和笑春成了家，新房盖了两处，她还住在寒酸的老宅里。除了种地，姑姑还经管着一百多株苹果树，还养猪喂羊，说起来收入也还可观。乡村的婚礼古朴而又热烈，在闹哄哄的情境里，我默然望着佝偻着背忙前跑后的姑姑。那个宋诗人，昨天晚上又喝多了，还躺在厢房里睡觉呢。新人将要拜天地，两个壮汉把宋诗人从屋里架了出来。宋诗人迷迷瞪瞪，淌着口水，胖得像一头猪。他谢顶了，秃头闪亮，面色红润，坐下来后搓了两把脸，众人都笑了。司仪是个滑稽的后生，帮宋诗人整了整衣领调侃说："好我的大爷，此时此刻,你难道不想给庆春和新媳妇吟诗一首?"宋诗人夸张地摆摆手,屁股差点儿把椅子掀翻,他说:"吟诗乎?不吟也,宋某人早就不写诗了。"众人又笑,宋诗人摇摇晃晃地站起来,搬起椅子往姑姑那边挪了挪,两把椅子原本间隔着二尺远的距离。姑姑换了身新衣服,正襟危坐,瞥了宋诗人一眼。宋诗人一条腿瘸了,是两年前被笑春拿铁锹砍伤后落下的后遗症。他搬椅子时夸张地撇着那条瘸腿,脚尖画了两个半圆,那样子又把人们逗乐了。婚宴尚未结束,我急赶着回单位开会,和姑姑匆匆道别。宋诗人又和一帮人喝上了,阴阳怪气地笑,我瞅他一眼,想着要不要也和他道个别,无论如何他是我的姑夫。姑姑说:"石头你走吧,别理那个死人。"这么多年了,姑姑很少和宋诗人说话,任由他睡意昏沉,醉生梦死,把自己养成一头猪。可是,姑姑啊姑姑,现在你怎么就想起来要我帮宋诗人出一本诗集了?

姑姑给我出了一道难题。

姑姑和宋诗人私奔的那几个月,我对诗歌的力量产生了盲目的崇拜。我这样想,如果我也像宋诗人一样会写诗,长大以后就可以娶到像姑姑一样聪颖漂亮的姑娘了。当我有了基本的文学审美,看透宋诗人和他那些简陋的文字时,对诗歌的热爱已然欲罢不能。问题在于,这么多年了,我又写过几首像样的诗呢?只有高贵的灵魂才配得上诗人的称号,我觉得我不配。后来我又写小说,同样是广种薄收,没多少进步。连我自己的作品出版社都不给出,遑论帮宋诗人出一本诗集了。姑姑说,如果需要花钱的话由她来出,可我怎么忍心让她花这种冤枉钱?我在市里编着一本文学刊物,时常收到业余作者自费出版的书籍,它们的价值无非是满足一点虚荣心罢了。何况是宋诗人,帮他出版诗集无异于助纣为虐,真不知姑姑怎么想的。

事情就这样拖延下来。拖延也是解决问题的一种办法,也许过不了几天姑姑就改主意了。我这样想,姑姑却打电话催我了。姑姑说:"石头,宋诗人的书你能帮他出版吗?"姑姑电话里的声音似有些腼腆,我只好说:

"难度比较大吧，出版社不给出，我试着再找找关系，看能不能列为市里的文化资助项目。"我已经习惯了这种堂而皇之的说辞，哪怕是面对自己的姑姑。市里确实每年都会扶持一批文化项目，我还是初评委，可这和宋诗人有什么关系呢？我这样讲无非是延缓姑姑的失望罢了。

又过了十几天，姑姑没有再催我。

这天下午，我到单位时见楼道里站着一个老头。楼道里光线昏暗，他的脑门闪闪发光，我瞥了一眼并没有在意。当我掏出钥匙开门时，老头却向我走来，原来他还拄着条拐棍。"石头，"他冲我喊，"别来无恙啊！"我吃惊地望着他，原来是宋诗人，他亲自找我来了。与上次见面相比，他瘦多了，瘦得倒像是从前。他穿了一件过时的白衬衣，胡子刮得干干净净。他说话的时候拎起拐棍笑了。

我慌乱地把宋诗人请进办公室。"石头，当年我就知道你是块搞文学的材料。"坐下来后他打量着杂乱的书架，我用纸杯给他倒了杯水，没有放茶。"石头，我看过你的文章，春秋笔法，大师气象，有鲁迅的风骨！"他目光灼灼，冲我竖起了大拇指，那个胖了多年后又瘦下去的腮帮子松松垮垮地鼓动着。这么多年了，他的青春痘变成了一块一块的黑斑，这张脸如此丑陋。"石头，你现在成了大作家，为师真替你感到高兴！"他又说，我咬紧牙关，真想把他一把推出去。前一天晚上，我硬着头皮把他的几首诗改了改，想在自己编的刊物上发一下，好歹对姑姑有个交代。但现在，我觉得把他的诗发出来对我来说是一种羞辱。"是这样，"我尽量克制着情绪，用低沉的声音说，"您的诗歌出版社不可能纳入出版计划，市里的文化扶持项目也没有选上。"宋诗人皱起眉头，等我讲完这句话后神情僵硬起来。"石头，你难道不能帮为师润色润色吗？"他嘴唇颤抖着，我不知道如何应答。还好，这当儿办公室的小乔跑来喊我，说头儿找我有事。我冲宋诗人抱歉地笑了笑，示意他应该走了。宋诗人却磨蹭着，不情愿地站起来，我把依旧装在塑料袋里的诗稿交还给他。把他送进电梯后我松了一口气，好像了结了一件大事情，只是觉得有点对不住姑姑。

头儿喊我却不是什么好事情。他把领导批示过的一封告状信丢给我，我瞅了两眼哭笑不得。说来令人尴尬，作为一本文学刊物的主编，这几年我根本就没有培养出几个像样的作者，倒是招惹了一帮老干部。老干部们往往这样说，退休前公务繁忙，分身乏术，现在终于有时间实现文学梦想了。他们把借着游山玩水的余兴创作的顺口溜，或者回忆青春和初恋的所谓自传拿给我看，我一次一次地拒绝了他们，有两个老头找领导告状去了。头儿黑着脸说："石头主编，那些油腔滑调的文艺青年无所谓，老同志是万万不可得罪的。"我说："那是那是，老同志是一笔宝贵的财富。"头儿说："我看那两个老同志写得也不错嘛，你帮他们润色润色，抓紧发一下！"

　　回到办公室，我从废纸篓里把那两个老干部的打油诗找了出来。我赶紧让自己平静下来，好帮他们润色。帮宋诗人润色过的那几页诗稿还搁在桌上，因为隔着一盆仙人掌，宋诗人刚才并没有看到，我刚才也忽略了。宋诗人的文字虽然空洞浅陋，与这两个老干部的顺口溜比毕竟还有点激情，这样想好像有点对不住宋诗人了。

　　我们单位在机关大楼的五层，我想出去散散心，院子里的月季花姹紫嫣红，合欢树也开花了。来到院子里，全无赏花的心境，机关大院毕竟有几分肃穆。我缓步向院门走，想着晚上要不要喊两个人喝几盅，其实喝几盅也没什么意思。迎面走来个熟人，不可避免要和他打招呼，我后悔从办公室跑下来了。熟人喊我"大作家"，我反感这种称呼。为了避免类似的尴尬，这几年我上下班一直爬楼梯。时常，我也会察觉到内心的偏执与狭隘，这难道能怪文学吗？熟人问我最近有什么大作，我顾左右而言他，猛然看到宋诗人一只手拄着拐棍，另一只手拎着装着诗稿的塑料袋从办公楼走了出来。从楼门前那几个台阶下来时他吃力而又谨慎，先用拐棍撑着下面一级，双手握着拐棍的手柄，把健康的那条腿探下去，然后才拧着腰把那条残腿拽下来，挂到手柄上的塑料袋摇摇晃晃。我不想再和宋诗人打照面，熟人却喋喋不休，问我看过《流浪地球》后有什么感想，我他妈有什么感想还需要向你汇报吗？熟人看出来我的敷衍，宋诗人已经站在我面前了。

"石头，"宋诗人说，"你就不能帮为师再想想办法吗？"他弓着背喘了两声，眼巴巴地望着我，撑着拐棍微微颤抖。那是一根极其简陋的原木拐棍，没有上漆，中间部位缠着一截黑胶布，对比起来其他部位倒显得不怎么黑污了。拐棍的底端开裂了，我想起来《祝福》中的祥林嫂。我不知道说什么好，这么久他才从办公楼出来，干什么去了？"石头，"他又说，"我还是希望你帮为师想想办法，我是说人生无常，我应该给自己有个交代的。"他抬起胳膊擦了把汗，那动作像是在抹眼泪。他究竟要交代什么呀？他把我的姑姑害苦了。

宋诗人怏怏而去，他好像生气了，他的背影跌跌撞撞。我把目光收回来，心想，宋诗人他们村离城四十多里，他是坐公交车来的吗？他的三个儿子都鄙视他，笑春之所以拿铁锹砍他，是因为他发酒疯，推搡姑姑。庆春住在城里，恐怕不太欢迎他去投宿吧。那个趔趄的背影持久地在脑海中晃荡着，我担心姑姑再次打电话催我。好在没有，当天晚上没有，第二天和第三天也没有，这件事情也许就这样过去了。

第四天是星期一，早晨我步行去上班，远远看见一个秃顶男人跪在机关大院大门外。我并没有当回事，大院门前时常会有人鸣冤叫屈。农民工讨薪，业主维权，经济纠纷，医疗事故，遇上什么事人们都喜欢来造造势，寄希望于引起领导的关注。保安习以为常，在大门外画两条隔离线，只要不越过黄线，只要不是兴师动众闹事，懒得去搭理。走到大门跟前，我却认出来跪在地上的是宋诗人。宋诗人面前铺一块白布，拐棍横在白布上，白布上还写着什么字，双手伏地，谢顶的脑袋在旭日照耀下分外夺目。我难免又要吃惊了，宋诗人难道遭遇了什么冤情？是庆春昨天晚上收拾他了吗？我下意识地朝他那边走了两步，慌忙收住了步子。宋诗人一直耷拉着脑袋，并没有看到我。我从供行人出入的侧门进了大院，听到一个小保安嘟囔说："这年月什么稀奇事都有，那个瘸老头是想让领导帮他出一本书。"原来如此。

来到单位后我心神不宁,好像做了什么亏心事似的。不多时,小乔姑娘跑进来说:"老师你看到了吗,上礼拜来咱们单位的那个老人家在大门前跪着呢。"小姑娘一惊一乍的,我说:"小乔你喊什么,什么意思?"小乔说:"我没有什么意思,我是说老人家看起来挺可怜的,他想出本书。"我说:"想出书的人比天上的星星还多。"

还好,中午下班时宋诗人不见了。又想,哪怕宋诗人跪成一块石头,被太阳晒成肉干,和我也没有半毛钱的关系吧。下午上班时宋诗人却又跪在那里,我匆匆走进大院,他好像抬头瞥了我一眼,我决计这几天上下班不走大门了。机关大院还有个侧门,无非是绕点路,换一种说法叫"燃烧你的卡路里"。

隔两天,小乔和其他人都没有再提起宋诗人,我倒有点沉不住气了。我端着茶杯晃悠到机关办公室,从这间屋子靠右边的窗口可以看到机关大院的大门。我怀疑小乔看出了我的心事,她一边敲打键盘一边问我:"老师你看什么呢?"我说:"看看合欢树嘛,小乔你知道合欢树从种植到开花需要几年时间?"小乔说:"老师你是不是要给我们讲一个浪漫的爱情故事?"我摆摆手说:"小乔你想多了。"小乔说:"对了老师,那个想出书的老人家还跪在大门外呢,我今天走近他看了看,白布上写着一首诗。"我说:"诗?"小乔说:"两句三年得,一吟双泪流。"我说:"这是贾岛的诗,不是他的诗。"小乔说:"还有两句呢,笔耕三十载,甘苦有谁知?"我喝了口茶,小乔突然间捂上了嘴,我们头儿进来了。头儿说:"石头你来我办公室一下。"

来到头儿办公室,他黑着脸问我:"有一位叫宋行舟的老作家,你认识吗?"我点了点头。头儿又问:"这几天宋老师每天跪在大院门口,你看到没有?"我说:"我眼镜高度近视,而且不喜欢看热闹。"头儿说:"我们每天讲文艺为人民服务,但对群众的诉求却麻木不仁,熟视无睹,惭愧,惭愧啊!"头儿像是自责,更像是批评我。我说:"那也看什么诉求吧,不是所有的诉求我们都能满足的。"头儿站了起来："这是什么话，一位乡下的老作家，辛辛苦苦写了一辈子诗，还是个残疾人，我们难道没有义务帮他出一本诗集吗？"我说："那要看作品质量。"头儿说："石头同志，我说过多少次了，作为文人不能这么迂腐，你还不知道吧，刚才市里的主要领导把宋老师请到办公室了。"原来如此。头儿说："以前宋老师投过稿没有，你给他发表过诗歌没有？"我说："投过倒是投过，没办法用。"头儿说："怎么没办法？编辑还不是帮人改稿子的？如果领导问起来，就说正在给宋老师编一组诗，你明白我的意思吗？"头儿手机响了，他抑扬顿挫地接听，挂断后严肃地说："马副部长马上领着宋老师来见我们。"

　　头儿到电梯口迎接马副部长和宋诗人，我只好跟过去。二人出了电梯，没等马副部长介绍，头儿就握住宋诗人的手说："您就是宋老师吧，久仰，久仰。"宋诗人一手拎着拐棍，握手有点别扭，看起来十分激动。马副部长替宋诗人拎着诗稿，头儿搀扶着宋诗人往办公室走，宋诗人偷偷瞟了我一眼。

　　来到头儿办公室，马副部长说："宋老师您放心，您的诗集我们已经列为文化扶持项目，接下来的工作由他们来完成。"头儿赶紧表态，宋诗人嘴唇又颤抖起来，不停地重复着感谢。马副部长问宋诗人："石头主编您以前认识吗？"宋诗人看着我笑了笑，那笑容似有些羞愧，又像在嘲讽我。头儿说："认识认识，石头主编正准备在重要位置编发宋老师的一组诗歌呢。"马副部长还有其他公务，嘱咐我们和宋诗人好好对接，然后便告辞了。头儿送他出去，老长时间不回来，我耷拉着脑袋，赌气般不搭理宋诗人。宋诗人突然说："石头你放心，咱们的关系我不会和他们讲。"他往门口瞥了一眼，两只手攥在一起，我看到了他裤子上跪出来的印痕，膝盖的部位几乎要磨破了。

　　就这样，宋诗人那个装着诗稿的塑料袋又回到了我手里。头儿亲自审过了稿子，他也觉得"有些诗歌不太理想"，让我抓紧润色，抓紧和出版社联系。头儿说："一定要快，老头儿不光腿有残疾，患有糖尿病，肚子里还长着鸡蛋大的肿瘤。"头儿不称呼宋老师了，我问头儿："那咱不带着老头儿去医院做个体检？"头儿说："石头同志，体检不体检和咱有半毛钱关系吗？你抓紧把老头儿的诗集给出了，万一老头有个三长两短呢。"

好吧，晚上我又润色宋诗人的诗稿。我把那些陈旧昏暗的纸张一页一页翻过去，脑子里一片空白。这当儿姑姑给我打来了电话，她说："石头，宋诗人说你帮了他的大忙，谢谢你啊。"姑姑的声音还是有些腼腆，宋诗人居然这样说，这不是凭空污人清白吗？我含糊地应承着，姑姑叹了声气："宋诗人快高兴得死过去了，他又发酒疯呢。"姑姑啊姑姑，你这是何苦来着？

我把宋诗人的错别字一个一个改了过来。到后半夜，我突然间有了一个奇怪的念想，我想把宋诗人让我送给姑姑的那两首诗找出来。这时候我才发现，在宋诗人的一百二十五首诗歌中，竟没有一首是写给姑姑的。他写月亮和星星，写旭日和晚霞，写村口的老槐和路边的杨柳，写清晨的校园和傍晚的山村，他甚至连爱情都没有写过。他的诗稿中，涉及爱情的好像就是那首《种猪的爱情》："李老头牵着它到处走，到张老头家，一只又白又胖的母猪嗷嗷叫，到李寡妇家，一只又黑又瘦的母猪嗷嗷叫，但它始终沉默着，站起来或者趴下，种猪的爱情四处流浪。"我想起来我们村那个留着山羊胡子的李老头，他终身未娶，养过好几头种猪，还给它们起了美好的名字。当他赶着牛高马大的种猪走在街上时，总会有人和他开几句玩笑。问题是这和我的姑姑有什么关系呢？我不相信宋诗人没有给姑姑写过一首诗，倘真如此，姑姑凭什么赴汤蹈火嫁给他，凭什么往火坑里跳？我怀疑姑姑在把宋诗人的诗稿交给我前动过手脚，宋诗人写给她的诗被她一页一页地撕掉了，或者塞到了炉火里，烧成了灰烬，飘向了远方。

客观地讲，宋诗人那首《种猪的爱情》与时下的口语诗还有点类似，在他所谓的诗稿中当属上乘之作。但我们的头儿再次审稿时毫不犹豫地把它剔除了。"什么种猪的爱情，"头儿说，"和一个乡下老作家的身份不相符嘛。"我把诗稿发给省城出版社的编辑印泥，他和我们有业务往来，头儿让我抓紧去找他。到省城见到印泥,他正杵着脑袋看稿子。小伙子三十多岁,宽脸,戴着眼镜,头发快掉光了,拧着眉头问我:"稿子不是发我了吗,你来干什么?"我说:"好我的兄弟,你以为我想来看你?"印泥说:"狗屁诗歌,对不起那些白纸。"我说:"狗屁也得出,要不你喝西北风呀。"印泥说:"我本来想把这个狗屁稿子看完,你一来又走神了,还不请我喝酒去?"

我和印泥认识好多年了,他是个文学青年,正如我曾经也是个文学青年。如果和他这么说,他肯定会咬牙切齿地反驳:"你才是文学青年呢,你们全家都是文学青年!"但我能感觉到他骨子里对文学的热爱,他说他也好几年不写文章了。他说他曾经不无天真地想,等玩命挣上几年钱后便辞职写小说,这纯粹是屁话。他曾经看过我的小说,希望帮我出本小说集,但领导不同意。喝了两杯,他的话又多了。"石头老兄,"他这样称呼我,"你后半夜醒来的时候有没有觉得肚子里某一个器官在不甘心地叫喊,在轻飘飘地晃来晃去?你觉得自己的人生有价值吗?"我笑了笑,他又说:"我知道你不会讲真话,可是,作为一个热爱文学的人,你难道真的没有思考过人生的价值吗?"我又笑,他自己和自己干了一杯,叭一声把酒杯撂下。他不胜酒力,脸涨红了,那样子像是要和我拼命。我想和他说两句掏心窝子的话,让我说什么好呢?他还没有女朋友,我曾经想过把单位的小乔介绍给他,又想,他是一个文学青年。

印泥运作得还算顺利,不到两个月,宋诗人的诗集就要付梓印刷了。其间,我和宋诗人见过两次。第一次是让他审大样,他坐在我办公室,不到半个小时就把诗稿看完了。"石头,你办事我放心。"他居然这样说,"石头,你哪天有空去家里坐坐,我和你姑姑好好请你吃顿饭。"第二次是让他送照片,电话里我都说清楚了,让庆春他们给他拍张近照,通过微信发给我,但他还是给我亲自送过来一张洗出来的旧相片。他这样说:"石头,年轻时候的照片不行吗?"我说:"不行。"我把那张泛黄的照片撂到桌上,照片里的他推着一辆破旧的自行车,长发飘飘,满脸青春痘。他歪着嘴笑，这是他三十多年前的笑容。"石头，我的意思是这些诗都是年轻时写的……"他妄图争辩，我说："可你出书的时候已经老了，再说这照片也太次了。"没办法，我只好让他坐在桌前，用手机帮他拍了一张。他紧张得要死，颤着腮帮子笑，比哭都难看。他真是瘦得厉害，我差点儿问出来，他的肚子里难道真的长着鸡蛋大的肿瘤？

宋诗人的诗集印了一千本，取名为"时光的脚步"，他有一首诗就是这名字。头儿举着书端详着封面，他还是认为色不太正，"脚步"两个字有点大了。我已经习惯了头儿的做派，任何一件事情办完以后他都会挑毛病的。他拎了十本书去见领导，还好没有叫我。头儿回来后我请示他，要不要把书给宋诗人送过去。头儿语重心长地说："石头啊石头，你是不是觉得把书送过去就完事了？"顿了顿又说："你抓紧起草一个新书首发式的方案，我好拿上去请示领导。"我抓紧把方案起草出来，头儿认为一无是处。头儿说："石头啊石头，我们办任何一件事情都要体现创新和创造，我们不是为了工作而工作，而是要让我们的工作充分体现出价值。"头儿希望把新书首发式放到宋行舟所在的乡镇，和区政府正准备搞的乡村文化节结合起来，这当然是创新和创造。那个乡村文化节一个多月后才搞，这当儿他倒是不担心宋诗人肚子里的肿瘤了。届时，头儿计划把省文联和省作家协会的主要领导都请过来，他还问我："你认识刘慈欣吗？能不能想办法把他请过来助助兴？"

宋诗人却等不及了，晚上又打电话问我书出来没有，第二天一早便跑了过来。我一到单位就听到他在和头儿聊天，千恩万谢的，尖细的嗓音都有点哽咽了。从头儿办公室出来，他夹着两本书兴冲冲地来见我。"石头，谢谢你啊，为师的诗集终于出版了，三十多年的梦想啊。"他这样说，我只好冲他笑了笑。我想起来他写在白布上的那两句话，"笔耕三十载，甘苦有谁知"。我甚至想和他开个玩笑，此时此刻，宋诗人你难道不想吟诗一首吗？他坐下来，我又用纸杯给他倒了一杯水。他垂下头抚摸着封面，腮帮子又松松垮垮颤抖起来。"石头，"他突然间抬起头问，"你总共出过几本书，能不能签名送为师两本？"我只好说："出过一两本吧，因为印数少，现在一本也没有了。"他又问："石头，你不要顾及为师的脸面，客观地做个评价，为师的这本诗集可以拿得出手吗？"我说："岂止拿得出手，我们头儿还准备在乡村文化节期间给你举办一个新书首发式呢。"

没想到这句话给我惹了麻烦，第二天下午头儿问我："你和那个姓宋的老头说过要给他举办新书首发式？"我说："这不是领导你的意思吗？"头儿说："我只是随便聊聊，没有确定下来的事情怎么能和他讲？有没有一点组织观念？"好吧，我只能沉默。头儿又问："我听说那个姓宋的老头是你的亲姑父？"我的脑袋轰的一声，头儿连这个都知道了。头儿说："我们帮宋老头，也就是你的亲姑父出本书当然可以，但是，跪到机关大门口表达这种诉求无论如何是不对的。"我的脸烫得厉害，好像宋诗人这么干是我指使的，好像我策划了一场阴谋。

晚上宋诗人又给我打来了电话。宋诗人问："石头，为师新书首发式的时间定下来没有？"我说："你应该去问我们领导。"宋诗人说："石头啊，咱们什么关系，领导毕竟是外人。"我把电话挂了。

接下来的几天，宋诗人又给我打过几次电话，我一次都没有接。我请了年休假，希望事情就此过去。孩子在外地读书，妻子工作忙，我想约印泥一起去旅行。小伙子说："好我的老哥，我哪有时间干这种浪漫的事，你希望我后半辈子喝西北风吗？"我和他开玩笑："说不定路上会遇到美若天仙的女诗人呢。"他笑了："可是，那又如何？"我顿觉自己无趣。他催我快点儿把宋诗人出书的费用结了，好像我可以批条子似的。

其实我也没什么想去的地方，跑到邻县找了处农家乐住下来，想安安静静读几天书。我想把手机关掉，又于心不忍，好像手机是一面风月宝鉴似的。过了两个时辰，打开手机时果然有人骚扰我。对方是一个气势汹汹的男人，问："你是石头主编？"我说："怎么了？"对方说："我是区政府，有个老头每天找我们麻烦，说文化旅游月期间要给他搞什么新书首发，这和我们有什么关系？"我只好说："确实没关系。"对方说："你们能不能让老头别来区政府了,快把我们烦死了。"我的天,脑海中晃过宋诗人跪在机关大院门口的画面,这家伙该不会在区政府大门前故伎重演吧。又想到宋诗人的五百本书还堆在我办公室,当初头儿让先给他二百本,是庆春帮他取走的。庆春皱着眉头问我:"弄这一堆废纸有什么用?乡下人擦屁股早用上卫生纸了。"我只好说:"也没什么用吧。"庆春身材粗壮,一手拎一个大纸箱,大步走了。他没有喊我哥。

我把手机关掉后再不想打开了,书也读不进去,觉也睡不安稳,只好讥笑自己的迂腐。又想起来印泥问过我的问题,作为一个热爱文学的人,你难道真的没有思考过人生的价值吗?现在倒是想平心静气地思考一番,又觉得思考的话真有点迂腐了。

好歹过了几天,不清楚做了什么梦,后半夜醒来时眼窝里竟蓄满了泪。乡村毕竟僻静,万籁无声,心慌得厉害,咚咚咚跳个不停。开了灯后下意识地抓过手机,开机以后知道是凌晨四点。短信提示音不停地响,竟有十七个未接来电,其中十四个是阳春和笑春打来的。突然间有一种不祥的预感,刚才做过的噩梦在脑海中闪现,好像有狰狞的笑,好像有殷红的血,好像有刀光剑影。我担心宋诗人出了什么事,犹豫着现在要不要回电话,手机冷不丁地叫喊起来,笑春又打来了电话。摁下接听键,喂了一声,仿佛听到夜色深处传来嘶哑的回声。笑春用一种粗暴并且明显带有嘲讽的语气在电话里吼叫:"梁石头,你姑姑喝农药死了!"我惊得坐了起来,他挂断了电话。

回拨笑春的手机,他再没有接。阳春也不接,庆春也不接。挨到天亮,庆春的手机终于接通了,我心急火燎地问:"庆春,我姑姑到底怎么回事?"庆春说:"死了!"我又问:"到底怎么回事?你说清楚。"庆春说:"你干的好事!"然后他把电话挂了。我又气又恼,好像我是个杀人犯似的。我把电话一次一次地拨过去,庆春再没有接。我差点儿把手机砸烂。

冷静片刻,我试着给笑春的老婆刘梅花打电话,她也没有接,但过了一会儿她把电话回过来了。"石头哥,"她用极低的声音说,"我躲在厕所给你打电话呢,怕他们哥几个听见。"我气呼呼地说:"听见怎么了,难道我是杀人犯?"刘梅花说:"石头哥你别急,你姑姑喝农药死了,这事情其实不能怪你,他们哥仨都在气头上。"我忙问:"我姑姑为什么喝农药?"刘梅花叹了口气:"我现在顾不上和你细说,警察来了。"

刘梅花的大女儿在凤城读初中时,她带着女儿找我补过几次作文课。那孩子压根儿学不进去,刘梅花又是个话痨,快把我烦死了。为此,刘梅花每次见了我都很热情,阳春的老婆有一次偷偷和我说:"石头哥,刘梅花说什么你可千万别信,她浑身上下就长着一张不负责任的嘴。"这话说的,关键时候她不负责任的嘴还是派上了用场,我和她通了几次电话,总算把事情的来龙去脉搞清楚了。刘梅花说得对,姑姑的死哪能怪得着我?要怪只能怪那个令人不齿的宋诗人吧。我这样想,肚子里却一阵紧似一阵地抽搐着,好我的姑姑,这么多年的苦难你都不声不响地承受了,现在怎么就想到喝农药了呢?

用刘梅花的话讲,自从出书以后宋诗人完全疯了。他摇头晃脑,神神道道,走哪儿都夹着他的诗集。他先是不停地往区政府跑,真还故伎重演,跪到了区政府大门口。但他这一次没有得逞,后来便赖上了乡政府。乡政府也不理他,威胁他说要把他送到精神病院,他便和村委会较上了劲。他把签名的诗集双手奉送给村主任,村主任顺手就扔到了马路上。他拄着拐棍跟跄着去拣,差点儿被三轮车撞倒。眼瞅着新书发布会泡汤,他到邻村找到了一个网名叫"麻二爷"的家伙。这麻二爷光棍一条,喜欢插科打诨,"抖音"火起来后每天都会发几条短视频,用土得掉渣的凤城方言给人们讲笑话,居然有了上万粉丝。宋诗人请麻二爷给他呼吁一下新书发布会的事,拉点儿赞助,麻二爷和他要广告费,不要他的诗集。宋诗人和姑姑要钱,姑姑给了他几百块,他又和儿子要,阳春和笑春哪吃他这一套,差点儿把他另一条腿也砍断。宋诗人倒没有和儿子们计较,他和麻二爷翻脸了。乡里刚好赶集,他蹲在路边兜售他的诗集,打五折都没有卖出去一本。卖豆腐脑和钉鞋的老头嘲笑他,他说你们懂什么,这个世界真是不可救药了！他是骑着自行车去的，车胎爆了，修车人给他补好后他要用一本诗集抵顶修车费用，人家不同意，他骂人家有眼无珠，他的诗集将来绝对会值大钱。"石头哥，"刘梅花说，"你说这算什么事？宋诗人疯了，不，他一直就是个疯子，他把我们做小辈的脸都丢尽了，你说好端端的出什么书呀！"我从刘梅花的言语中听出来责备的意思。我想辩解，宋诗人的诗集并不是我帮他出的。事已至此，说这些还有什么意义呢？

姑姑出事那天没有任何征兆。经历了一系列挫败，三个虎背熊腰的儿子三番五次威胁他，宋诗人好歹不出去丢人现眼了，但他每天都喝酒。他拍着胸脯和姑姑保证过，说如果他能出一本诗集的话就不喝酒了。他大清早就开始喝，醉醺醺的一个白天过去，夜幕降临后却来了精神。他带着他的诗集吃力地爬到屋顶上，开始声情并茂或者滑稽可笑地朗诵他的诗。星星呀月亮呀嫦娥呀，中秋节快到了，明亮的月光照出他单薄怪诞的影子，村庄里的狗叫起来，不清楚是为他喝彩还是嘲笑他。姑姑忙碌了一天，从地里背回来半袋子玉米棒子，今年天旱，农田里没多少收成。她喂完了猪，然后才去做饭。宋诗人的声音一直在头顶盘旋，她喊宋诗人下来吃饭，宋诗人忘乎所以，并没有搭理她。姑姑就着咸菜吃了半个馒头，喝了一碗稀饭——可怜的姑姑，这是她最后的晚餐，然后她坐在屋檐下处理那些干枯的大豆苗。豆苗是前几天割回来的，晒了几天已经干透了，一碰就会沙沙地响。她在地上铺了几条麻袋，举起豆苗甩下去，甩来甩去的并没有甩下多少大豆。她摸起来几颗大豆，在手里搓了搓，根本不是那种饱满圆润的样子。她叹了口气，揪扯过几根豆苗继续摔打，好像在和谁赌气，或者和自己赌气，和这个荒凉的秋天赌气，和整个世界赌气。月亮孤独地升起来，周围没有一颗星星。月光倒是更加明亮了，宋诗人的声音继续在头顶盘旋。她摔打豆苗的动作迟缓下来，停顿下来，后来又粗暴起来，不清楚她在什么时候停下了。她想起来，那间快要坍塌的厢房里还存放着大半瓶"乐果"。

我承认，上面这段文字里缠杂着自己的情感和想象，刘梅花只是说姑姑喝农药前在打豆子。我已经够克制的了，我的姑姑啊，这个月光明亮的夜晚你究竟想了些什么，月亮可曾听到了你内心深处的诉说？后来，那个宋诗人终于从屋顶上爬下来了，姑姑仰身靠着墙，她还保持着从容优雅的坐姿。宋诗人摇头晃脑地走到她身旁，打了个趔趄后发出了声嘶力竭的呼喊，救命啊——这恐怕是他一生中最为真实的一次诉求。

事已至此，我还犹豫着要不要回去参加姑姑的葬礼。我为姑姑感到悲哀，也为自己悲哀。姑姑就我一个侄儿，按照乡间礼俗，在她去世的第三天我无论如何该去给她烧纸。但我害怕面对阳春、笑春他们，以他们的逻辑，如果宋诗人不出这本诗集，姑姑就不会寻短见，而宋诗人的诗集是我帮他出的。我终究会百口难辩，脱不了干系。年休假还没有完，我不知道如何把这几天打发掉。我想给姑姑写篇祭文，又觉得自己有点迂腐了。

好在还有刘梅花，这个庸俗世故的村妇，这个话痨，这时候竟然似我救命的稻草。她几乎每天都给我打电话。她说："石头哥，我三番五次劝他们，嘴唇都快磨破了，你帮宋诗人出书也是一番好意嘛。"她说："石头哥，你放心大胆地来吧，有我呢。"她说："石头哥，咱家大闺女大专毕业了，学财会的，你能不能帮她找个营生？"我满怀厌倦，但我还是要感激她。

好吧，姑姑出殡的那天我一大早就出发了。天色阴晦，出了城，路边是空荡荡的庄稼地，远处是苍茫起伏的山丘。树木开始凋零，路面上翻卷着金黄的树叶。我提醒自己驾车不能走神，甚至嚼了块口香糖，脑子里却空茫茫一片，有如投奔遥远而苍凉的梦境。是的，每一次做梦，当乡村的景物呈现在梦境中时都是一派萧瑟。姑姑的笑容在挡风玻璃上晃了晃，她的牙齿还是那么白，她还是那么年轻，风姿绰约，貌美如花。我想哭，把车停在路边，伏在方向盘上却欲哭无泪。我又嘲笑自己的自私，这时候竟想到自己苍凉的际遇，这时候是在思考人生的价值吗？我甚至怀疑在听闻姑姑的死讯后内心深处是否有真正的伤痛。我感觉自己越来越麻木了。

来到宋诗人的村庄时已经上午九点多，一进村就听到了鸣奏声，乡下人办丧事总是这样喧哗热闹。破败的门头上挑挂着两个白绣球，两扇走风漏气的大门被惨白的麻纸遮盖。那些乐手就在院门一侧的空地上，他们身着黄衣，头上罩着白毛巾，仰头扭屁股，神态滑稽，吹奏得正是热烈。好些老人围拢着欣赏，满嘴只剩下一颗门牙的那个老头皱着眉头哭了，或许想到了自己将不久于人世。有负责迎宾的女人从我手里接过祭礼，知道我是姑姑的侄儿后皱了皱眉，扭身吐了下舌头。但她还是十分负责地把我领进了院子里，一边喊："娘舅家的人终于来了！"我看到了姑姑的灵堂，看到了立在两边的花圈，看到了摆满供品、烟雾缭绕的供桌上姑姑的遗像。这还是姑姑年轻时候的照片，看起来不过三十多岁吧。姑姑微笑着，那笑像是装出来的，有点不情愿。我鼻子一酸，眼泪终于涌了出来。我扑过去，跪在了姑姑灵前，使劲抽泣了两声，却哭不出来了。突然间感觉十分安静，器乐声连同那些嘈杂的声响仿佛被一面无形的幕墙隔离出去。我看到了跪在灵堂里的阳春、笑春、庆春，看到了他们的媳妇。他们披麻戴孝挤在灵堂两侧，瞪着眼望着我。兄弟三人好多天没有洗漱，胡子拉碴，面相狰狞，仿佛噩梦中的形象。我突然间颤抖起来，担心他们扑上来收拾我。

我被人搀扶起来，恭恭敬敬地请进了屋里。我是姑姑的亲侄儿，按照乡间礼俗在葬礼上有着说一不二的地位，阳春他们没有责难我大约与此有关。一个戴眼镜的老者给我递烟倒茶，他是丧事的总管。他叹口气说："谁能想到你姑姑寻了无常，这都是命！"我肚子里突然间升起一团怒气，姑姑的一生就这样被一句轻飘飘的话打发了。但我什么都没有说，不清楚宋诗人躲到了哪里。老者试探着问我觉得姑姑的葬礼有什么不周全的地方，要不要在钉上棺材前再看姑姑一眼，我还是什么都没有说。我不希望最后再看看姑姑，或许是怕她责怪我。

发丧的时间很快要到了，有人来请我给姑姑上香，灵棚前许多人已经排好了队。烟雾缭绕，响器班来到灵堂前吹奏，我听到阳春、笑春、庆春牛一样哭。一派乱糟糟的声响中，我突然间听到一副急促尖细的嗓音，循着声音望去,那间旧厢房的门被人从里边拍得正响,我仿佛看到细密的灰尘正从屋檐上落下来。是的,那个令人不齿的宋诗人被关到了厢房里,他喝酒了吗?

我走在送葬的队伍里,把姑姑送到了村外。我和丧事的总管已经说过了,送姑姑到村外后我就离开,我不希望久留。总管几次三番请我吃罢宴再走,未必是真心挽留。现在没有谁再关注我,我走在送葬的队伍里感觉像一个多余的人。我把白洋布孝衣脱下来扔到路边,匆匆往回返。我想以后再不会和姑姑家的人来往了。来到自己的轿车跟前,我突然间改变了主意。我想再去会一会宋诗人。姑姑家偌大的院子此时已冷清下来,灵棚拆了,贴在门上的白纸撕了,真可谓曲终人散,一个剃着光头、呆头呆脑的中年男人正打扫卫生。丧事的宴席摆在村里的戏台上,送葬的人不情愿再回家里来。我正想和那个呆头呆脑的男人说句话,厢房的门又在咚咚地响,宋诗人喊:"放我出去,你们放我出去呀!"他的嗓子哑了,那声音像岔了气的公鸡在玩命地叫。他又拍门,那个呆男人拎着扫把向厢房走去,他并没有看到我。"宋……宋诗人。"那个呆男人说,原来他还有点结巴,恐怕是光棍一条吧。宋诗人在屋里喊:"虎生,你把门给我打开。"虎生说:"我凭什么给你……打开。"宋诗人说:"虎生我求求你,我要去送葬。"虎生说:"你还有脸……去?你害死了……你老婆,你是个疯子。"宋诗人说:"虎生我求求你,你把门给我打开,我送你一本诗集。"我吃了一惊,宋诗人把门拍得更响了。虎生说:"那你……叫我一声……爸,一辈子都没有人……叫我爸。"宋诗人说:"虎生我日你娘,你给我开门,好吧,爸——"虎生笑了,其实我看不到他的脸,他肥大的耳朵抖了几下。门并不是锁上的,而是用八号铁丝拧在把手上,又拧在一根胳膊粗的圆木上,圆木卡在门框两边的墙上,绕紧了铁丝。凭宋诗人的体质,如果没有人帮忙的话,他恐怕一辈子也拍不开门。虎生说:"不行,你……再喊我一声……爸。"宋诗人又喊:"爸——王八蛋你给我开门!"虎生一只脚蹬着门槛,双手握住圆木,身体后仰,使劲儿转动,眼见得那根圆木渐渐竖了起来。他停下来喘了一口气，再使劲儿一拧，撒手时门哗啦一声开了。只见宋诗人披头散发，鼻青脸肿，一个趔趄弹出来，举起拐棍向虎生砸去。虎生闪身躲开，宋诗人趴在地上，拐棍扔出去老远。他太瘦了，摔倒的过程像谁从屋里扔出来一件破衣裳。他喘息着往起爬，抬头时看到了我。"石头，"他惊讶地说，"石头啊——"他呜呜地哭了。虎生瞅我一眼，摸了摸脑门，脸上好像有笑意，又拎起扫把扫起了院子。院子里还弥漫着烧酒和香烛燃烧后混杂起来的气味。

"石头，石头啊——"宋诗人吃力地站了起来，撇着腿晃到拐棍跟前，俯身拣起拐棍时差点儿栽倒。他站稳以后在脸上抹了一把，抹开了嘴角的血，那张斑驳的脸让人不忍目睹。"石头，石头啊——"宋诗人说，"你姑姑的死不能怪我，我一辈子都喜欢她，我没有想到她会喝农药，我该死——"他扇了自己一个耳光，脸上的肉太少，以至于不够响亮。"石头，石头啊——"他又说，"他们弟兄三个欺负我，他们把我关了三天，我快饿死了，他们不让我送你姑姑最后一程。"他哭得更厉害了，但他没有流泪，他的泪也许可以洗刷掉脸上的污垢。我想走，再不想看到宋诗人。我本来想扇他两个耳光，就像他扇自己一样。当我转身往院门外走时宋诗人却连蹦带跳地追了上来。

"石头，石头啊——"宋诗人说，"你能不能陪我去一下坟地？我想祭奠祭奠你姑姑，我想给她烧一本《时光的脚步》。"

模特的葬礼

曹金霞和她的弟弟曹金宝说，金宝，姐真是没办法了，你说，姐该怎么办？曹金宝腼腆地笑，这个二十八岁的大男孩浓眉大眼，鼻梁高耸，说话慢吞吞的，笑起来脸颊上会出现两个好看的酒窝，他笑得都有点不好意思了。那还是在春天的时候，曹金霞和曹金宝一起回乡下看望父亲，他们的母亲已经去世多年，姐弟俩想带父亲出去旅游一趟。他们的父亲是一个倔强的老头，姐弟俩料定父亲不会去，但还是想努力争取一下，老爷子这辈子过得太不容易了。曹金霞说，金宝你是老生子，老爷子又重男轻女，思想工作要靠你来做。曹金宝说，姐，还是你来说吧。说着脸又红了，脸颊上又出现两个好看的酒窝。曹金霞觉得弟弟太可爱了，都快三十岁的人了动不动就脸红，她也是想逗一逗弟弟，回家见了父亲，又是扯袖子又是使眼色，父亲坐在院子里的小板凳上，金宝挠了挠脑袋终于走了过去。金宝那样子让曹金霞忍俊不禁，她刚好拿着手机，顺手给金宝抓拍了一张，背景是一树粉嘟嘟的桃花。姐弟俩没有能说服父亲去旅游，曹金霞给金宝抓拍的这张照片却成了金宝的遗像。金宝大学毕业后考了两年公务员，后来到一家电器公司打工，他是装空调的时候一脚踩空，从十三楼掉下去的。曹金霞抱着弟弟撕心裂肺地哭，电器公司和装空调的人家都在推脱责任，她既要料理弟弟的后事还得请律师打官司，还操心着乡下的父亲，父亲哪能承受起晚年丧子的重创？曹金霞真是要崩溃了，金宝的遗体在殡仪馆存放了十四天，赔偿事宜终于谈妥，准备火化时她才给金宝洗了这张照片，装到了黑色的相框里。相框里的金宝一直在笑，就算她十次八次地问，就算她的嗓子喊得冒了烟，金宝怎么可能回答呢？

乡下人对火葬持有一种恐惧甚至仇恨的心理，好端端一具身体，怎么能像对付柴火一样扔到炉子里烧？就算人死了，灵魂还没有走远，五官和四肢还会感觉到疼痛，脏器还会发出痛苦的呻吟和声嘶力竭的呼喊。曹金霞和她的弟弟曹金宝解释说，金宝你原谅姐吧，姐真是没办法了。金宝出事以后曹金霞和亲戚朋友们商议过好多次，如果把金宝葬回乡下，父亲必然会知道的，谁都不敢肯定她的父亲能够承受得住，她也是糊涂了，这种事情让人家怎么肯定呢？她决定先瞒着父亲，将金宝的遗体火化，骨灰盒寄存到殡仪馆。火葬金宝的第二天她又到了殡仪馆，她想起来昨天金宝的葬礼乱糟糟的，乡下来了五六十号人，他们不习惯城里人去世后举行的遗体告别仪式。她听到她的一个表舅抱怨，怎么能火葬呢，金宝这孩子太可怜了。她听到堂婶拖着长音哭诉，好歹该让金宝他爸最后再看金宝一眼的。她甚至十分愤怒，这话说起来多么轻松，却有点不近人情了。昨天晚上她梦到了金宝，金宝又冲她腼腆地笑，金宝，金宝啊，你笑什么，究竟有什么好笑的？殡仪馆存放骨灰盒的那座楼高大气派，叫安寝楼，她从一排白色的柜子间找到属于金宝的那个格子，骨灰盒不让动，她只是捧出了金宝装在黑框子里的遗像，捧出了那个大理石雕刻的巴掌大的牌位。来到祭奠区，她摆好供品，给金宝烧了好多的纸钱，还开了两瓶雪花啤酒。金宝还没有在凤城买房子，晚上住在她家，这个夏天太热了，金宝一大早就去装空调，回去的时候都半夜了。金宝累得饭都不想吃，每天晚上临睡前都会喝两瓶冰镇的雪花啤酒。金宝，金宝啊，曹金霞呜呜地哭，她的嗓子早就哭哑了。金宝，金宝啊，你说姐该怎么办，见了老爷子后让姐说什么好呢？

当天下午，曹金霞开着车回到了乡下。快到村口时她停下了车，趴在方向盘上又哭了起来。初中毕业后曹金霞就到凤城摆摊卖服装，经过了这么多年打拼，现在她开着三家品牌服装店，可谓事业有成。但她的生活并不美满，两年前她离婚了，儿子在南方读大学，她感觉形单影只，想起来的尽是伤心事，她回去面见父亲连个陪同的人都没有。好在村庄里还有堂哥曹金贵，这些天来老爷子多亏有曹金贵照应。曹金贵家和曹老头家就隔着一堵墙，他是村里的会计，金宝出事后他按照曹金霞的嘱咐在村里的微信群发了通知，谁都不能把金宝出事的消息告诉曹老头。他还张罗了几个人，在曹老头和他家的那条巷子里轮流值守，有点像森林防火。村里人都觉得金宝太可怜了，小伙子文文静静的，见了长辈总会毕恭毕敬地打招呼，谁家有什么事能帮的忙总会出手相助，金宝还是个大学生，上苍不公，实在是可惜了。曹老头更让人怜悯，中年丧妻，晚年丧子，麻绳总是在细处断，以后的日子让他怎么过？就算他是个倔强的老头，不好相处，谁又忍心把金宝去世的消息告诉他呢？除非他是个傻子。曹老头确实有点倔，年轻时候就是这样，你说东他说西，你说种谷子好他偏要种玉米，他在村里没什么朋友，手机也不用，金霞和金宝都提出过给他买台手机，曹老头说我用不惯那玩意儿，你们给我买手机是不想回来见我了？这话说的，姐弟俩无言以对。曹老头耳朵聋了，是年轻时候修水库炸石头时震聋的，和他说话需要耗费老大的力气，他有自知之明，懒得和别人说话，就算和自己的儿女也没什么说的。这个夏天太热了，他很少出门，总是躺在炕上听山西梆子，他把收音机开得老高，一进巷子就能听到咿咿呀呀的唱腔。可怜的曹老头，他的儿子去世半个月了他还蒙在鼓里。金宝火化的那天，一大早他就起来扫院，扫完院子又去扫巷子，一直扫到了马路上。几个村里人刚好在路边等车，大家想躲开他已经来不及了，别过身不去看他，老头子却主动和他们搭话了，问他们一大早要去哪里。有人含糊其词地回答到城里去，老头子一脸的不屑，城里有什么好，有本事你们不要回来了！这话说的，老头子真是有点倔，他哪里知道，他们几个是去殡仪馆参加金宝的葬礼。

曹金贵在村口的老槐下等着曹金霞，两个人先在车里商议了十几分钟才去见曹老头,曹金贵把村医李凤娇也喊上了,让她在马路边候命。一进巷子就听到了咿咿呀呀的唱腔,曹金霞说,我爸又在听戏呢。她捂上了嘴,曹金贵在她后背上拍了拍,曹金贵说金霞你冷静点。巷口有几个人望着他们,曹金贵扭身挥了挥手,那动作像驱赶一群讨厌的苍蝇。曹老头的院子宽敞整洁,一溜五间正房,他是个勤快人,每天早晨都会扫院,连挂在屋檐下的农具都像仪仗队一样排列得整整齐齐。院子里有两株枣树,已经结出了青涩的枣子,最大的长到了花生米那么大。那株桃树栽在院子中心地带,是五年前金宝移回来的,曹金霞当时还和金宝开玩笑,说金宝你马上要走桃花运了。桃树上结的桃子不太密,尖尖的嘴子粉红粉红的,秀色可餐,曹老头不喜欢吃水果,一个也没有摘过。曹金霞想起来春天给金宝拍照片的事,再次捂上了嘴。院子西南角的厕所里长着一株椿树,那是风吹来的种子,不知不觉就长大了,曹老头曾经想砍掉它,金宝不同意,说上厕所的时候还可以乘凉呢,现在树干已经长到手腕那么粗。

　　曹金贵咳嗽了一声,撩起竹帘让曹金霞先进屋,这时候是下午五点多,屋子里的光线已经暗下来。曹老头又矮又瘦,剃着光头,穿着白背心,黑色的大裤衩,跷着二郎腿仰躺在土炕上。他把收音机搁在枕头边,一只手摇着芭蕉扇,翘起来的脚丫子和着唱腔打着节拍,还用极低的声音哼哼着,怕谁听到似的。曹金贵喊了一声叔,隔了四五秒钟曹老头才有了反应,他慌乱地爬起来,那动作真是滑稽可笑。他趿拉上布鞋下了炕,皱着眉头望着闺女,说,金霞你怎么回来了?曹金霞哇的一声哭了。曹老头说,金霞你哭什么?他疑惑地瞅了瞅曹金贵,曹金贵叹了声气。曹老头说,金宝,他的声音突然提高了,金宝呢?曹金霞哭得更厉害了,曹老头一把扯住了闺女,说,金宝是不是出事了?曹金霞把胳膊收回来,仰起脸使劲儿喘了口气。曹金霞说,爸,是的,你有预感是不是?金宝出事了,可恶的金宝,谁能想到他会学坏呢?他真是脑子进水了,居然跟着坏人去贩卖毒品,警察要抓他,他连夜逃跑了。曹金霞语速很快,上气不接下气的,她担心一旦停下来后边的话就讲不出来了。眼见得曹老头两只手颤抖起来，瘦弱的腮帮也颤，浑身都颤，感觉要蹦起来似的，曹金贵赶紧扶住了他。曹金贵说，叔呀，金霞可能没有说清楚，咱家金宝犯的可不是死罪，就算被警察抓起来，就算在号子里住上十年八年，迟早会回来的，表现好的话还可以减刑呢。收音机还在咿咿呀呀地唱戏，唱的是《三娘教子》，曹老头最喜欢的一出戏，曹金贵怀疑曹老头没有听清楚他说的话，他的声音已经够高了。

　　曹金霞关掉了收音机，父亲耷拉着脑袋，坐在炕沿上一言不发，曹金霞发愁了。曹金贵劝慰曹老头，叔呀，你千万看开点，你看看人家李吉太，大儿子出车祸死了，二儿子得了食道癌，人家还不是该吃吃该喝喝？你再看看人家马兔拴，儿子在水库游泳淹死了，闺女得了精神病，人家还不是该干什么干什么？叔你去河滩里看看，数人家马兔拴家的玉米长得壮呢。曹金贵摆事实讲道理，口干舌燥，额头冒着汗，曹老头还是耷拉着脑袋一言不发。天色暗下来，曹金贵回家后恶狠狠地灌了一瓢凉水。曹金霞给他发微信，说哥呀，我爸还是不吭声，我给他做好饭他不吃，倒上水他不喝，你说我该怎么办。曹金贵回复，金霞你一定要稳住。其实他也说不清怎么样才叫稳住，换了谁谁又能稳住呢？曹金霞不停地给他发微信，好多字他不会写，他也发愁了。

　　连着三顿饭曹老头都没有吃，虾米一样窝在炕上一动不动，曹金霞真是要崩溃了。又到傍晚，曹金霞坐在椅子上打了个盹儿，曹老头突然坐了起来，曹金霞惊得喊出来，慌乱地扑上去。曹金霞说，爸。曹老头不吭声，那神情像是梦游。曹金霞说爸，曹老头麻利地下了地，趿拉上鞋。曹金霞说爸，她抱住了父亲。曹老头使劲把她推开，瞪着眼问她，金宝跑哪儿了？曹金霞说爸呀，我哪知道他跑到了哪儿。曹老头说，孽障，我要把他抓回来。曹老头要出门，曹金霞抱着父亲不肯松手，说爸你去哪儿抓他，连警察都没有抓到他。她抱着父亲呜呜地哭，突然发现父亲也流泪了，老泪纵横。她想父亲哭出来就好，只要能哭出来，别让那口恶气一直憋在肚子里，这一关暂且就闯过去了。

曹金霞陪父亲住了三个晚上，曹老头和她说，金霞你走吧，我没事。曹金霞不想走，发生了这样的事，她怎么能丢下父亲一走了之。她提出来让父亲和她到城里住一段，心里却想，父亲住到她家后如果反复询问金宝的事，她怎样才能把谎言圆下去呢？曹老头不同意跟她到城里住。曹老头说，金霞你走吧，你放心，我死不了，我要等那个孽障回来。曹金霞还想陪父亲住几天，曹老头说，我现在想一个人清静清静。话说到这个份上，曹金霞只好走了，临走前她到喜镇给父亲买了好多食品，酱牛肉、红烧肉、豆豉鱼、八宝粥、燕麦片、五香豆腐干、鸡蛋挂面，她恨不得把整个超市都给父亲搬回去。以前，她给父亲带回来什么食物时父亲总是责备她，说她瞎花钱，他不喜欢吃这些东西。她过年给父亲买了新衣服父亲也不肯穿，说他穿上新衣服就不会走路了。她逼着父亲把新衣服穿上，逼着他走几步，老头子扭捏着，破例笑了，金宝也笑了。但这一次父亲一言不发，父亲又像虾米一样躺到了炕上。曹金霞临走前安顿了一下曹金贵，请他照应好父亲，曹金贵感叹说，只怕是纸里包不住火，躲过初一躲不过十五。曹金霞说，现在只能走一步说一步了。

曹金霞走后，第二天上午曹老头就出现在马路上。曹金贵又在村里的微信群发了通知，让大家统一说法，金宝没有死，金宝是因为贩卖毒品逃跑了。即便如此大家还是不情愿和曹老头搭话，人们远远地看到他，像躲瘟神一样赶紧躲开了，躲避不及的只好龇着嘴尴尬地笑一笑，笑当然不合适，但实在是摆弄不出合适的表情了。曹老头佝偻着背，板着脸走得气势汹汹，突然就停下了。他冲开小卖铺的秋生喊，秋生你知道不，我家那个孽障犯法了。秋生也只能笑一笑，哼哼哈哈敷衍两声，赶紧逃进了小卖铺。曹老头又往前走，村医李凤娇正要去给马兔拴打针，曹老头喊住她说，凤娇你知道不，我家那个孽障犯法了，警察要抓他，连夜逃跑了。李凤娇低着头不敢吭声，她和金宝是小学和初中的同学，初中毕业后她读了卫校。有人曾给她和金宝牵线，但金宝是大学生，她是中专生，她觉得配不上金宝，曹老头也不同意。现在她的心里说不来是一种什么滋味，曹老头走远,她的眼泪也流出来了。曹老头来到了村口的老槐下,这是村里的老头子们聚会的地方,天热的时候在槐树下乘凉,天冷的时候换个方位晒太阳,总之是聚在一起闲扯。曹老头和那些老头扯不到一起,平素很少参加他们的聚会。但他现在来了,那些蹲在槐树下的老头看到了他,纷纷站起来散了。一个叫张四如的老头得过脑梗,腿脚不灵便,差点儿让拐棍绊倒。曹老头冲他喊,四如你跑什么,你不就是想笑话我吗?我家那个孽障犯下了罪,警察正在抓他呢。张四如脚下一闪,摔倒了。曹老头这般表现,村里人难免猜测他的心理,这才想到曹老头爱面子,脾气倔强的人大约都爱面子吧。金宝九岁那年,偷偷到田寡妇的菜地里摘过两根黄瓜,田寡妇抓了现行,拎着那两根黄瓜满大街骂,曹老头把金宝捆绑起来,揪扯着去游街,这倒让田寡妇不好意思了。金宝大学毕业后没考上公务员,到电器公司打工,有一次曹老头去割肉,卖肉的田老虎说,金宝这大学算是白念了,就算初中毕业还装不了个空调?曹老头把割好的肉愤怒地摔在了肉案上,说装空调和装空调根本就不一样。村里人想起这些事情后难免感叹,金宝已经死了,曹老头还是这么爱面子,还在表演呢。曹金贵闻讯跑到村口,想把曹老头劝回去,曹老头却越发来劲了,他像广播员一样吆喝,我家那个孽障犯了法逃跑了,警察正在抓他,等把他抓回来后我要砍断他的腿。

　　隔了两天,曹老头跑到了喜镇派出所。曹金贵正在镇政府开会,村里人给他打电话,他匆忙从会场溜了出来。好在他赶到派出所时曹老头还没有来,他和派出所那两个小警察好说歹说,人家才答应配合他演一出戏。他从窗口看到了曹老头,躲到了另一间屋里。曹老头见到警察后劈头盖脸问,警察同志,我家那个孽障曹金宝抓到没有?警察装模作样翻着本案卷说,还没有呢。曹老头说,都半个月了你们怎么还抓不回来,我要砍断他的腿。警察表扬曹老头,说大爷你大义灭亲我们很感动,但办案需要有个过程的。曹老头说,那什么时候才能抓回来?警察只好笑,好歹把他打发走了。然后警察训斥曹金贵,这算什么事,老头子如果三天两头来骚扰我们，怎么办？曹金贵忙说，人民警察为人民，人民警察人民爱。警察说，曹会计你少来这套，下不为例。曹金贵赶回镇政府开会，又让镇长点了名。镇长正在主席台讲话，看到他猫腰溜进会场，指着他问，你哪个村的，你觉得今天的会议不重要？曹金贵说，我上了趟厕所。镇长说，你上厕所上了一个多小时，拉出来的是美元还是人民币？众人哄笑，曹金贵羞愧难当，他娘的，他也不是受气筒，他早就不想干这个破会计了。

曹金贵把曹金霞喊了回来。曹金霞昨天就想回来了，她一回到城里就后悔了，发生了这样的事，她怎么能让父亲孤零零的一个人住在村里呢？但她实在是忙，金宝出事后她的生意受到了影响，那几个花枝招展的女店员根本靠不上。她还准备去杭州参加厂家的秋装订货会，她真的是太忙了。曹金霞说，爸，你跑到派出所干什么？曹老头说，警察干什么吃的，还没有把那个孽障抓回来。曹金霞说，爸，金宝出了这样的事，你就别给咱添乱了。曹金贵说，叔呀，俗话说家丑不可外扬，你以后别出去炫耀好不好？你再不能往派出所跑了，你难道真想让警察把金宝抓回来？曹老头瞪了曹金贵一眼。曹金霞又提出来让父亲跟她到城里住，昨天晚上她把金宝住的那间屋子收拾了出来，她一边哭一边收拾，把金宝的衣服装在一只大纸箱里，把他的鞋装在另一只纸箱里，金宝有好多书，他大学都毕业几年了，公务员也不考了，还看什么书呀？金宝还在床头贴了一张女排队员的招贴画，当时她还和金宝开玩笑呢，说金宝你是不是暗恋上哪个女排姑娘了，可别走火入魔呀。金宝羞红了脸，又腼腆地笑了。她托人给金宝介绍过好几个对象，有一个在百货大楼卖首饰的姑娘她觉得挺好的，家庭条件也不错，但金宝不乐意，现在提这些还有什么意义呢？她抽空跑了两趟中介公司，希望能给父亲物色一个靠得上的保姆，金宝已经走了，她得把父亲照顾好。

曹老头还是不同意跟闺女到城里住，没说几句话，他就躺到了炕上，面对着墙壁不吭声了。金宝读初二那年曹老头就翻盖了房子，那时候妻子刚刚病逝，他寡言少语，黑着一张脸，好像和谁赌气似的，咬牙切齿花了半年时间,总算把五间房子盖好了。曹老头其实心灵手巧,年轻时候学过木工,当过泥瓦匠,做饭也是一把好手。他还跟着画匠学过画炕围,在他翻盖房子的时候已经没有谁家请他画炕围了,甚至连炕都不睡了,年轻人喜欢的是席梦思。曹老头盘好土炕,他给自己家画的炕围成为绝笔之作。他废寝忘食地画,又是花又是草,又是金鸡报晓又是喜鹊登枝,现在他双目紧闭,对那些褪了色掉了皮的花草鸟兽熟视无睹,谁知道他在想什么呢?

曹金霞又住了两天,曹老头黑着脸催她走,她又去给父亲买了许多的食物。上次给父亲买的那些父亲还没有动,但她除了买些食物不知道还能干什么。这个夏天太热了,她曾考虑过给父亲装台空调,一想到空调她又流泪了。爸,那我走了,曹金霞说,父亲冲她摆了摆手,分明对她有点厌烦了。她从屋里出来,父亲却喊住了她,金霞你摘点儿桃子吧,你给那个孽障也带几个。她吃了一惊,父亲是在试探她,还是精神错乱了呢?她想带父亲去医院检查一下身体,问题是父亲怎么可能去?父亲真是有点倔强了。她含着泪摘了十几个桃子,殡仪馆在郊外,回家前她果真去看了看金宝。金宝,金宝啊,她哭诉着,老爷子让我给你送桃子来了,这是咱家树上的桃子,你可要保佑老爷子,让他闯过这道关呀,姐真是没办法了。

曹老头没有再去派出所,没有再到马路上炫耀,连着几天都没有出门。村里人谈论起曹老头,谈论起金宝,难免有种曲终人散的感伤。想想看,人活着没多少意思的,天知道有什么灾祸就在不远处等着你。曹金贵每天都会去看看曹老头,媳妇做好了饭,有时候他也给老头端一碗。他继续摆事实,讲道理,劝慰曹老头,感觉还是有点效果的。他替曹老头把桃子摘了,总不能让桃子烂在树上,便宜了那些花喜鹊吧?况且喜鹊不光是吃桃子,还聒噪,老头子听到叽叽喳喳的叫声心里肯定不舒服。起初曹金霞每天晚上都给他打电话,打得他有点烦了,心想金霞你要操心你爸你回来呀!他父亲和曹老头是叔伯兄弟,在世时和曹老头的关系并不融洽,他这个叔叔太倔强了。他媳妇虽然吃了不少桃子,对曹金霞总是打电话也有看法，说去年腊月她和孩子去曹金霞的店里买衣服，曹金霞根本不是按进价给的。他骂媳妇小家子气，别说是堂叔，就算村里谁家出了这种事都该去照应照应。他觉得他还是有点文化的，这叫博爱。等下次村委会换届的时候他准备竞选村委主任。

　　远亲近邻们也去探望曹老头，曹金贵担心说漏了嘴，难免会叮咛几句。有人给曹老头带着鸡蛋，有人带着牛奶，有人带着罐头，曹老头都让他们带回去了。曹老头说他一个人哪能吃了这么多东西？大家知道他倔，只好听他的。甚至是，曹老头把闺女给他买的食物也送了人。曹老头寡言少语，看过他的人都说他瘦了，越来越瘦了。大家都怜惜他，劝他好好吃饭，保养好身体，否则说什么好呢？老头子再没有主动提过金宝。有人从菜地里回来，顺手给他在院门洞里放一把韭菜，或者两根黄瓜，或者一个茄子，唉，儿子死了，但老头子还是要活下去。

　　曹老头的院门总是敞开着，连夜晚都不肯关，曹金贵提醒过他几次，他嘴上应着却还是不关门，好像等着谁回来似的。有一天晚上，曹金贵路过时顺手把曹老头家的院门合回来，院门吱呀一响，他看到一个黑影从桃树下站了起来，把他吓了一跳。他给曹金霞发微信，他说金霞啊，你还是应该带你爸去医院看看，现在城里人不是喜欢看心理医生吗？或许是曹金霞意识到了曹金贵嫌她打电话烦，两个人已然改成了微信聊天。曹金霞便跑回来了，起初她隔两天回来一次，后来改成了三天、四天，来去匆匆，她太忙了。曹金霞哪敢说带父亲去看心理医生，她说朋友给了她个体检的指标，而她上个月刚刚体检过，她想带父亲去做个体检，否则就把指标浪费了。如她所料，父亲瞪着眼说，我不去，我死不了。她说爸呀，你照一照镜子，你都瘦成什么样了，你怎么就不知道吃饭呢？既然你不跟我到城里住，我给你在村里找个保姆好不好？父亲说，你走吧。曹金霞说，我知道你心里难受，那也得好好生活呀。父亲问，警察把那个孽障抓回来了没有？曹金霞又呜呜地哭了。

　　曹老头有时也出门，他种着半亩玉米，种着二分红薯，还种着一畦土豆，土豆早已开过了花，好多人家已经收过了。他还种着两畦时令蔬菜，知道金宝出事以后再没有去采摘过。有一天他去看了看他的玉米，好像有人替他锄过，但他没有打问谁帮他锄的，转身回来了。有一天他去看他的土豆，他本来想着把土豆收回来，但他扛着一把锄头，锄头怎么能刨土豆呢？他转身回来了。有一天他去看那两畦菜，豆角和黄瓜秧子杂乱枯黄，菜架子上垂吊着的几根黄瓜挺起了大肚子，泛黄了，还怎么吃呀？两只野狗在架子下叽叽歪歪地冲撞，他怒吼一声把两个畜生赶走了。他听到了自己奇怪的喊声，像闷雷一样从遥远的天边传来，竟把他吓了一跳。他匆匆忙忙往回走，气势汹汹往回走，来到马路上时开小卖铺的秋生和他打招呼，他也不理人家，老头子是有点倔了。

秋生当然不会因此对曹老头有看法，要有看法也是对曹金霞有看法。曹金霞看不起他的小卖铺，就算金霞你开着四十万的车，非得跑到镇上买东西吗？他的小卖铺也有红烧肉、豆豉鱼，也有鸡蛋挂面，货真价实，比镇上的超市便宜多了。现在秋生顾不上想这些，他急急忙忙往村口赶，老槐下聚了一堆人，有人在村里的微信群发了张图片，说金宝的对象来看望曹老头了，金宝原来还有对象呢。

那个穿着白色连衣裙的姑娘是坐出租车来的，她中等个头，身材苗条，梳着马尾辫，细眉细眼的，鼻梁两边长着细碎的雀斑。出租车停下来，她下车和老槐下蹲着的那几个老头打问，曹金宝家在哪里？老头子们疑惑地望着姑娘，姑娘神情倦怠，咬着嘴唇躲闪老人们的目光。一个老头问姑娘从哪里来，告诉她金宝出事了，姑娘不吭声，老头子们相互看看，断定姑娘是金宝的对象。

曹金贵刚好过来，他谨慎地和姑娘聊了起来，姑娘说她是曹金宝的大学同学，她知道金宝出事了，专门来看望金宝他爸的。姑娘讲一口流利的普通话，声音却细弱，没说几句话便抽泣起来。姑娘当然没有告诉曹金贵，昨天晚上金宝给她托梦了，希望她能替自己回村里看望一下父亲，并且替他向父亲道个歉，说上次回村里不该和父亲生气，以后他再也不能孝敬老人家了。姑娘在太原工作，因为父母不同意，她和金宝的关系还没有确定下来，只有几个大学同学知道。她没有去参加金宝的葬礼，怕控制不住自己的情绪，第二天便后悔了。既然金宝给她托了梦，她无论如何要替他了却这桩心愿。姑娘和曹金贵聊天的时候流泪了，她垂着头，眼泪掉在了白色的皮凉鞋上，这双鞋是夏天开始的时候金宝给她买的。

但姑娘没有能完成金宝在睡梦中托付她的使命，曹金贵告诉她，金宝出事以后还瞒着他的父亲呢。曹金贵言明利害，姑娘背过身去，捂着脸不让自己哭出声音来。然后她抹去眼泪向出租车走去，让司机打开后备厢，拎出来一大袋水果，又拎出来两个纸盒，一盒是糕点，另一盒是蜂王浆。姑娘委托曹金贵把这些礼物转交给金宝他爸，就说是金宝的一个大学同学送的。然后姑娘便上了车，出租车飞快地驶出去，大家的目光一直尾随着，直到它在村路上消失。

曹金贵扬了扬胳膊，让大家散了。他把微信群里姑娘的照片转发给曹金霞，曹金霞把电话打了过来。曹金霞说，金宝原来谈着对象呢，他怎么就没有和我提过呢？曹金贵叹了口气，现在说这些还有什么意义呢？他问曹金霞，姑娘带来的礼物要不要给她父亲送过去，曹金霞说哥你带回家吧，万一我爸刨根问底呢？我爸他不缺吃的。曹金贵觉得把礼物带回家有点对不住姑娘，这可是姑娘的一片心意。他一只手拎着两个纸盒，另一只手拎着一大袋水果，走起路来不太痛快。他看见傻子福虎在不远处眼巴巴地望着他，便把他喊过来，打开袋子揪了两根香蕉扔给他。福虎三十多岁了，他从小就是个傻子，总是影子一样，或者警卫员一样跟在她妈后边。前年他妈去世了，他像丢了魂魄一样，每天在街上瞎转悠，好像要把她妈找回来似的。村里人看福虎可怜，难免接济他些吃穿用度。福虎淌着口水，接了香蕉后欢蹦乱跳，却没有吃，而是握着香蕉晃晃悠悠跑了起来，多少有点像接力比赛的画面。这个傻子，跑也就罢了，快到曹老头家那个巷口时他突然间呼喊起来，曹永发，曹永发，你家金宝死了！曹金贵大吃一惊，傻福虎看起来多么傻，却知道曹老头的名字，连金宝的事情都知道了。知道就知道吧，他娘的喊什么？曹金贵丢下手里的东西撒腿去追，傻福虎居然跑得挺快，眼睁睁见他跑进了曹老头院子里。等曹金贵气喘吁吁跑进院门洞，傻福虎已经把那两根香蕉递给了曹老头，傻福虎淌着口水指手画脚地说，曹永发，你家金宝死了——曹金贵冲上去，愤怒地扇了他一个大耳光，这傻子一个趔趄，蹲下来抱住了脑袋，呜呜地哭了。傻福虎口齿不太清楚，曹老头耳朵又背，曹金贵想，但愿曹老头没有听清楚吧。曹老头瞪了曹金贵一眼，那张脸又黑又瘦，颧骨突出，眼睛倒反衬得凶狠了。曹老头走过去把傻福虎扯起来，傻福虎用委屈而又胆怯的眼神瞅着曹金贵，躲到了曹老头身后。曹老头说，福虎你瞎说乱道，我家那个孽障没有死，他是因为贩卖毒品连夜逃跑了，警察正在抓他呢。曹金贵又吃了一惊，曹老头的声音如此平静。

曹金贵没有把这件事告诉曹金霞，担心曹金霞怪罪他。过了两天，曹老头并没有什么过激的反应，他才踏实下来。他这样想，福虎毕竟是个傻子，曹老头怎么会相信一个傻子的话？他帮着曹老头把土豆收了回来。曹老头的土豆今年长得真不错，又圆又大，最大的恐怕有二斤重，光溜溜的连泥土里的虫子都不好意思下口。曹金贵表扬曹老头，叔呀，今年数你的土豆长得好呢。曹老头不吭声，曹金贵想，毕竟不是亲叔，老爷子起码该感谢他一下才对。然后他又嘲笑自己小家子气，儿子都没有了，还让老头子感谢什么？土豆在背阴处晾了两天，曹金贵又帮曹老头存放到了地窖里。他灰头土脸地从地窖里爬上来，扭身再看窖口时产生了一种忧虑，老头子该不会不留神掉下去吧。窖口盖着一扇一米见方的木板，他找来两根木条，把木板加固了一下，结实多了。晚上曹老头还是不关院门，曹金贵提醒过他若干次，现在都懒得说了，懒得替他把院门合回来。已经三次了，在他把院门合回来的一瞬，他突然看到一个黑影从桃树下站起来，他明明知道那是曹老头，但还是有点怕，说不来为什么怕。有一天晚上，类似的画面出现在他睡梦中，不同之处是曹老头手里拎着一把杀羊用的长刀，寒光闪闪，曹老头一声长啸把他惊醒了，他嘴里嘟囔着什么，拧着身子仿佛还在仓皇逃窜。做过这个噩梦以后,当他再见到曹老头时便多了一种影影绰绰的心悸。再看曹老头,他灰白的头发长长了,胡子也长了,杂乱如蒿草,遮盖着一张嶙峋瘦脸,眼睛偶然瞪起来,令人不寒而栗。他想劝老头子理理发,想想还是算了,老头子连闺女的话都不听,哪会听他的?

这天晚上,已经后半夜了,曹金贵被一种沉闷的声响惊醒。他以为又做噩梦了,捂着胸口细听,咚咚的富有节奏的声音持续传来。他开了灯,刺目的灯光隐隐动荡,窗帘也在动荡。他扭身看了看他老婆,睡得和一头猪一样,发出粗俗丑陋的鼾声。他推了老婆一把,老婆翻了个身继续睡。这个臭女人,他想,这要是地震的话还不轰隆一声埋到废墟里?他已经听出来砍伐的声音,犹豫了片刻披衣起床,来到了院子里。月明星稀,他走出自家院门时顺手拎了把铁锹,感觉踏实多了。来到曹老头院门前,一眼就看到曹老头光着上身,猫着腰,正用斧头砍伐那棵桃树。那把斧头分明有点钝,曹老头已经疲惫不堪,他使劲把斧头抡起来,又一声闷响,桃树一阵颤抖,落下来纷纷扬扬的叶子。叔——,曹金贵喊了一声,顾不上胆怯了。他跑过去,曹老头扭头瞅他一眼,又一斧头砍下去。叔——,曹金贵又喊,他想把曹老头的斧头夺下来,忘记自己还拎着把铁锹,那架势像是要和曹老头干架似的。叔,半夜三更的你折腾什么?他问。曹老头扔下了斧头,差点儿砸到他的脚尖。曹老头冲他笑了笑,那表情或许不能算是笑,总之把他吓坏了。他下意识地往后退,曹老头突然间捂住了腮帮,发出咝咝的使劲儿吸气的声音。曹老头撒腿往院墙墙根下跑,他弯着腰,打着转,像一只猴子表演杂耍,一只褪了毛皮的瘦猴子。曹金贵还没有回过神来,曹老头抓住了墙根下的水管,拧开水龙头把嘴巴凑了过去。他把水龙头开得太大了,水流冲刷到他脸上,溅得到处都是。在巨大的水流声中,他又发出吸流吸流的听起来有点像呻吟的声响。他突然间把湿淋淋的脑袋扬起来,龇牙咧嘴地冲曹金贵喊,金贵,你去拿把钳子,你把我的牙全都拔掉吧!

到半上午的时候曹金霞回来了。她去了一趟杭州，后半夜看到曹金贵的微信，赶紧订机票往回赶。她从机场打车直接回来，父亲闭着眼安静地躺在炕上，村医李凤娇给他输上了液。她感冒了，声音嘶哑，出门还带着药。曹金贵在微信里没有讲清楚，一路上她都在胡思乱想。爸，爸——她扑到父亲身上撕心裂肺地喊了两声，好像她的父亲已经走了似的。曹老头睁开眼看了看闺女，鼓着腮帮子像是笑了笑，然后又把眼睛闭上了。曹金贵说，金霞，你爸上火了，营养也跟不上。曹金霞又哭了。

这一次，曹金霞下决心把父亲带到城里。爸，我求求你，你就听我一回吧，跟我到城里住。爸，你不能总是这么倔，你也该打个颠倒替你闺女想想。她准备了好多说辞，曹金贵也帮腔，曹老头终于把眼睛睁开了。曹老头说，什么时候走？曹老头语气平静，曹金霞愣住了，不相信这话是父亲说出来的，不相信父亲会这么痛快。曹金霞说，爸——曹老头又把眼睛闭上了，隔了有两分钟，挤出来两滴浑浊的泪。

次日上午，曹金霞让她的店员把她的车开来了，她搀扶着父亲出了院门，父亲一把甩开了她。听说曹老头要走，好多人都来为他送行。大家聚在巷口，眼巴巴地望着曹老头走过来。唉，老头子瘦得跟个衣服架子似的，恐怕一阵风就可以吹走，老头子太可怜了。有女人忍不住抹眼泪，那个拄着拐棍、得过脑梗的张四如感叹说，曹永发这一走还不知道能不能活着回来呢。真是一张乌鸦嘴，有人骂他，却不能否认他说的是大实话。别说是曹老头，吴贵明老头进城看孙子，走的时候活蹦乱跳，在城里住了半年就得了癌症，回来的时候就剩下一口游丝气了。再往深处想，跟着子女到城里居住的那些老人，有哪个过得舒坦，有哪个不是积了一肚子闷气？曹老头或许是被这么多人看得不自在了，快到巷口时一个趔趄，曹金霞赶紧扶住了他。曹金霞这时候才真正感觉到父亲多么虚弱，父亲的身体多么轻，轻得都快借助她的力气飞起来了。曹老头再次把闺女甩开，他环视众人，有人机械地笑，有人躲闪他的目光。他突然间开口了，声音居然铿锵有力，掷地有声。曹老头说，你们等着，我要把那个孽障抓回来，我要砍断他的腿。唉，老头子这时候惦记起他家金宝来了。

曹老头走后，曹金贵松了一口气。但他又有一种不可名状的失落，或许是感伤吧。当天晚上，他和老婆干了一架，其实老婆也就唠叨了他几句，这个臭女人，哪天不唠叨呢？他摔了一只碗，赌气从家里出来了，但他又无处可去。他不喜欢赌钱，不喜欢扯闲话，更不喜欢出去打工伺候人。他觉得待在村里挺好的，自由自在，无拘无束，但真的是无处可去。曹老头把家门钥匙留给他一把，他进了院子，一抬头看到桃树下站起来一个影子，分明是眼花了。再看那棵桃树，树干的根部被曹老头砍伐过的地方白花花的分外刺眼。不清楚曹老头砍了多少下，那棵桃树在皎洁的月色下瑟瑟发抖。曹金贵找来个盆子，到墙根下接了水，和了一团泥，抹在了桃树的伤口上。他不知道这样管不管用，这棵桃树明年还会不会开花结果。他站起来时冒出一个念头，等曹老头，他的堂叔去世以后，他就把他的院子买下来，一旦推倒两家隔着的这堵墙，这将是一个多么宽敞明亮的院落？都可以搭台唱戏了。眨眼间，他又为自己的想法羞愧了，好像急不可耐地盼望着堂叔去世似的。

起初，曹金贵隔两天就会和曹金霞联系一下，问问她曹老头身体怎么样，住到城里是否习惯。曹金霞说，还行，还好吧。曹金霞总是这样说，曹金贵觉得怪没意思的，后来就问候得少了。时间一天天过去，天气不怎么热了，秋天就要到来。有一天晚上，曹金霞给曹金贵打电话，说老爷子惦记着他地里的红薯和玉米呢。曹金贵忙说，金霞你放心，我会一根不少给老爷子收回来。曹金霞说，哥你等等，你和老爷子说两句话。曹金贵便等着，他听到电话里曹金霞和曹老头说话，但曹老头并没有把电话接起来。曹金霞说，哥，你看着收回来吧，也不值几个钱。挂断电话，过了一会儿，曹金霞又打了过来。曹金贵一接通电话曹金霞便哭了，曹金霞说，哥，我真是拿老爷子没办法，你说，我该怎么办？曹金霞告诉曹金贵，曹老头刚进城的时候还听话，虽然寡言少语，总是躺在床上，饭却会按时吃，面色也好看了，让他干什么他就干什么。但老头子这些天又不对劲了，一天到晚发脾气，非要到街上转悠，昨天晚上九点多了才把他找回来，保姆也吓跑了。曹金贵安慰曹金霞，金霞你可要稳住。曹金霞说，哥你说我该怎么办，老爷子说他想清静清静，不让我再找保姆，我总不能一天到晚守着他是不是？曹金贵叹口气，他又能想出什么办法呢？挂断电话后他想，曹金霞本来也不指望他想办法，无非是和他诉诉苦，宣泄一下淤积的怨气罢了。

秋天说话间就到了，下起了连阴雨，一下就是三天。这真是混蛋天气，庄稼这当儿正需要晒太阳呢，人们一天到晚钻在家里，感觉身体都快发霉了。这种天气，关节有问题的老人最是吃不消，曹金贵的老婆不算老，但她腿疼，曹金贵挖苦老婆，她腿疼是因为吃得太胖了，胖得像一头猪。他把他老婆气哭了，老婆赌气跑到院子里，滑了一跤，竟摔断了腿。我的天，伤筋动骨一百天，快把曹金贵烦死了。

云开雾散，太阳终于出来了，人们这时候才意识到太阳的好，就算夏天热死人，还是离不开光芒万丈的太阳。就在这天傍晚，曹老头从城里回来了。那些无所事事的老头子们正蹲在老槐下闲扯，一辆三轮车来到村口停了下来。是城里的家具店门口时常停着的那种加长款的三轮车，曹老头剃了光头，背身坐在车斗里，他扶着马槽把身体撑起来，翻身踩着车轮下车时老头子们认出了他。我的天，这不是曹永发吗？老头子们以各种姿势急急忙忙地站起来，向三轮车靠拢，张四如又摔了一跤，没人理会他。等老头们走过去，曹老头已经下了车，站在车斗旁呼哧呼哧地喘气。与离开村庄时相比，他好像胖了，又好像更瘦了，面色却无论如何比之前白。他身上的衣服变得高级了，尽管前襟和屁股上满是灰土。永发，你回来了？老头子们和他打招呼，曹老头笑了笑，他的脑袋闪闪发光。三轮车司机已从驾座上下来，那是个干净利落的小伙子，探身从车斗里抱出来一具光溜溜的身体，老头子们吓了一跳，情不自禁往后退。定睛再看，原来是一个模特，服装店的橱窗里站着的那种塑料模特，只不过连个裤头都没有穿。老头子们还在发呆，司机把模特交给了曹老头，返身上车，三轮车飞快地驶出去，掉了个头，一溜烟离开了村庄。

那模特比曹老头高多了，起码有一米七五，脑袋也光溜溜的，却只有一张扁平的脸。曹老头扶着模特站着，老头子们疑惑地望着他，不清楚他带回来一个模特干什么。永发，一个老头壮着胆子刚要问，曹老头又笑了，这一次却笑得异样，笑得让人心悸，仿佛从嘴里吐出来一片鱼骨似的。你们看到了吗？曹老头大声说，我把我家那个孽障抓回来了，我要砍断他的腿。我的天，老头子们吓坏了，原来曹老头带回来的并不是一个塑料模特，曹老头把他的儿子曹金宝带回来了。老头子们纷纷扬扬地撤退，张四如刚刚撇着腿走过来，被谁撞了一下，再次摔倒。曹老头又喊，我说话算话，我把我家那个孽障抓回来了，我要砍断他的腿。他猛然间把模特抱起来，像抱着一捆柴火，耀武扬威地向前走去。碰到人后他又喊，我把我家那个孽障抓回来了……

曹金贵又到镇上开会去了，村里人给他打电话他没有敢接，害怕再次被镇长抓了典型。他从村里的微信群获知曹老头回来了，曹老头带回来一个模特，说把他家那个孽障抓回来了。散会时天色已晚，他骑着摩托车匆匆往回赶，老远就看到巷口聚集着一堆人。金贵，你叔带回来一个模特。金贵，你叔装神弄鬼的，是不是疯了？众人围拢住曹金贵，七嘴八舌，感觉像声讨他似的。曹金贵没好气地说，你们慌什么，我叔他不就是带回来个衣服架子？他拧一下油门进了巷子，众人果然跟了过来。曹老头家院门紧闭，门搭上的锁头果然不见了，而且从里边闩上了门。曹金贵拍着院门吆喝了几声，院子里没有任何回应。曹金贵赶紧给曹金霞打电话，原来曹金霞又去杭州了。曹金霞走的时候把父亲交代给了两个女店员，其中一个店员是出纳，四十多岁了，说话办事还算周到，她没有想到会出这种事。她刚下飞机就接到了店员的电话，说她的父亲非要出去，她们便带老人家到店里转了转。之前曹金霞也带父亲到过店里，父亲目睹她事业有成，心情应该会好一些吧。店员说没想到老人家会对橱窗里西装革履的模特感兴趣，皱着眉头盯着两个模特好一阵看。老人家说想摸一摸模特，店员便从橱窗里把一个模特拎出来,哪能想到老人家突然激动起来,扯下模特身上的衣服,抱起来撒腿就跑,连模特的支架都跑丢了。几个店员本来追上了老人家,但老人家疯狂的样子把她们吓坏了,谁能想到他会跑那么快,她们继续追下去的话万一老人家被车撞了呢?曹金霞骂那个打电话的店员,店员吓坏了,呜呜地哭,说她们已经报了案。曹金霞刚挂断店员的电话曹金贵的电话便打来了。曹金霞说,哥呀,快把我急死了,我这就买返程票,我爸就拜托你了。

挂断电话,曹金贵又拍了几次门,喊了几声叔,院子里还是没有回应。曹金贵急了,他想翻过院墙进去看看,院墙也就两米高,下边是石头垒的,上边砌着砖,等他往上攀的时候却感觉到了吃力,尽管有两个人扶着他的屁股,他还是放弃了。他决定从他家院子里往过翻,不仅是因为那堵隔墙矮,他家有钢管焊的梯子,上了院墙后把梯子扯上去,顺到另一边,那样当然更容易,何必狗熊一样往墙上爬,让这些家伙看他的笑话呢?你们走吧,他冲那些看热闹的家伙说,我叔没什么事。那伙人却不肯走,他推着摩托进了院子,叭一声把自家的院门合上了。

果然,曹金贵轻而易举就来到了曹老头院子里。即便如此,他还是觉得这堵隔墙有点碍事了。从梯子上下来,他突然就感觉十分安静,静得甚至让他起鸡皮疙瘩。他又嘲笑自己,不就是一个塑料模特嘛,有什么可怕的?他喊了两声叔,屋子里还是没有回应,倒是听到了院门后边的嘀咕声,那些家伙还是不肯离去。屋门并没有关,但他没有进去。他来到窗前,探身往里望,屋子里光线昏暗,但他还是看清楚了,那个模特赤身裸体仰躺在炕上,曹老头弯着身子躺在模特身边。模特在发光,他仿佛看到一张奇异的笑脸,一张波纹一样散开的笑脸。他惊出一头冷汗,扭身往梯子跟前跑,一边提醒自己没必要如此狼狈,不就是一个塑料模特嘛!他猜想他惊慌失措的样子让外边的人从门缝里看到了。当他往梯子上爬的时候,仿佛听到了隐隐约约的呼噜声。

曹金贵一夜未眠,他有一种不祥的预感,这个夜晚曹老头会出事的。

他老婆腿上打上了石膏，话还是那么多，他呛了几句，这女人好歹不吭声了，不多时便打起了呼噜。他老婆不光是胖，还少心没肺的，他当初怎么就娶了这么一个女人呢？后半夜，他终于犯起了迷糊，却又在老婆呼噜声的间歇里听到了咚咚的砍伐声，曹老头该不会又在砍树吧，那棵桃树禁不起折腾了。

天刚放亮曹金贵便起床了，当他来到巷子里时，发现曹老头的院门已经敞开。他谨慎地走过去，一眼就看到了曹老头，一眼就看到了那个模特。我的天，曹老头把那个赤身裸体的模特捆绑在了一棵枣树上。这棵枣树距离院门不远，曹金贵看得清清楚楚，真是五花大绑，曹老头弓着腰站在旁边，拎着那把曾经砍伐过桃树的斧头。斧头被他磨过了，斧刃寒光闪闪。叔，曹金贵喊了一声，听到自己的声音在打颤。他往院子里走，曹老头瞥他一眼把斧头举了起来，他赶紧冲了上去。叔，你这是干什么？曹金贵说，有点像训斥的口吻，他把斧头夺下来丢到了一边。曹老头咬牙切齿地说，我要把这个孽障的腿砍下来，他要去捡斧头，曹金贵抱住了他。这当儿，几个人走了进来，曹老头又叫喊，在曹金贵怀里挣扎了几下，蹲了下去。曹金贵说，叔呀，你的意思我明白，可你对付一个模特有什么意义呢？曹老头说，不，你不明白。曹老头站了起来，曹金贵又把他抱住了。曹金贵说，叔你知道不，金霞刚下飞机就听说你跑回来了，正往回赶呢，金霞多不容易，你也该替她想想。曹老头没有再说什么，曹金贵感觉他紧绷绷的身体渐渐松软下去。

过了半个来小时，曹金霞风风火火地赶回来了。这都多少次了，当她走进巷子时都难以控制悲怆急躁的情绪。这一次她没有哭，一进院子就向父亲冲了过去，双手扳着父亲的肩膀吼叫起来，爸呀，你究竟想干什么？你是要活生生把我折腾死吗？曹老头像一棵残败的老树，在闺女的操控下剧烈地摇晃，他如此被动，感觉他的脑袋都快被摇下来了。曹金贵劝了曹金霞两句，曹金霞终于把胳膊收回来，她望着捆绑在树上的模特愣了愣神，拾起斧头就要去砍，曹老头冲上去把模特连同枣树的树杆紧紧地抱住。不，不，曹老头惊慌地喊，他背对着闺女，扭头看她，目光里满是惊惧。那模特一条胳膊笔直地垂着，另一条胳膊却微微抬起来，多少像骑马的姿势，一声细微的响声后那条抬起来的胳膊从肩膀处裂开了。曹老头含糊不清地吼了一声，曹金霞把斧头扔到了地上。

  曹金霞意识到自己太冲动了，可换了谁又能做到心平气和呢？她不该如此凶狠地对待父亲，她又哭，让她和父亲说什么好呢？她干脆蹲了下来，抱住了脑袋，仿佛这样就可以逃避现实似的。令她意外的是，这一次父亲主动向她道歉了。父亲用低沉恳切的声音说，金霞，对不起。她放下双臂，父亲躲闪她的目光，他还是那样抱着那个塑料模特，抱着那棵树。爸——曹金霞站起来，父亲把模特抱得更紧了，担心那条从肩膀处断裂的胳膊掉下去似的。金霞，父亲又说，声音高了些，分明是乞求的口吻。金霞，我想回来住，我想清静清静，我听话，我保证，我好好吃饭，你忙你的生意去吧……父亲的声音断断续续，曹金霞使劲儿捂着嘴，她后悔死了，刚才她究竟干了些什么？

  曹金霞又住了两天，然后便走了。类似的情景就这样一遍一遍重复着，她真不想走，仿佛又不能不走，就算她撇得下自己的生意，父亲也不希望她住下去，父亲想清静清静。聊以自慰的是，这一次父亲就像他保证的那样，真的很听话，该吃吃该喝喝，吃得都有些过量了，不停地打着饱嗝，尽管她看出来父亲是在表演。表演又怎么样？她感觉自己好多时候也在表演，谁都在表演，人生在世，没有谁不会去表演的。再说那个塑料模特，父亲把它放到了西边那间屋子里。那是金宝的屋子，模特躺到了金宝床上。父亲把模特看得太紧了，仿佛一不留神就会被她砸烂，被她一把火烧掉似的。她这样想，看来父亲真把模特当成了金宝的替身，是希望心理上有一种寄托吗？如果她非要把模特带走，父亲说不定会和她玩命的。

  当然，曹金霞这一走，曹金贵又警惕起来。曹金贵感觉曹老头脑子出问题了，却看不出思维的混乱，甚至十分条理。但曹老头总是关着院门，插着门闩。院门是木板门，有几道裂缝，他从里边用报纸糊上了。他拍开院门看望曹老头，老头鬼鬼祟祟的，扳着门沿冲他笑，胳膊并没有收回来，分明是不欢迎他的样子。有过这么两次，他都不好意思再拍门了。一天中午，曹金贵把梯子又架到了隔墙上，轻手轻脚攀上去，探头往曹老头院子里张望。他猜对了，曹老头果然在鼓捣那个模特呢。那个模特站在桃树旁，它腿部的支架掉了，曹老头给他做了个木支架，抵在腰间，那模特站得笔直。让曹金贵吃惊的是，曹老头一只手端着白瓷盘，另一只手握着毛笔，正在模特的脸上作画。曹金贵想起来，曹老头年轻时候曾经画过炕围，曹老头真是心灵手巧。曹老头背对着他，扬起脸，高举画笔，他画得太专注了。等曹老头把胳膊放下来，他看清了模特的脸，那张原本扁平的脸上长出了浓黑的眉毛，长出了漂亮的眼睛，鼻梁高耸，嘴唇红扑扑的。模特冲曹金贵笑，这张脸和金宝太像了，曹金贵脑袋嗡的一声，身体情不自禁地向后仰，是那种失重的感觉。他慌忙抓紧梯子，额头上冒出一层冷汗。曹老头却对模特的那张脸不满意，他后撤了几步，仔细打量着，然后摇了摇头，嘴里嘟囔着什么，弯下腰，把盘子搁在一条板凳上，把画笔扔到一只盆子里。他的脚下还有另一只盆子，盛着半盆水，漂着一块巴掌大的海绵。他抓起海绵，水流稀稀拉拉地落到盆子里。然后他又走到模特身边，把海绵举起来，像举着一块橡皮擦，把刚才画上去的眉毛、眼睛、鼻子、嘴巴全都擦掉了，模特的脸又变得扁平、苍白，在阳光下闪闪发光。曹老头突然间转过身来，曹金贵赶紧把脑袋缩回来，感觉像一只缩头乌龟似的。

晚上曹金贵和曹金霞聊天，曹金贵说金霞啊，我觉得你爸已经知道金宝走了，他把模特带回来，是想画出来一个金宝。曹金霞急了，哥，你说我该怎么办？曹金贵摇了摇头，两个人是用微信聊天，并没有开着视频，摇头有什么意义呢？曹金霞从城里跑回来，拍着门搭吆喝了十几声，曹老头这才把院门打开。曹金霞说，爸你干什么呢？曹老头支支吾吾，朝厕所的方向指了指，躲闪闺女的目光。其实曹金霞已经猜到了，曹老头开门前把那个模特抱到了金宝的屋子里，仿佛在处理犯罪现场。曹老头说，金霞，我很好，我会按时吃饭，按时睡觉，牙也不疼，我以后再不会给你添麻烦了。这话说的，曹金霞眼泪又流出来，父亲和她如此见外，她刚进家门父亲就赶她走呢。曹金霞问曹金贵，哥，你说我爸真知道金宝走了？曹金贵说，金霞你说呢？曹金霞说，他跟我到城里后就再没有提过金宝。曹金贵说，我以前就说过，纸哪能包得住火，这样下去不是个办法。曹金霞说，可我真的是一点儿办法也没有，有时候想想，我爸还不如早点死了呢。这话说的，曹金霞也是急了，她又捂着嘴哭了起来。曹金贵说，也许是这样，老爷子知道金宝死了，但不愿意面对现实，有个成语叫"自欺欺人"对不对？曹金贵没有想到他会说出这么高级的话，他还是有点文化的。曹金霞还在哭，曹金贵又说，金霞啊，如果老头子能一直安安静静地鼓捣那个模特也好，过一天算一天吧。兄妹俩是在曹金贵的院子里聊天，屋子里冷丁传来曹金贵老婆的喊声，金霞，你还是把你爸接到城里住吧！

过了几天，曹老头却把院门打开了。曹老头带着模特来到了巷子里，来到了马路上。这是傍晚时分，村里人看到曹老头和那个模特后吓坏了。我的天，模特那张脸和金宝真是太像了，眉毛像，眼睛像，鼻子像，嘴巴也像，简直比金宝还像金宝呢。模特微笑着，那分明是金宝在笑，脸颊上甚至影影绰绰地现出两个好看的酒窝。光那张脸像或许还不要紧，模特穿上了金宝的衣服，那是一身草绿色的运动服，袖子上镶着白道子，人们还记得金宝穿着这身运动服在田野里跑步的样子，上大学时每个假期回来金宝都会到田野里晨跑。运动服自然搭配运动鞋，模特把金宝的鞋也穿上了，不清楚曹老头怎么鼓捣的。曹老头给模特装的那个木头支架不见了，不知道他在模特的屁股上装了什么机关，他把手伸进运动服，拎着模特往前走，他停下来模特也停下来，在他身边笔直地站立着，微笑着打量路人。或许是因为模特没有头发，那笑容在夕阳的余晖里一览无余，更加敞亮也更加生动，看到模特的人难免会惊出一身冷汗。秋生，曹老头喊，你的小卖铺卖不卖假发？这下明白了，曹老头是去给模特买假发，秋生的小卖铺怎么可能卖假发呢？秋生哧溜一声钻进了小卖铺，仿佛见了鬼，仿佛真的听到哧溜一声。曹老头又往前走，不，他和模特一起走，他和金宝并肩走，尽管金宝的个头比他高出好多好多。曹老头又冲拄着拐棍、撇着腿正准备晃悠进巷子的张四如喊，四如，你知不知道镇上哪个商店卖假发，金宝的头发掉光了。张四如放眼望去，惊得丢掉了拐棍，然后像电影里的慢动作一样歪歪扭扭地摔倒了。

从这个傍晚开始，村庄变得骚动不安。曹老头去了一趟镇上，虽然没有买到假发，但他买了一顶蓝色的棒球帽，模特戴上棒球帽后更像金宝了。有人记起来，去年冬天金宝回来的时候就戴着这样一顶帽子。曹老头带着模特回了家，村里的微信群热闹起来，一群人都在@曹金贵。曹金贵见他们乱纷纷地叫嚷，赌气没有回复，有人打来电话也没有接。有人开始在微信群里挖苦他，骂他，他实在是憋不住了，跳出来质问众人，你们觉得这样有意思吗？他用的是手写输入法，他写字太慢了，手指急得颤抖起来，哪能招架住那么多人？他改成了语音，气急败坏地和那些人打起嘴仗。他说，我叔也就鼓捣个塑料模特，你们犯得着鸡飞狗跳？马上有人反驳，什么塑料模特，那是金宝，金宝已经死了，决不能让一个屈死鬼在村庄里出没。曹金贵说，世界上根本没有鬼，鬼在某些人心里。他又说了一句高级的话。有人马上又反驳，就你曹金贵聪明，我们知道世界上没有鬼，但我们害怕鬼。曹金贵说，你们觉得我叔还不够可怜吗？你们也有父母，将心比心，你们这样对待一个老人良心上过得去吗？曹金贵没想到这句话越发激起众怒，这是什么鬼话，我们对待曹老头还不够慈悲吗？你让大家瞒着金宝出事的消息，有哪个人和曹老头打过小报告？你让大家说金宝因为贩毒逃跑了，警察正在抓他，有哪个人反对？谁都看着曹老头可怜，谁都在帮他，但他决不能在村庄里装神弄鬼。曹金贵败下阵来，憋了一肚子气。老婆也不省心，说你嚷嚷什么，金霞本来就该把他爸接走。说你怎么能和这么多人作对呢？要想当村主任到时候还得人家投你的票。他把手机摔到了老婆打着石膏的小腿上，一出手就后悔了，手机可能摔坏，老婆的腿再让他砸出点问题，麻烦更大了。

曹金贵把聊天记录截屏发给了曹金霞，突然想到截屏里语音信息打不开，他又一条一条把语音转发过去。曹金霞又急了，好在她没有出差，一大早又风风火火赶回来，敲开院门，曹老头又把模特藏到了金宝屋里。曹金霞又有点冲动了，父亲警惕地望着她，哆哆嗦嗦地和她笑，她甩着大步直奔金宝那间屋子。她没有想到父亲把屋门锁上了，她踹了一脚门，扭身问父亲，钥匙呢？你把钥匙给我交出来。父亲皱着眉头，那表情还像是笑。父亲嘟囔，金霞，我按时吃饭，我听话……曹金霞说，我问你钥匙呢，你把钥匙给我交出来。父亲耷拉下脑袋不吭声了，一只手紧紧地护着裤兜，这不就是此地无银三百两吗？曹金霞冲过去，欲从父亲的裤兜里那把钥匙掏出来，父亲扳住她的手躲闪。她用力太猛了，父亲嘴里发出咿咿呀呀含糊不清的声音，突然间跌坐在地上。她被父亲闪了一下，直起身僵在那里，手里仿佛还抓着父亲枯枝一样的手臂。她又为她不理智的行为后悔了。

曹金霞让曹金贵把她拉进了村里的微信群。她先发了三个红包，一个二百。曹金贵皱着眉头盯着手机屏幕，等他打开第一个红包时已经抢完了，很快第二个红包也抢完了，第三个也抢完了。然后曹金霞给大家道歉，当然是替她父亲道歉，父老乡亲什么的，言辞恳切，希望大家原谅父亲，关照父亲。很快就有人回应，金霞啊，我们知道你爸不容易，我们也不是怪他，他不应该带着模特到处逛，金宝已经死了。曹金霞赶紧致谢，说她会劝导父亲，以后别让父亲把模特带出来。又有人回应，金霞，你快把你爸带到城里尽孝吧，老头子太可怜了。曹金霞又致谢，说她正在做父亲的思想工作，也许过不了几天就把父亲带到城里了。更多的人在微信群里亮相，曹金贵不由得苦笑一声，金霞毕竟见过大世面，他没有想到事情还有这样一种解决办法，昨天晚上怒发冲冠的那些嘴脸，无非是领个红包，怎么一下子就变得慈眉善目了？唉，这就是乡下人，金霞心里说不定正小瞧他们呢。

曹金霞又做父亲的思想工作，父亲看来并没有生她的气。父亲说，金霞，我好好吃饭，我听话，我以后不带金宝出去了，我不想进城，忙你的生意去吧。我的天，曹金霞想，父亲是真真切切把模特当成金宝了，她还能说什么呢？回城前，她又去殡仪馆祭奠了一次金宝。金宝，金宝啊，姐真是没办法了，你可要保佑老爷子不出什么事呀。她突然间想，如果金宝在天有灵，这么长时间了，他难道没有给父亲托过梦吗？父亲视那个模特为金宝，又是描眉又是画眼的，会不会把金宝的灵魂召唤回去？她不敢往深处想了，把金宝的遗像和牌位送回安寝楼，放到那个白色的格子里时她突然间打了个冷战，额头凉丝丝地飘过一阵风。

　　人们果然没有再见曹老头出门。曹老头院门紧闭，有时候曹金贵想攀到梯子上看看他在干什么，想想还是算了。但栖息在屋檐下的燕子知道曹老头在干什么，落在枣树上的麻雀知道他在干什么，院子里所有的树知道他在干什么，那些士兵一样整整齐齐排列着的农具知道他在干什么。他又能干什么呢？他还在鼓捣那个模特。他把画到模特脸上的眉毛、眼睛、鼻子、嘴巴又擦干净了，重新画了一次，这一次更像金宝，更像他的儿子。他把金宝的衣服全都找出来，换着给模特穿，连夏天的短袖衬衫都给金宝穿上了，连金宝少年时代的衣服都给他穿上了。那么瘦小的衣服，怎么穿呢？别忘了曹老头心灵手巧，他有的是办法。看到模特套上瘦小的衣服后如此滑稽，他忍不住笑出声音来。对，他还和模特说话，他絮絮叨叨的，不清楚模特听清了没有。如果模特真是金宝，肯定会嫌他烦，但模特就是模特，模特怎么能是金宝，模特怎么会嫌他烦呢？他还给模特喂饭、喂水，甚至给模特倒了杯酒。可模特哪能吃下去、喝下去，他只好替模特代劳了。金宝，金宝啊，你多吃点，多喝点，他说，金宝果然冲他笑了。

　　村里有个叫春生的男人，他是秋生的弟弟。他在凤城给医院烧锅炉，三班倒。这天晚上，都后半夜了，春生骑着摩托车从城里回来，快到曹老头家那个巷口时突然看到一高一矮两个身影。月光明亮，中秋节快到了，眨眼间他看清了曹老头，看清了那个模特。春生在村里的微信群说，他差点儿吓死，摔了一跤，摩托车都摔坏了，回家后一晚上都在做噩梦。微信群里顷刻间又热闹起来，原来曹老头不出门是假象，半夜三更的带着那个屈死鬼模特在村庄里转悠呢。大家忘记了曹金霞发的红包，纷纷扬扬表达着不满和怨恨。曹金贵又苦笑，他给曹金霞发微信的时候甚至幽默起来，他说，金霞啊金霞，村里人又等着你发红包呢。曹金霞没有回复，曹金贵以为她坐着飞机又去出差了。

就是在这天早晨，老头子张四如去世了。自从上次摔倒后张四如便卧病在床，村医李凤娇说他的死因是脑出血，和那一跤没多少关系，但谁又能说没关系呢？分明是，他摔倒以后身体就垮下来了。张四如有三个儿子，个个身材魁梧，膀大腰圆。说不来是哪个儿子起的意，弟兄三个穿着孝衣，气势汹汹找曹老头算账来了。除了张四如看到曹老头和模特后摔的那一跤，他们还有另外的理由，他们说张四如突发脑出血前连着两个晚上都在说梦话，都念叨着屈死鬼金宝的名字。总之他们气坏了，他们的父亲年轻时候参过军，曾经当过二十多年村干部，每个月有不少补贴呢。这哪是钱的问题，就算一分钱挣不来，谁愿意让自己的父亲去世呢？他们愤怒地拍打着曹老头的院门，叫嚷着，许多人拥到巷子里看热闹。曹金贵想劝阻他们，被他们推倒在地。曹金贵叫嚷着要报案，弟兄三个齐刷刷发出了冷笑，好呀，我们还想报案呢。不多时，派出所的警察来了，正是训斥过曹金贵的那两个小警察。场面如此热闹，巷子里的人越聚越多。两个小警察明白了事情原委，其中一个忍不住笑了，乡下怎么尽是这种鸡飞狗跳的鸟事呢？小伙子正托人调动工作，他是一天都不想在乡下待了。

曹老头终于打开了院门，他吓得瑟瑟发抖。他皱着眉头望着那两个小警察，突然问道，警察同志，我家那个孽障抓回来了？唉，老头子看到警察后又把这桩事情想起来了。张家三兄弟向警察提出要求，他们的父亲不能白死，曹老头必须赔偿损失。警察说，我们办理任何案件都讲的是证据，你们说父亲的死和曹老头有关，证据，证据呢？三兄弟你一言我一语，摔倒还不是证据吗？做噩梦念叨死去的金宝还不是证据吗？是的，当着曹老头的面，他们说金宝已经死了，他们没有任何义务替曹金霞和曹金贵保守秘密。大家望着曹老头,连那两个小警察也望着他,老头子的脸上竟没什么反应,或许老头子吓坏了。警察让张家三兄弟提供医院的证明,三兄弟知道证明开不来,又要求警察把那个模特砸烂,一把火烧掉,以解心头之恨。张家的亲友团也呼应,这次两个小警察倒是没有直接拒绝,曹老头装神弄鬼的毕竟有扰民的嫌疑。警察开始批评曹老头,这也是他们处理民间纠纷的习惯,双方都打板子,即便不是各打五十大板也要打。警察说,老曹,你把模特交出来,我们把它带走。曹老头慌得厉害,有谁叫过他老曹呀,何况是警察。他哆嗦着,又用手掌护住了裤兜。不,不,你们不能呀,他嘟囔着,慌张地四处张望,希望找到援兵似的。三兄弟中其中一个料定曹老头裤兜里藏着钥匙,他早就听说了,曹老头把模特藏在金宝住过的屋里子。他冷笑一声,猛然抱住了曹老头,眨眼间就掏出了钥匙。他对付曹老头就像老鹰对付小鸡一样,就像老虎对付一只瘸腿的兔子一样。他把曹老头扔到一边,拿着钥匙向金宝住过的那间屋子奔跑,曹老头爬起来要去追,兄弟俩的身体门扇一样合回来,把他挡得严严实实。他想绕过这扇门,哪能由得了他?曹老头焦急地叫喊起来,金宝,金宝啊——他眼睁睁地看着那个凶神恶煞的家伙揪着模特的脖子拎了出来。可怜的曹老头,兄弟俩不依不饶地挡着他,他只好蹲下来呜呜地哭了。曹金贵也许是被曹老头的哭声刺痛了,他是个慢性子,不喜欢惹事,很少和人吵架,但他突然发出了振聋发聩的一声长啸。他冲上去,对着那个正准备把模特举起来的家伙恶狠狠就是一拳。他感觉把一辈子的力气都用上了。那家伙后退两步坐在地上,快倒地时却将模特扔了出去,模特落地的一瞬,一条胳膊和一条腿断裂开来。刚才曹老头也许在给模特换衣服,也许觉得势头不对把它的衣服脱了,总之那个模特光溜溜的,一丝不挂。

张家三兄弟哪吃过这种亏,何况他们的父亲刚刚去世。摔倒的那个还没有爬起来,其他两个已经向曹金贵冲过去。警察担心事态失控,怒吼几声,曹金贵被一拳打倒后总算把场面控制住了。他们清楚,接下来将是一次漫长的调解,乡下真的是没办法待了。一个小警察抬脚将模特踢到了一边,事实上模特已经四分五裂,已经被踩扁,连那张笑的时候影影绰绰会出现两个酒窝的脸也踩扁了,那还能算一张脸吗?曹老头哭喊着,他像疯了一样在地上打转,他把模特的一条胳膊捡起来,又把一条腿捡起来,把模特破碎的脑袋捡起来。他搂抱着模特残缺的肢体哭,四周还散落着模特的碎片,那是他身上的肉。

　　就在这当儿,曹金霞回来了,看热闹的人们自觉为她让路。如此混乱不堪的场面让曹金霞大吃一惊,不知所措。她瞅一眼蹲在地上哭泣的父亲,瞅一眼捂着太阳穴坐在地上的曹金贵,瞅一眼警察。昨天她开车蹭倒了一个骑自行车的老人,把老人的腿压断了,还不是因为心里有事?她刚从交警队出来,看着警察就头大。她还不清楚事情的原委,但她知道肯定和那个模特有关,她的父亲太让她操心了。她向父亲跑去,潜意识里是想把父亲搀扶起来,把父亲抱在怀里,但她跑到父亲身边时却发出一声撕心裂肺的叫喊,爸,金宝死了,金宝早就死了,你别折腾了好不好?她用沙哑的声音呜呜地哭。她从父亲怀里把模特残缺的脑袋夺下来,摔在地上。她从父亲怀里把模特的一条腿夺下来,摔在地上。她从父亲怀里把模特的半条胳膊夺下来,摔在地上。所有的人都望着她,所有的人都傻子一样望着她,包括福虎那个真正的傻子。

地下室

1

现在我已步入知天命之年,回想五年前的那次经历,竟有恍若隔世之感。究竟是不是亲身经历,有时候连自己都不敢肯定了。

那时候,我算是一个郁郁不得志的落寞文人吧。这当然是一种文雅的说法,我老婆康琳对我的评价就没这么好听了。"天知道你每天在瞎琢磨什么,"她咬牙切齿地说,"这样下去总有一天你会住进精神病院的!"

我理解康琳的委屈与不满,对此也只能保持沉默。我有过十五年的新闻从业经历,从一名普通记者干到了部主任。也许再坚持几年,就可以提拔到领导岗位上了。但有一天我突然间厌倦了这种庸庸碌碌、浮于表面的生活。我不顾家人和同事的阻止毅然决然地辞了职,希望静下心来写一些小说之类的文字。换一个角度讲,这也算一个更为庞大的人生理想吧。

但我的写作并不顺利,先是二十多万字的长篇小说接连被多家出版社否定。之后改写中短篇小说,除了本地一家内部刊物外,一篇都没有被杂志采用过。就这样,恍惚间三年过去了。报社领导请我回去继续搞新闻,我拒绝了他们的好意。朋友们给我介绍工作,我同样推辞掉了,也许是觉得没脸见人吧。后来,我连小说也写得少了,倒是喜欢上了喝酒。回头去看，就是那种醉生梦死的状态吧。

白天我总是一个人钻在家里，好些时候什么也不干，只是躺在床上想一些乱七八糟的事情。入夜后，为了避免与康琳发生口角，我便在我们这座小城里漫无目的地晃悠，继续胡思乱想。看到一个幼儿园，我会想，如果一个人能退回到童年，而且永远长不大，那是一件多么美妙的事情呀！看到银行的自动柜员机，我会想，可不可以用假币做诱饵，让它源源不断地把货真价实的百元大钞吐出来呢？看到停在路边的一辆高级轿车，我会想，如果我盗取了这辆车，警察需要跑多远才能把我抓回来？可惜我连方向盘都没有摸过。

晃悠累了，我会随便到某一个小饭馆喝两杯。我买不起好酒，只能喝散装的高粱白，就点豆腐干、五香花生米什么的。那个春天的夜晚，我来到了南关老王开的小饭馆。老王饭馆看起来不起眼，自家做的猪头肉在小城却是品牌。我摸了摸衣兜，如果要一盘猪头肉，酒就喝不成了。点菜的时候我还是要了豆腐干和花生米，猪头肉的香味从邻近的餐桌上飘过来，我使劲闻，起码喝了有半斤吧。我有点醉了，也许和猪头肉的香味引诱出的坏心情有关。

从老王饭馆出来，我摇摇晃晃地往家走，到一棵老柳树旁后扶着树身吐了起来。吐出一摊污物，头好像更晕了，又感觉异常清醒。再往前走，我就看到了那个醉汉。是的，那个五大三粗的家伙肯定比我喝得多。他光着膀子，手里拎着个酒瓶子，摇摇晃晃迎面而来。夜已经深了，这是一条行人稀少的小路，昏暗的路灯照出了他的怪模样。我突然间感到了害怕。光脚的不怕穿鞋的，这几年我还以为自己什么都无所谓了呢。我转身想返回去，这里距离老王饭馆所在的那条车水马龙的大路也就二百来米。可我刚掉转身，醉汉突然间冲我喊："你给我站住！"

我没有听从醉汉指挥，撒腿跑了起来。没想到他眨眼间就追上来了，我怀疑他受过专业训练。他从后边揪了我一把，我倒在了扶过的那棵柳树旁，身边就是刚才吐出来的那团污物。我想爬起来，醉汉在我屁股上踹了一脚。"你跑什么？你从哪里来？你到哪里去？"醉汉一边叫嚷一边继续踹我，"谁让你喝酒了？你觉得喝了酒大爷就认不出你来了吗？"他不停地踹我，幸亏那只脚上的皮鞋甩出去了。他摇摇晃晃地跑到路边的草丛里捡他的皮鞋，我终于爬了起来。再瞅瞅他那样子，我突然间就不怕了，豁出去了。我无法忍受一个毫不相干的醉汉对我进行凌辱，他管我从哪里来到哪里去呀！他撅着屁股捡起了那只鞋，我看到身旁躺着一块砖头。我想抓过砖头，趁他不备攻击他的脑袋，砸成一朵花才解气呢。我有一个叫孙照明的警察朋友，现在他已经提拔为刑警队长。以前我采访过他好多次，他说，其实每个人在特定情形下都会产生杀人的冲动，关键要靠理性管控自己的情绪，否则不仅会祸害他人，而且要自食苦果。现在，我杀人的欲念是如此强烈。我探出胳膊摸到那块砖头，脑海里已是鲜血淋漓的壮观场面。

但没等我把砖头抓过来，醉汉已经拎着皮鞋转过身来。我顾不上捡砖头，慌忙站起来，防备他居高临下继续侵犯我。他并没有把那只鞋穿上，而是用鞋跟指着我，骂骂咧咧、摇摇晃晃地走过来。我屏住呼吸，攥着拳头帮他数着步点。一、二、三、四……他快到我跟前时打了个趔趄，我抓住了这个机会，一拳砸在了他的额头上。他好像愣怔了一瞬，仰身倒了下去。我骑在他身上继续砸他的后背，好像把几年来积攒的恶气全都挥洒到拳头上了。等我砸到十二下，或者十三下的时候，我突然间把胳膊收了回来。我觉得不太对劲，这家伙怎么一动不动的像一具尸体呢？我想摸一下他的鼻孔，试一试还有没有呼吸，手指还没有探过去就抖作一团。然后我浑身都抖了起来，好不容易站起来，颠三倒四地向路口跑去。我想，那家伙八成是被我揍死了，我成了杀人犯。

跑到灯火通明的马路上，我蹲下来喘息着。心脏扑通扑通地跳，仿佛要从嘴里蹦出来。我想返回去，看看那家伙到底死了没有，终究没有这么干。脑子里浮现出那个醉汉的样子，他翻着白眼冲我笑，我判定他已经死掉了。那么，接下来我该怎么办？主动打110投案自首吗？或者给我的朋友孙照明打电话，让他把我带走？我掏出了手机，却一直捏在手里。或许是天性使然，或许和这几年孤家寡人的生活有关，我最终选择了逃避。更准确点说是回避，听天由命，如果警察把我抓起来，也算是罪有应得，咎由自取吧。

我跟跟跄跄地往前走。车流少下来，马路变得开阔，身后突然响起了警笛的鸣叫声。我情不自禁地奔跑起来，仿佛此时才意识到问题的严重性，仿佛此时才意识到生命和自由的可贵。但警车眨眼间就把我追上了，我眼前一黑，心想，一切都完蛋了。

没想到警车上下来的是我刚才还想到的孙照明。孙照明说："董老师，看着背影像，真是你呀！"我一个字都没有吐出来，张着嘴望着他，他的手里没有拎着手铐。"董老师，这么晚了你还在马路上找灵感呀，看你脸色不对呀！"孙照明又说，我的神志逐渐缓了过来，看来他不是来抓捕我。"啊，啊……"我说，我还是不知道说什么好。孙照明一口一个董老师，这时奇怪地让我感动起来。当年我给他写过人物通讯，还写过一些案件侦破的报道，他一向很敬重我。他也喜欢写点儿东西，在我辞职写小说这件事情上，恐怕是唯一支持我的一个朋友。换一种说法，我也许只剩下孙照明一个朋友了。

脑海里又跳出那个醉汉翻白眼的样子，我的思绪瞬间又乱了。我忍不住问："兄弟，如果我是一个杀人犯，如果我亡命天涯，你，能够找得到我吗？"孙照明愣住了，然后笑着说："董老师你是构思侦破小说吧，如果你是杀人犯我当然能找到你，正义的力量不可战胜。"我不吭声，他又笑呵呵地说："不相信的话咱们打个赌，给你两天时间让你藏身，本队长要找不到你的话输你十万块钱，现在我先付你一万定金！"说着，他从车上取出皮包，掏出一沓百元大钞递给了我。

2

后来我就反应过来了，前一段我吞吞吐吐给孙照明打过一次电话，流露出了借钱的意思。他以打赌付定金的形式给我一万块钱，是怕我难堪呢。他真是一个的重情重义的好兄弟。

但我当时顾不上想这些。孙照明从外地办案刚刚回来，我拒绝了他捎我回家的好意。临走的时候他说："董老师，再找一会儿灵感赶紧回家吧，免得嫂子替你操心。"

我捏着一万块钱望着警车远去，眼里不知不觉间噙上了泪珠。我不可能忘记那个无声无息的醉汉，我杀人了，孙照明迟早会把我抓起来的。他给我这一万块钱，难道是某种暗示，难道是为我提供逃亡的资本吗？

我回到小区时已经后半夜了。这是一个老旧的小区，望着五楼自己家黑漆漆的窗口，我想康琳早就睡着了。即便醒着，我回家后她也不会搭理我。她是一个心气一直很高的女人，在第一人民医院当护士。我们的儿子在南方读大学，她说就算砸锅卖铁也要让他出国留学的。这样一来她就是"海龟"的母亲了。

就在这天早晨，我和康琳又闹别扭了。我有便秘的毛病，可能和长时间熬夜有关。事实上，不写作不读书的时候我时常也会失眠的。令人啼笑皆非、难以启齿的是，我这个臭毛病已然成为家庭矛盾最直接的导火索，对我们的夫妻关系构成了巨大的威胁。

康琳通常比我起床晚。"你快点呀，成心的是不是？"她总是站在我们家那间两平方半的卫生间门口催促我。她根本不体谅一个男人便秘时候的苦衷。如果我回敬她两句，她一准会发脾气的。"有种你把马桶坐穿，有种你去买套带着三个卫生间的大房子呀！"她这样说，显然还是哀其不幸、怒其不争的意思。

我已经习惯了沉默。类似这样的时候我总是安慰自己，康琳年轻时候也是热爱诗歌的，无论如何不会破门而入，把我从马桶上掀下去吧。换一个角度讲，她叫嚷得越凶，身体的某些部位会憋胀得越厉害，最终吃亏的只能是她自己。回头想想，我有这样的想法说明已经有点变态了。

即便如此我也会烦，怎么能不烦呢？我蹲在马桶上，时常会产生从窗户上爬出去的冲动。那样多好，悄无声息地离去，就让她夹着一泡尿等到地老天荒吧。我想起来一个叫魏尔伦的法国诗人，他是到家门口给妻子买药时随同另一位诗人兰波离家出走，从巴黎跑到比利时的。如果我真这么干，大有异曲同工之妙。

但我们家住在五楼，我根本下不了决心。而现在，当我一步一步从黑咕隆咚的楼道里爬上去，当我一只脚跨进家门的时候想，我很快要完成这个潜伏已久的心愿了。我轻轻地合上屋门，思维竟如此清晰。我跑到卫生间恶狠狠地大便了一次，下决心要把自己藏起来，下决心要去逃亡。当然，我也不会心急火燎地走，还是听天由命、顺其自然吧。

天很快就亮了，我想和康琳化解一下恩怨，这就有点悲壮的意味了。我把卫生间早早让出来，把马桶仔细刷了一遍，好让她舒舒服服地享用。她起床后睡眼惺忪，并没有赞美我的劳动成果，从卫生间出来后还是那种爱搭不理的样子。她又怎么会想到我已经变身为杀人凶手了呢？是的，经历了后半夜的发酵，我几乎判定那个醉汉已经死掉了。

"康琳，"我说，"我准备出一趟远门。"

"干什么去？"她懒洋洋地问。

"就是出一趟远门嘛，也许要走好长一段时间。"

我这么说，她警觉起来："到底干什么去？"

她皱起了眉头，我有点感动了。我想，她终究还是在乎我的，一日夫妻百日恩。假如我告诉他我杀了人，她会不会号啕大哭？

"是这样，有人介绍我去给外地的一个企业家写一部报告文学，昨天晚上已经把协议签了。"

康琳的眉头渐渐舒展开来。"给多少钱？"她问。

"估计，十来万吧。"我垂下了头，孙照明开玩笑时提到过这个数字。

"其实给多少钱不重要，关键是态度，态度决定一切，你不应该被火热的生活抛弃，中午咱们吃三鲜馅的饺子好不好？"

她语速越来越快，脸上挂上了笑容。我本来想说对方催得急，今天就要走,却改变了主意。我已经好长时间没有吃康琳包的三鲜馅饺子了,吃了饺子再走大约也不算迟吧。

午饭后我便到火车站买票。至于说去哪儿,鬼才知道呢。从家里出来,我在小区门口问那个卖水果的大胖子:"你听说昨天晚上发生命案了吗?"他反问我:"死了几个?"我赶紧离开了,责怪自己多嘴多舌。

没走多远,康琳打来了电话,她说:"老公,走的时候忘记提醒你了,买火车票开始实行实名制了,记得带上身份证呀!"

我愣住了。"实名制"我也听说了,并没有当回事。现在,它却设身处地地牵扯着我的利益。不管我乘火车到哪里去,警察都可以轻而易举地查出来的。看来亡命天涯绝不是一件简单的事情。

我在火车站的站前广场晃悠了好长时间。望着熙熙攘攘的人流,渐次陷入一种不知所从的状态。我对昨晚的事情产生了怀疑,问了几个人,谁都没有听说这座小城发生了命案。后来我干脆就不问了,到一个书报亭前看两个老头子下棋。他们互相挖苦、抬杠,棋子在木板棋盘上摔出叭叭的响声。我的耳朵里呼应起拳头落在醉汉身上的声音,直觉又告诉我,他真的被我打死了。他倒下去的时候脑袋砸在石板路上,当下就死了,而我居然还骑在他身上揍了他十几拳。我又打问书报亭里那个鼻翼上长着黑痣的姑娘:"姑娘,你听说昨天晚上发生命案了吗?""当然,"她说,她的声音把我吓坏了,"你看看报纸不就知道了?"我没有买她的报纸,踉踉跄跄往家走,就像昨天晚上一样。

我回到家里时康琳已经做好了晚餐,她提前下班了。不仅如此,她还从超市买回来一大包东西。"你试试这个坎肩,穿上它更像个文化人!"她帮我把外套脱下来,墨绿色带着网兜的坎肩还挺合身的。"你再看看这个不锈钢水杯,出门在外,该讲的排场还是应该讲的。我还给你看好了一双断码皮鞋,要不晚饭后去试穿一下?"

我没有去试穿断码皮鞋,那样的话实在是有点荒诞了。我告诉康琳买的是明天上午十点的车票,担心她验明正身似的,说完后躲到我那间屋里收拾行装。我把一万块钱分了康琳一半,告诉她是对方支付的定金。康琳的声音有点哽咽了,她说:"明天就要走了,晚上你不想洗个热水澡吗?"

3

第二天早饭后,我拎着旅行包出门了。康琳要送我去火车站,我谢绝了她的好意。我拦了辆出租车,车子启动的时候长吁了一口气,仿佛宣告一件事情的终结。不到两分钟康琳打来了电话:"我给咱们的儿子打电话了,他让我提醒你,出门在外要保重身体呀!"我的眼里涌出了泪。我已经很多年没有流泪了。又想,儿子背地里叫我老古董,在他眼里我绝不是什么称职的父亲,这般温情感人的话也许是康琳凭空捏造的吧。

出租车把我拉到了长途汽车站。

我了解到,购买汽车票还没有实行"实名制"。我还是没有想好去哪儿。脑子里倒是装着一些曾经向往的地名,南非、希腊、埃及、哥斯达黎加,即便买机票无须实名制,以我的经济实力都不可能成行。况且,我根本就没有办过护照。国内想去的地方当然也不少,内蒙古大草原、天山、凤凰、米脂,我难道是要去旅行吗?这样我又开始恍惚了,又呈现出那个醉汉翻白眼的样子。当时光线昏暗,我已经记不清他的样子,但他一直在冲我翻白眼。

我走进售票厅,排到了购票的队伍里。人体聚集的气息扑面而来,我似乎闻到了尸体发霉后的味道。往前走几步,我又陷入那种不知所从的状态。来到售票窗口前,当玻璃窗内一位戴眼镜的女人问我到哪里时,一时间竟张口结舌。"哪里?"她又问。她的声音严厉起来。"随便,随便吧。"我这样说,躲避她的目光。她也翻了下白眼,我看到了头顶上悬着的摄像头。对,摄像头,我情不自禁地颤抖起来,一个抱着孩子的胖女人不失时机地把我挤开了。

我在墙角的一把长条椅上坐了下来。不光是售票窗口上方装着摄像头，大厅几面墙上全都装着呢。显然，我正处于监控之下。我看到一个穿着保安制服的粗壮男人正隔着座椅靠背上一排不规则的脑袋审视着我。我迟疑了一会儿，拎着旅行包逃离了售票大厅。

我不知道该往哪里去。我看到十字路口红绿灯处也架着几个摄像头。路边的黄金珠宝店、建设银行，甚至卖儿童玩具和成人用品的小店，门楣上全都装着摄像头。它们枪口一样对准了我，别说是亡命天涯，想神不知鬼不觉地离开小城都是一件困难的事情。

阳光刺目，我擦了一把汗，赌气般一直往南走。我决定到昨天那条小路上看个究竟，万一那个醉汉没有死呢？我一口气走到那个路口，看到一棵大柳树下几个老头嘀咕着什么，转身逃掉了。我闯进了一条油烟味十足的巷子，看到一家旅店的招牌，拐了进去。

既然想不清去哪儿，我决定暂且在这家小旅店躲一躲。还是那句话，听天由命，顺其自然吧。登记入住的时候，我差点儿和那个戴着耳钉的小伙子吵起来。他审查了我的身份证，然后又审视我。他看了我有五秒钟，然后又看身份证。我终究发脾气了。"什么意思？"我冲他喊，"莫非我是杀人犯吗？"小伙子态度还算好，微笑着解释："先生，我们昨天刚接到警方的协查通报，不过您不太像，身份证也是真的。"我没有再敢造次。

房间在二层，进去以后，我把门摔上了。

这时，康琳又打来了电话。"老公，已经上车了吧？"她关切地问，我含糊其词地应付着。好不容易挂断康琳的电话，孙照明也给我打过来了。我警惕地捏着手机，差点儿把它扔到窗外。我闭上了眼睛，接通电话的一瞬，甚至认为他就站在楼下，他带着警察已经把我包围了。"有什么话你直接说吧。"我和孙照明说，孙照明乐了："董老师，不好意思呀，你正在创作是不是？这几天晚上你最好别出去找灵感了，明白我的意思吗？我只能这样提醒你。"我愣了愣神，后来他挂断了电话。

我琢磨着孙照明的言外之意，突然间想起来，有一次他给我讲过，手机是可以定位的，我不清楚他和我通话是不是为了定位。说不定，这时他正带着人往过赶呢。我躺到床上，看到墙上有几处打过蚊子后留下的血迹。我想离开旅店，却从旅行包里翻出来一本《现代汉语词典》。这本词典是我出门前唯一带着的一本书。多年以前，我和一帮文朋诗友讨论过，如果一个人要去逃亡，只能带一本书的话带哪本呢？有人选择《圣经》，有人选择《诗经》，有人选择《红楼梦》，我的答案是《现代汉语词典》。我希望目光穿透漫无边际的文字，寻找到人生最后的归宿。我没有想到真有带着词典逃亡的这一天。

我当然看不进去。熟悉的字变得陌生起来，像被泪水泡过一样面目不清。我感觉轻飘飘的，身体像是悬浮在空中。我又问自己，真的杀人了吗？我丢掉词典，想睡一觉，就算在睡梦中被抓走也无所谓。但我睡不着，好不容易挨到了晚上。

屋里暗下来，我没有开灯，准备就这么躺着。门外传来窸窸窣窣的声音，我侧耳听了听，该来的也许已经来了。我跳下床，一把将门拉开，心里说要杀要剐随你们便吧。但出现在我眼前的并不是警察，而是那个戴着耳钉的小伙子。奇怪，他手里举着一只应急灯。他被我吓了一跳，皱着眉头说："先生，咱们这条巷子北面的小商品批发市场着火了，也许很快要停电……"

他还没有说完，楼道里的灯熄灭了。

4

在我离开旅店的时候，对那个戴着耳钉的小伙子报以感激的微笑。他皱眉的样子和我儿子有点像。他和我儿子年龄相仿，却已经自食其力，谦卑而且负责任地开始谋生了。

从巷子里出来，我果然看到了北面的天空辉映着火光。街面上乱糟糟的，车辆摆起长龙，车灯闪烁，车喇叭不停地响，惯常的秩序被打乱了。路边站了不少人，嘀咕着什么，向北张望，刺耳的警笛声从远处传来。

也许是火灾导致了城南这边大面积的停电，我感觉自己更像是同案犯。这场火灾是帮助我逃亡吗？一旦停电，摄像头就会失灵，我可以神不知鬼不觉地离开这座小城了。

我把衣领竖起来，越走越快，此时逃亡的意念是如此清晰。我担心灯光突然亮起来，照亮我不可示人的行踪。

就这样，我来到了小城南面的外环路上。

当然，五年后的今天，这条路已经不是外环了。城市迅速扩张，五年后的今天，曾经发生火灾的小商品批发市场成为小城最繁华、最具现代气息的商业建筑群。

这是个阴天，月亮躲到了云层后边。夜已经深了，我靠着路边的一棵大柳树喘息了片刻。外环路上车辆不太多，连路灯都没有装，夜间过往的多是外地的货运车辆。我想随便搭乘一辆，抵达某一个地方。我甚至为即将开始的逃亡生涯激动不已。

一辆带着挂斗的大货车驶过来，车灯刺目，后边的车斗却像摆动的影子一样。我往路中央走了几步，一只手拎着旅行包，另一只手使劲地挥舞。这辆货车根本没有减速，从我眼前轰隆轰隆地驶了过去。灰尘席卷而来，我捂着鼻子往后退。

过了一会儿，又一辆货车开来，它没有带着挂斗，但还是没有停。它跑得太快了，司机也许根本就没有注意到我。又想，即便注意到又怎么样，它也不是出租车，没道理去投诉拒载的。

赌气一般，我拎着旅行包走向路中央。我想跨过栽植着冬青的隔离带，到马路对面试试运气。往哪边走，到哪里去，对我来说并不重要。远处飘移着两团影影绰绰的光晕，又一辆车开过来了，但它离我还远。我加快步子，走着走着光团变成了刺目的光柱，眼瞅着那辆车就近了。我犹豫着要不要再往前冲，腿肚子抖起来，扭身赶紧往回跑，那副样子肯定狼狈极了。刹车声骤然响起，脚下被什么东西绊了一下，我摔倒在路边。当我爬起来的时候，那辆车已经停下了。我赶紧往过冲，还没有开口，车窗里一个男人高高在上地探出了脑袋。"找死呀，"他恶狠狠地说，"你他娘大半夜的找死呀！"我还来不及回应，车辆又启动了，连缓冲都没有，哗哩哗啦地向前疯跑。车厢里拉着的好像是一些黑乎乎的大铁笼，它们欢蹦乱跳，好像在嘲笑我呢。

我望着车屁股想骂两句脏话，半个字都没有吐出来。拎着旅行包的那条胳膊有点痛，或许和刚才摔倒有关。我忍不住又发脾气了。我把旅行包举起来，砸向刚才倚靠过的那棵柳树。我想，为什么这座小城每条路的路边都要栽柳树呢？太没有创意了。冬天的时候，园林处那些人总会砍去柳树的枝梢，害得麻雀都没地方栖息了。我突然想笑，为生活的荒诞也为自己的荒唐。如果那天晚上没有和醉汉发生冲突，这个时辰我已经晃悠回家里了。我现在应该躺在床上看书，或者坐在电脑前写一些一旦关机就会觉得无聊的文字。就算看不进去，写不出来，就算不停地生闷气，也比孤魂野鬼般站在这里强吧。天还是阴沉沉的，这个春天好像还没有下过雨。

是的，我想回家了。我还没有开始逃亡却已经开始想家了。可那个醉汉又开始翻白眼，我还回得去吗？就算回去，在康琳眼皮子下被警察带走，又该和她做何解释？搞清原委后，她会伤心吗？她也许会说，"这回我算是把你看透了。"这样我不光是杀人犯，还成了骗子，遗臭万年是不是？这样还不如死在逃亡路上呢。

天上有几颗星星出来了，它们在冲我眨眼。我把钱包掏出来，把五千块钱取出来看了看，突然产生了散出去的冲动。就像散纸钱一样，我想死，想为自己送行。这时，一束灯光箭一样射过来，我下意识地挡住脸，看到一辆微型面包车驶过来，在距离我五六米的地方居然停下了。

我吃惊地望着这辆面包车。车窗摇下来，驾驶室里一个男人喊："嗨，你是要搭车吗？"

我不知道如何回答。刚才，我还心急火燎地想搭一辆车呢。那个男人下了车，面包车没有熄火，车灯还亮着。他从车头那边绕过来，我看到他的脸后差点儿发出尖叫，真像是见鬼了。我下意识地想跑，脚下却似扎下了根。

"嗨,"他又说,"发什么呆,你不是要坐车吗?"

他冲我走过来,我感觉头皮凉飕飕的,像是有什么东西飞走了。

"上车!"他更像是命令我,夺走了我的旅行包。

我便跟着他走到了车门前,他像是施了什么魔法。他拉开副驾那边的车门,把我的旅行包扔到了后排。他推了我一把,我坐到了副驾的位置。

面包车启动后我多少镇定了一些。我是一个唯物主义者,世界上终究没有什么鬼魂吧。这个男人,他的脸八成是烧伤过,以至于面目狰狞。这辆面包车,八成是没有牌照的黑面的。以前我也坐过黑面的,比正规出租车要便宜一些。问题在于,深更半夜的,黑面的还会在外环路上揽活吗?问题在于,我现在还有必要害怕一个脸上烧伤过的黑面的司机吗?

"你从哪里来?"他问我,并没有扭头。

"你到哪里去?"我没有回答,他又问,我把那个醉汉提过的问题想起来了。不过他们的声音不太像,这个黑面的司机声音嘶哑,破败,看来气管、声带什么的受过伤。

"看来你很紧张嘛,"他接着说,"你放心,我可不是坏人,我从来都没有认为自己是坏人。"

他笑了笑。他的笑声阴森森的。

"我的脸烧伤过,那是好多年前的事情了,半夜三更的,把你吓坏了是不是?"他的声音亲切了些,或者我习惯了些,"需要的话喝口水压压惊吧!"

他从另一边的车门上拿了瓶矿泉水,递给我。我犹豫了一瞬接了过来。

"我会把你送到该去的地方的。"他说,好像他知道我要去哪儿似的。

面包车太破了,我渐渐闻到了汽油味,说明神志缓过来了。我感觉有点头晕,拧开瓶子喝了几口水,过了一会儿后脑勺往后一靠,什么也不清楚了。

5

醒来的时候，我面对的是深不见底的黑暗。眼皮似在生离死别，好不容易才分开。我发现自己躺着，肚子里有声音在翻滚，记忆在黑暗中慢慢复苏。

我确信自己还活着，摸索着坐了起来。

"有人吗？有人吗？"我喊了出来，听到了黑暗中缥缈空洞的回声。我又怀疑自己来到了阴曹地府，难道，一个人死后还会这么犹疑？我小心翼翼地下了床，警惕地挪动脚步，摸到了硬邦邦的硌手的墙面。"有人吗？有人吗？"我捶打着墙壁为自己的声音壮胆，鬼魂也可以发出这样清晰的声音吗？

终于，一个男人的声音不知从什么地方钻了出来。对，就是那个嘶哑破败的黑面的司机的声音，我想起来了。

"你终于醒来了，你睡了一天一夜。"

他的声音震荡着，我四向里瞅，目光淹没在黑暗中，就像沙粒投进大海。

"这是什么地方？你想干什么？你给我出来，出来呀！"

我又喊，这时候忽然就亮了，我下意识地捂住了眼睛。良久，目光终于从指缝间钻出来，我先是看到了一张陈旧的单人木床，刚才我就是和衣躺在上边的，被褥零乱。然后我看到了床头柜，看到了床边放着的自己的旅行包，看到了水泥墙面，看到了一扇黑乎乎的铁门。铁门上方有一个一尺见方的洞，那个男人，该是在门的另一面和我说话。我确信自己是一个活生生的人，冲过去抓住了门把手。我疯狂地拽，厚重的黑铁门却纹丝不动。我蹦了起来，目光随同灯光穿过铁门上方的那个洞口，看到的却还是一面灰蒙蒙的水泥墙。感觉这面墙像是贴在门上。

"你就别折腾了，没有用的，你出不来。"

那个男人的声音再次从门的那边传来,我又去拽门,然后后撤两步,一脚踹上去。铁门还是纹丝不动,我被弹了回来,仰坐在水泥地面上。现在,一切都变得清晰起来。这是一间七八平方米的屋子,毛墙毛地,像是多年前我去北京会晤文友时住过的地下旅馆。但除了那扇结实的黑铁门,再没有任何的门窗。头顶上悬着的日光灯隐隐约约地晃动着,毫无疑问,我被囚禁了起来,我真的是被人绑架了。

此时,我已然忘记了自己逃犯的身份。我摸着衣兜,钱包、钥匙都还在,但手机却找不到了。"你究竟想干什么?放我出去,放我出去呀!"我又吼叫起来,再次准备对黑铁门发起进攻,他的声音又从门的那边传过来了:"别冲动,别干傻事,这样对你没什么好处的!"

我把抬起来的脚缓缓放了下来。是的,他说得对,我这样冲动确实没有什么好处。我现在需要冷静下来,面对业已形成的严酷事实。他把我关在这里,该是为了讨要赎金吧。我的命值多少钱?三十万?五十万?一百万?康琳接到绑匪的电话又会怎么办?家里拿不出这么多钱,她会去和人借吗?她知道我和孙照明有点交情,她会不顾绑匪的要挟直接去找他吗?

又想到那个醉汉,我感觉像是做了一场梦。他再没有从我的脑海中跳出来翻白眼,倒是听到了他的讥笑声。也许他并没有死,我的手连他的鼻尖都没有蹭到,凭什么认为他死掉了?他倒下去也许是个阴谋。因为他,我准备去逃亡,却被人囚禁起来。这样想难免会悲观,我靠着水泥墙滑落下去。

但我不应该消沉,现在我已经根本不相信我是个杀人犯。我扶着墙站了起来。依我的判断,绑匪现在还没有拿到赎金,还不至于撕票。我想和他聊一聊,起码可以探听一下虚实,拖延一点时间。电影里被绑架的人不都这么干吗?我又来到铁门前,捂着胸口尽可能让声音变得平静:"嗨,伙计,我们家根本就没有什么钱,就算你给我老婆打一百个电话,她也给你凑不够两万块,你想想看,把我关起来有多大意义?人生苦短,你为什么要走这一步险棋呢?你放心,你把我放出去,我决不会报案的!"

但他没有回应。或者，他带着浓重的鼻音笑了一声。或者，我的耳朵出问题了。

"我知道你不相信，可是，我真的是个穷困潦倒的书生，我老婆是一名护士，月薪不足三千，我儿子正在读大学，花销厉害着呢，你想想看，从我这个穷鬼身上哪能榨到什么油水？"说着，我想起了揣在衣兜里的钱包，里边的钱他居然还没有动，也许是看不上这点小钱吧。我清了清嗓子，继续说，"别看我的钱包是名牌，那是我老婆前几天刚给我买的假货，里边倒是有一点钱，可这点钱还是我借的，我行不更名坐不改姓，我叫董明亮，在凤城日报社当过记者，现在闲在家里写点小说、诗歌什么的，几乎就没有发表过……"

我顾不上尊严了，说得口干舌燥。终于，他的声音再次从门的那边传来。而且，我明确地听到了他的笑声："老董，董明亮，想不到你这人还挺有意思的，想不到你还会写诗！"

我愣了愣神，瞬间的反应，是写诗打动了他。难道，他也是曾经的文学青年？他会不会因为这种特殊的情感对我网开一面呢？

"一个真正的诗人，他的内心永远是高贵的、孤独的，决不会媚俗，决不会妥协，只是别人不理解罢了……"

我不清楚为什么讲出这番话，简直有点搞笑，像是在抒情呢。

他果然笑了："可你说的这些我不太懂，我小时候最怕写作文，现在还能完全背下来的就一首诗，床前明月光，疑是地上霜，后两句是什么来着？你放心，我决不会伤害你，我只是请你来住上一段时间，半个月，或者一个月，到时候自然会让你离开。"

他这样说，未免让我气愤。这他娘什么话？绑票也就罢了，还说请我来住上一段时间，有这么招待客人的吗？我又想吼叫，忍住了，我需要保持镇定。

"饿坏了是不是？"他接着说，"床头柜里有饼干，你先垫补垫补，吃米饭好不好？我待会儿就给你送过来，记住，千万别干傻事呀！"

他说完后，铁门上那个方形的洞口关上了。我似乎听到了隐隐约约的脚步声，然后一切归于沉寂。

　　我打量着屋子里简陋的陈设，肚子咕噜咕噜地叫喊起来。打开床头柜，里边果然放着一包苏打饼干。床头柜上放着的暖瓶里也盛着水。问题是，我还敢吃他的东西吗？

　　但我真的饿坏了。他现在还不至于置我于死地吧？这样想，我撕开饼干的包装尝试着吃了一块。过了几分钟，除了饥饿的叫声，肚子里好像没有其他反应，我就管不住自己的嘴巴了。

　　吃完饼干后我从旅行包里拿出来那个不锈钢水杯，正准备倒水，铁门被轻轻敲了两下，然后，那个方形的洞口再次打开。"过来端饭。"他吩咐我，我闻到了扑鼻而来的肉香。这一次我没有犹豫，就算死，也应该先把肚子填饱吧。米饭上浇盖着鱼香肉丝，狼吞虎咽，风卷残云，我很快就吃光了。

　　"老董，我的手艺还不错吧。"我把碗放到床头柜上，他在门外和我搭话。

　　"不错，"我说，"可我真不是什么有钱人，你还是放我走吧，我会付你饭钱的。"

　　他又笑："不管你是个穷光蛋还是千万富翁，有什么关系呢？"

　　"怎么没关系？你把我囚禁在这里还不是为了钱？"

　　"和钱没关系，我说过，只是请你来住上一段时间。"

　　"可是，有你这么请人的吗？悬崖勒马还不算晚，放我出去，我决不会去报案的。"

　　"我当然会放你出去，但不是现在。放心，我会按时给你送饭，对了，墙角有一只便盆，我每天帮你倒一次，你看我对你多好？你不是喜欢写诗吗，那就安安心心地写，你把碗筷给我递出来。"

　　他这样说，我没有再吼叫。我把碗筷递出去，门上的那个洞又合上了。鬼才相信他的话呢！

6

就这样，三天过去了。他果真给我按时送饭，并且把屎尿伺候出去。我似乎冷静了下来，遇上这样仁慈的绑匪，无论如何算是一种幸运吧。

我之所以确定已经过去了三天，除了他一日三餐按时送饭外，还因为床头柜上摆着一只闹钟。时间在分秒必争地向前走，我痛苦地煎熬着。这个家伙肯定有同伙，面对撕票的威胁，康琳能扛得住吗？她是否告诉了我们的儿子，那个兔仔子又是什么反应？孙照明侦破过那么多大案要案，我相信他是中国的福尔摩斯，他肯定会把我解救出去的。

那家伙再来送饭，我又试着做他的思想工作："老兄，你还是放我走吧，科技这么发达，警察肯定会找到我的，我保证不会去报案。"

没想到他发脾气了："你是在威胁我？实话告诉你，我就是等着警察来找你呢，我倒要看看他们能不能找到！"

"可你为什么要这样呢？我说过我没有钱，有本事你去绑架个千万富翁，何必在一个穷光蛋身上下功夫？"

"我再说一遍，我不是为了钱，我只是请你来住一段时间。"

我气坏了，端起碗恶狠狠地冲铁门上那个方形的洞口砸去。碗没有从洞口飞出去，铁门把它弹了回来，摔碎了。然后，我又将暖瓶砸到了门上，"砰"的一声，一团热气往高处飞。然后我又把带着盖子的便盆砸出去，把康琳给我买的那只不锈钢水杯砸出去，把旅行包砸出去。好像我把这些天肚子里积攒下来的怨气全都释放出来了。

"老董，"那家伙在门外焦急地喊，"你不要这样，对你没什么好处的！"

我才不管什么好处不好处呢，我捡起暖瓶的塑料壳子继续砸，捡起不锈钢水杯继续砸，然后我疯狂地踹门。

"老董，你给我住手，你再这样我就不客气了！"那家伙又喊，貌似威胁，底气却不那么足。几天来，他的种种表现让我疑虑重重。这一刻，一个念头突然冒出来，他不像是通常意义上的绑匪，该不会是个神经病吧？

"老董，我可以对天发誓，我决不会伤害你的，你别折腾了好不好？"他又喊，近似于哀求。

"老董，我不知道怎么说你才肯相信，要不，咱们签份协议吧，我真的不会伤害你！"

天哪，他居然要和我签一份协议。

"老董，你是个文化人，协议你来写，你再在我这里住半个月，十天也行，然后我会让你走，但你不能去报案，我可以给你加餐，买水果，想吃什么我给你做什么，这样你看好不好？"

我把举起来的水杯丢到了床上。是的，我相信门外那个家伙是个精神病患者了，起码是间歇性的。也许，他真的不是为了赎金。可被一个不可理喻的疯子囚禁起来，这是一件多么可怕的事情？

我必须冷静下来。

我和他真的签了一份协议。

我把拟好的协议递出去给他看，他并没有提出异议。而且，他把他的名字歪歪扭扭地写上去了。他叫孙大圣，还他娘大闹天宫呢！

"老董，我们已经签了协议，这下你放心了吧？你就安安心心写你的诗好了。"

签完了协议后他语重心长地宽慰我，他又让我安安静静地写诗呢！我望着一纸协议哭笑不得。生活是如此荒诞，这样的事情不光是我钻在家里编不出来，盖上八层棉被恐怕都不会梦到吧。这个神经病，疯子，他把我囚禁起来究竟要干什么呢？

又过了两天，我决定绝食。

他果然提高了我的伙食标准，不光是加餐，而且开始送水果了。但我不再吃，他把饭菜递到铁门上那个洞口，我根本就不去接。"我再不会吃你的一粒米、一根面，除非你告诉我为什么要把我关起来！"我的声音硬邦邦的，甚至连自己都佩服自己视死如归的勇气。起初他还威胁我，还是那么说："老董，你不要乱来，对你没什么好处的！"一天过来，他的声音又像是在哀求了："老董，我真的不想伤害你，我们都签了协议了，你为什么不相信我呢？人是铁饭是钢，你吃点东西好不好？"

"狗屁协议！"我吼叫着，我把递进来的碗推了出去。我又听到了瓷器碎裂的声音。我甚至想发着狠将他的胳膊从洞口拽进来，置他于死地。问题是，门是从外边锁着的，那样的话我还能出得去吗？

一整天水米不进，我饿坏了。肚子里咕噜咕噜地叫，我鼓励自己，一定要坚持，再饿上两顿，也许那个家伙就妥协了。我没有想到会激怒他。他又来给我送饭，我躺在床上不理他，他把饭菜直接从洞口摔了进来。"你给我吃！"他叫喊着，然后咚的一声，他也踹门了。"你必须吃，不吃也得吃！我警告你，我是个杀人犯，我真的是个杀人犯！"他又踹了一脚，我从床上爬了起来。我从他的声音里听出了杀气，他会打开门冲进来吗？

我忍不住也喊出来："你他娘别吓唬我，谁是杀人犯还不好说呢，就在你劫持我的前两天我刚刚用拳头砸死一个人。"这么说，那个醉汉又在我脑海中翻起了白眼。也许，我真的把他砸死了。现在我情愿是个杀人犯。我抓过了那只不锈钢水杯，它是我能找到的最具威胁的武器。我来到了铁门的一侧，只要他敢把门打开，我就让他的脑袋瞬间开出一朵花。

这时候，屋子里的灯突然间灭了。这么多天来，我都守着一盏长明灯，就像守灵一样。我无法适应突然间降临的黑暗。我要绝食，这家伙给我断电了！"把灯给我打开！"我吼叫着，有一瞬间，我断定他要对我下手了。想着他那张狰狞的脸，我的两条腿颤了起来，整个身体，连同握着的水杯一起在颤。我喘息着，觉得自己有点冒失了。我在黑暗中等待厄运的降临。或者，等待着已经不再自信的绝地反击。

但他并没有把门打开。

"你怎么不吭声了？害怕了是不是？你也许不怕死，不怕流血牺牲，但你害怕黑暗，害怕孤独对不对？你听到了没有，你说话呀？难道，你真的希望我再杀一个人吗?"

  我没有接他的茬。事实上,我害怕死,害怕流血,平时我连一只鸡都不敢杀,我怎么可能对那个醉汉完成致命一击呢?也许当时出现了幻觉,我的拳头并没有砸到他他就倒下去了。我倒是不怕孤独,甚至热爱孤独,热爱夜深人静后的孤独,但有了这些天的经历,我已经变了。我多么渴望早点离开这个鬼地方,回归到庸常的、世俗的,哪怕是无聊的生活中。

  是的,我妥协了。但我还是想搞清楚这家伙为什么把我囚禁起来。"可是,你究竟为什么要把我关起来,为什么?请你告诉我好不好!"我的声音近似于哀求,我几乎要哭出来了。

  "为什么?我难道没有和你说清楚吗?我就是请你来住上一段时间!你给我好好地吃饭,安安静静地写你的诗,听到没有?"

  他余怒未消,声音越发嘶哑了。

  我还想说什么,屋子里忽然亮了起来。灯光瞬间驱散了黑暗,面对杯盘狼藉的景象,我发了好长时间的呆。

7

  现在,距离我重见天日的日子只剩下三天了,如果他履行协议的话。

  我所经受的煎熬完全可以想象。我妄图说服自己,听天由命,放任自流,甚至又装模作样地捧起了那本《现代汉语词典》。但我看不进去。距离那个日子越近,我越发感到不安。他真的会放我走吗?

  "开饭了!"我正处于一种似睡非睡的状态,他又敲响了铁门。自从被囚禁到这个鬼地方后,我就没有体会过真正的睡眠。我下了床,迷迷瞪瞪地来到门前,动作虽然连贯,却完全是下意识的,机械的。

  但他并没有把饭菜递进来。"老董,你平时喜欢喝点小酒吗?我弄了几个下酒菜,今天晚上咱们喝两杯好不好?"

  我一下子就清醒了,他是要进来和我喝酒吗?

"但我不能进去,这样对你对我都不太好,你说呢?"

他的话让我有点失望。"那你不白说了吗?你把酒给我递进来。"我闻到了酒香,这么多天来,他从来没有为我提供过酒水,服务根本就不到位嘛!

"是这样,我是说隔着门咱们也可以喝两杯的,咱们吃同样的菜,咱们可以贴着门干杯,这样不也挺好吗?"

他的声音里又带上了哀求的意味。我没有拒绝。我太想喝两杯了。我闻出来老白汾绵香的气味。

他把下酒菜一样一样地递了进来,花生米、豆腐干、牛蹄筋、猪头肉,他真的是太熟悉我的口味了。

"咱们先吃几口菜,其实我酒量不行,好多年没有沾酒了。"他这样说,我隐隐约约听到了咀嚼的声音。我猜想他在门外的样子,他是坐在台阶上吗?这么多天过来,我已经搞清楚了,黑铁门外边是一道狭窄的楼梯。我分明是被囚禁在地下室。

我把床头柜搬过来靠在了铁门上,担心他喝上酒后破门而入似的。我把菜摆上去,包括他递进来的酒壶。那个酒壶,也就能装二两吧,他大约担心我不胜酒力。酒香扑鼻,我捏了两颗花生米放到嘴里,然后又捏起一片猪头肉,嚼了两口后停下了,我嚼出了南关老王饭馆猪头肉的味道。我太熟悉这种味道了,简直是人间美味嘛。难道,我根本就没有走远,而是被囚禁在南关这片吗?这么多天来,我曾无数次想象过这间地下室所处的方位。门外那个家伙,他用一瓶水把我撂倒了,醒来的时候已经过去一天一夜,谁知道他用那辆破车把我拉到了什么地方?

"你倒上酒了吗?来,咱们干一杯!"

他的声音又传进来,我回过神来,给自己倒了一杯酒。我看到了他举到洞口的酒杯。我举起酒杯和他碰了一下,然后听到了吸溜的声音,十分陶醉似的。

但我并没有喝下去。突然想,眼瞅着协议上的日期临近,他会不会加害于我？我真想把刚才吃下去的猪头肉吐出来，尽管是人间美味。

"你喝呀，担心我酒里下毒是不是？你放心，我都说过多少遍了，决不会伤害你，我只是想和你喝两杯。"

他的声音甚至是和善的，听起来合情合理。酒香扑鼻，我又管不住自己了。

喝完了一杯，我又给自己满上，他也满上了，我们再次干杯，当然还是隔着门。

"今天晚上你能陪我喝酒我真高兴，今天晚上的月亮又大又圆，你说，月亮上边真的住着嫦娥吗？"

几杯酒下肚，他的声音热乎乎的，居然扯到了月亮，扯到了嫦娥，有点浪漫了是不是？

"那咱们就多喝几杯！"我直接举起酒壶一饮而尽，然后递出去。

"不，还是适可而止吧，把你喝倒了怎么办？况且我也不能喝。"

"人生难得几回醉？就算喝倒也无妨，喝死也心甘情愿！"

"你不能这样想，你还有老婆孩子，你有亲人和朋友，你要好好生活，我把你关起来，对不住他们了，等你走的时候，我会给你一笔钱作为补偿。"

他居然要补偿我，不管是真是假，听着让人感动。现在，这家伙越发让我摸不着头脑了。我希望他酒后失言，把谜底告诉我。

"你还是再给我倒一壶吧，放心，我酒品好，喝多了不过是蒙头大睡，你把我折腾得缺了多少觉你明白不？"

他好长时间没有吭声，好像叹气了。"好，那就再来一壶！"他说，然后又把一壶酒给我递进来。

"满上，咱们干杯，你说得对，人生难得几回醉，其实我也想醉一次呢。"

我们又碰杯，碰了一次又一次，我又把一壶酒喝完了。

他果真是不胜酒力，说话的时候舌头有点笨拙了。

但我还保持着足够的清醒。我思忖着如何诱导他讲出真相。甚至希望他把门打开，一时冲动将我提前释放。但我听到了他的抽泣声。是的，门外那个家伙，他哭了。

"老董，你知道不？今天是我五十三岁的生日。二十六年，整整二十六年都没有人陪我过过一次生日，喝过一次酒了，谢谢你，谢谢呀，咱们再干一杯！"

我吃惊不小，原来这家伙过生日呢！可那又如何？我迫不及待地希望他揭开谜底。又干了一杯，我正准备拐弯抹角地询问他，没想到他直言不讳地讲了起来。

"老董，你不是一直在问我，为什么把你关起来吗？今天晚上我就告诉你。其实告诉你也无所谓，告诉你我反倒轻松了。你以为我把你关在这里很享受是不是？我还得给你做饭，给你端屎端尿，还操心着你出什么事，还得做你的思想工作，你说我累不累？可我就是想在这里关一个人，看看警察能不能找得到，谁让你撞到枪口上呢？"

他好像又喝了一杯，自斟自饮，连和我干杯都忘记了。他好长时间不吭声，我担心话到嘴边又被他的大舌头咽回去。或者，因为酒精的作用，胡言乱语，不知所云。

"我和你说过，我是一个杀人犯，我不是在吓唬你。不过你用不着害怕，我是不会伤害你的。好像有这么一种说法，一个人一旦开了杀戒，以后就变成了杀人不眨眼的混世魔王，其实不是这样，那要看谁，我倒是杀过人，可后来连一只鸡也不敢杀，我变得胆小如鼠，我这样说你信不信？我能把你弄到这里，也是下了几个月的决心呢！"

酒后吐真言，天哪，看来他真是一个杀人犯。

8

他真是喝多了，继续讲：

"我为什么杀人呢？不想和你讲原因了，一讲心窝子这块就疼得要命，总之年轻气盛嘛，年轻的时候，有几个人的脑子里没有闪过杀人的念头？没有杀人以前我就听说过一些案件，比如，为了争夺院子里一棵碗口粗的树，哥哥把亲弟弟杀了。比如酒桌子上两个人发生了口角，酒瓶子把一个人的脑袋炸开了花。这种意外生活中不算少吧，一念之间，甚至想都没有想就犯下了命案。然后，一切都他娘完蛋了。"

他的声音颤抖着。隔着铁门，我听到他呼哧呼哧地喘。

"咱们言归正传，说说我杀人以后的事情吧，其实说这些我心窝子也疼。事情发生在后半夜，然后我就跑了。自古杀人偿命，欠债还钱，这个道理我懂，跑着跑着我就后悔了。可事已至此，还能怎么样？我想去投案自首，又想，反正是死，还不如自己把自己解决掉呢。后来我尝试过各种死法，上吊、投井、卧轨、吃老鼠药、从山崖上跳下去，但我一次都没有成功。在寻死的过程中，我越来越害怕死，干脆就不想死了。我可真是一个懦夫、软蛋！然后我就开始了逃亡的生活。你说咱们国家大不大，我先后跑了十七个省份呢。那时候逃亡起来比现在容易，现在恐怕不行了，到处都是摄像头，住宿呀，坐火车呀，都需要身份证，上天无路，入地无门，你又能跑到哪里去？"

他停歇了片刻。他的话我当然是感同身受。

"回过头来想想，我提心吊胆，活得还不如一条野狗呢。野狗想什么时候叫就什么时候叫，想跑到哪里就跑到哪里，我哪有这样的自由？我尽量往荒郊野外跑，往人烟稀少的地方躲藏，后来壮着胆子下过黑口子，在黑砖窑里也干过，我还给自己起了个假名字，就是那个孙大圣，我还梦到过自己翻筋斗云呢。有两次，眼瞅着就要发工资，我却连夜逃跑了，担心签下假名字会暴露身份。几年过去，我已经完全变了一个人。有一天晚上，月亮就像今天晚上一样又大又圆，我在野外的一条小河旁蹲下来喝水，河水照出来的样子把我吓坏了。我洗了一把脸，坐在河边哭了起来。我又想家了。我想回去看看父母，看看已经和我定亲的那个姑娘。事发前两天，我和那个姑娘还在柴房里亲嘴呢，我把她害苦了。我赌气般往家乡那边走，家乡其实远着呢，我怎么能走回去？后来，我动过无数次回家的念头，有一次距离我们那个村庄只剩下三十里地了，但我还是停了下来。我到现在都没有回过一次家。我不知道父母现在是不是还活着。那个姑娘，恐怕现在已经抱上孙子了吧。我时常想，如果我没有杀人该多好，我不光是对不住死者和他的亲人，我他娘谁也对不住。我又产生过许多次寻死的念头，可是寻死真不是一件容易的事情呢！最接近死亡的一次，我遇上了一场火灾。那时候我正在沿街乞讨，变成一个蓬头垢面、战战兢兢的乞丐。那场火烧得真旺，小镇上三四家店铺都着火了。望着熊熊大火，我想冲进去葬身于火海。我看到一个女人在撕心裂肺地哭，她八岁的儿子还没有从火海中跑出来。她要冲进去，几个男人抱着她不肯松手。我犹豫了一瞬就冲进去了。我想，如果我能把她的孩子救出来，也算偿还了一条人命吧。就算救不出来，把自己烧死也不错，省得假惺惺地一次一次地下决心了。我还真把那个孩子从火堆里救了出来。然后我不想出来了，但真的是管不住自己的腿。我的头上、脸上全都烧伤了，身上烧伤的地方当然也不少。一伙人拥上来，扑灭了我身上的火焰，将我以最快的速度送到了人民医院。医生紧锣密鼓地给我治疗，那么多人都跑来看我，听他们说其中还有个副市长呢。我的病房里到处是鲜花、水果，还收到一笔数额可观的捐款，现在想起来都让我感动。等伤势好了一些，我可以说话了，但声音变得嘶哑，而且我根本就不想说，让我说什么呢？然后我可以下床行走了，医生说电视台、报社的记者都要来采访我，我吓得差点儿尿了裤子。趁着上厕所的工夫，我偷偷地溜掉了。谁又能想到，我是一个杀人犯呢？后来，我无意间听说，报纸上、电视上都登出了我在医院的照片，他们千方百计地寻找我这个舍己救人的英雄呢！"

他停下来，好像又在喝酒了。而我沉浸在他的故事中，不知不觉放松下来。他说的是真的吗？

"那也算我一生中一段辉煌的经历吧。我跑到了一个距离家乡很远的地方，回忆着那段甜蜜的往事继续沿街乞讨。但此时和过去不一样了，我的脸上留下了大面积的烧伤后的疤痕，从外表看，已经找不出来我过去的模样。我的声音也变了，而且，衣兜里还揣着一大笔捐款呢。这个时候，我就产生了脱胎换骨的愿望。那一年我都三十大几了，我想告别过去，在这个世界上重活一回。我开始尝试着小心翼翼地和人来往。我发现，好些事情真的是可以用钱来解决的。我办了一个异地落户的假证明，居然真的就拥有了一个户口本，后来，连身份证都办上了。我记得那天晚上的月亮也是又大又圆，我在租住的一间茅屋里喝了一次酒。我想，从今天以后，我已经变成另外一个人。我还想娶妻生子，一家人和和美美过日子呢。我喝的真是有点多了，蒙着被子整整哭了一个晚上。我还以为泪水真的能把自己漂白呢。"

讲到了哭，我果然又听到了他沉闷的抽泣声。现在，我已经忘记了自己的处境，忘记了困扰于心的那个谜团。我敲了敲铁门，甚至想安慰他。骨节碰到铁门的一瞬，我把手抽了回来。

"这以后我主要靠捡破烂为生，舍不得花那笔钱。有一张烧伤的脸，干这一行还挺有帮助的。我的房东是近郊农村一个六十大几的老太太，老伴早些年就去世了，儿子在外地工作。老太太腿脚不灵便，我帮了她不少忙。后来，老太太染上风寒，卧床不起了。她的儿子赶回来，带着她去大城市看病，两个月后却只带回来一个骨灰盒。他感激我对他母亲的照顾，将这个独门小院折价卖给了我。这样，我不光拥有了新的身份，连住房都有了。我尝试着和附近一带的居民开始来往，比如废品收购站的老李，以前我去卖破烂的时候一言不发，他甚至比画着手势把我当成了一个哑巴，现在，我却开始和他讨价还价了。有一次，我甚至不经意地笑了出来。笑过以后我大吃一惊，回到家里，对着镜子又笑了一次，虽说看到的是一副丑陋无比的怪模样，但我还是很开心。我的新生活真的开始了。一旦过去的场景从脑子里冒出来，我就想办法分散注意力，把它们赶走。但我管不住自己的梦。我的亲人、朋友、那个残忍的手起刀落的画面，时不时还会在梦中出现。我时常想,如果人生下来后就不会做梦该有多好?如果我能失去记忆该有多好?你可能不相信,听说脑部受到重创后会导致记忆休眠,我还拿着块半头砖敲打过后脑勺呢。我掌握不好分寸,也不知道掌管记忆的神经在哪个部位,头破血流也是徒劳。于是有一天,我从睡梦中哭醒以后,再次决定回一趟老家。我已经变成了另外一个人,回一趟老家大概也无妨吧。案发已经多年,我定居下来后警察一直都没有登门造访,这难道还不能说明问题吗?我回家的路其实十分顺利,一点麻烦都没有遇到。到了我们那个县城,我甚至情不自禁地跑到商店买了一大包吃的,烧鸡、腊肠、糕点,还有柿饼,我母亲最喜欢吃柿饼了。天已经黑下来,我没有在县城住宿,拎着一包东西摸黑往家里走。天知道怎么回事,走着走着,我就害怕了,先是扔掉了那包吃的,然后捂着胸口喘息起来。我咬牙切齿地往前走,听到一声狗叫,掉头就跑。我到现在都说不清害怕什么,也许害怕的是我的父母亲已经去世了吧。回到住地后我每天还会去捡破烂。我妄图重新振作起来,拥有和别人一样的生活。我真的是努力了,废品收购站的老李脑出血死了,我把自己的院子变成了收购站。接你来这里的那辆破车,就是有人卖到我这里的,我年轻时候就学过开车你知道不?但我心里清楚,尽管每天都在和人接触,貌似过上了正常人的生活,但我的生活中其实只有我一个人。往老家跑了一次,过往的经历更加疯狂地开始折磨我,我的胆子真的是越来越小了。有一次,两个警察来找我,他们原本是调查与我毫不相干的事,但我吓坏了。不瞒你说,那一次我真的尿裤子了。从那时起,我几乎认定,迟早有一天我会被抓起来的。就算警察不来,别的什么人也会来抓我。就算人不来,鬼也会来。后来,我就不做废品收购的生意了,破烂也不去捡了,想想看,有什么意义呢?我积攒的钱对我来说已经足够用了。除了采买日常用品,我时常一个人待在家里。我时常会被噩梦惊醒,而做噩梦的频率越来越高。后来,脑子里突然间冒出来一个念头,我想在院子里挖一个隐秘的地下室,那样的话,危急时刻就可以藏起来了。这个念头连我都觉得好笑,但我真的这么干了,反正我也不再干其他的事情。我一副沉默寡言、孤家寡人的样子，还长着这么一张脸，别人并不会关注我。我建这个地下室花了将近三年时间，方案不知道修改了多少次。它连通着我住的屋子，无论在屋子里还是院子里，都不会轻而易举被人发现。竣工的那天晚上，我如释重负，甚至想放两挂鞭炮庆祝庆祝。我告诉你这些，你肯定觉得我脑子出问题了，对不对？我觉得也是，我早就变成一个神经病了。修建地下室的过程，我将它当成了自己的事业。建好以后呢，我时常会下来看一看。天热的时候，就住在里边了。这让我想起了我爷爷。我奶奶死得早，家里一贫如洗，连口棺材都没有占。我爷爷担心到时候也是这个下场，三十五岁上就让人给自己打了口杨木棺材。但他一直活到七十岁。我小的时候，还见过他躺到棺材里睡觉呢。这样说吧，我弄的地下室就像我爷爷为他打的棺材一样，放在那里等死呢。但我好像又不想死，我之所以修这个地下室，还不是为了警察来抓我的时候把自己藏起来吗？这事情，让我怎么说呢？我发现自己不再像过去一样提心吊胆、战战兢兢，可能和记忆的衰退有关吧。现在，我几乎不做什么梦了。我整天无所事事，对着某一面墙发呆，好像唯一的愿望就是等着警察来抓我。可一年一年过去了，他们根本就没有来，谁都没有来，谁都不情愿搭理我。我好失望，好孤独呀，我恐怕是这个世界上最孤独的人。对我来说，所谓的世界，就是我自己，就是我的过去和现在。后来我突然间又冒出来一个念头，肯定有点赌气的成分。我想把一个人关到自己苦心建造的地下室里，看看警察能不能找得到。我好像要以此证明自己存在的价值，可又不太像。但我又把它当成了自己的事业，城市在一天天扩张，这一带迟早会拆迁改造的，我得抓紧时间。这不，你就撞到我的枪口上了……"

他终于把谜底揭开。我异常真切地感受着这个地下室的阴冷。我努力站起来，把酒壶摔碎了。我发疯般喊："放我出去，放我出去！"

铁门外已经好长时间没有动静。

9

是的,他没有食言,那个疯子,那个杀人犯。

放我走的那天,他让我收拾好行李,然后从门洞里给我递进来一瓶水,就像之前我喝过的那瓶一样。

"喝吧,"他隔着铁门鼓励我,"这一次剂量比上次小,放心,我不会伤害你的。"

其实用不着他鼓励。就算这瓶水是世界上最具威力的毒药,我也会毫不犹豫地喝下去。我感觉我也要疯掉了。或者,我已经疯了。

我一口气喝光了那瓶水,甚至把倒过来的瓶子举起来,让剩余的几滴落到嘴里。然后我躺到了床上,望着陪伴我多日的那盏节能灯,望着灰突突的水泥墙。我渐渐开始眩晕,渐渐有了轻飘飘的,浮起来,而且荡漾着的感觉,就像一具尸体漂浮在洒满落日余晖的海面上……

真像是做了一个漫长的梦,当我睁开眼睛时,面对的还是一个黑沉沉的夜晚。举目望去,天空中好像闪出来几颗星星,它们不停地冲我眨眼。我靠着一棵柳树坐在路边,还是那棵柳树,还是那条外环路。我摸了摸衣兜,除了手机、钱包,还摸出来硬邦邦的一沓钞票。我的身边躺着那只旅行包,它见证了这次梦幻般的旅程。两道利剑般的光柱照过来,我看到了一辆警车,孙照明从车上下来了。对,他又在喊我董老师呢。

后来的事情我不想多说了,但有一点还是要提一下,自从我住过那间地下室后,我把便秘的难题解决掉了。我回归到阳光明媚的生活中,眨眼间五年已经过去。

女上司

一

那年春天，有政协委员提议县里出一套民间文学集成，这事儿归文化局管。一接手任务，副局长林怀天带着王连祥和仇晓静下乡去了。

他们要去的是县里最偏远的石拐乡。林怀天开一辆走风漏气的213吉普车，一路上都在和仇晓静说笑。汽车驶出县城，就因为一头牛挡了去路，他就和牛过不去了。晓静，你知道公牛和母牛怎么区分吗？晓静，你知道母牛的怀孕期是几个月吗？晓静，你知道母牛一次能生几个牛犊吗？仇晓静坐在副驾的位置，她一次都没有答对。后排坐着的王连祥大致属于旁观者的角色，他觉得林副局长这些问题不光是暧昧，甚至有点下作了。

仇晓静看起来倒无所谓，笑得前仰后合，半截身子在局促的空间里扭出动人的曲线。她把车窗摇下来，笑声飞出去，吉普车像是拖着一条欢快的尾巴。行程过半，看到路边的山包上长着一棵山桃树，她嚷嚷着要去看桃花。林怀天说，看来我们晓静姑娘是想走桃花运呢。他刚把车停下来，仇晓静推开门跳下去，扭着腰肢直奔山包。

林怀天和王连祥也下了车。林怀天好像对桃花没什么兴趣，王连祥难免会思忖，是陪着林副局长说说话好，还是踩着仇晓静的步点也去看桃花呢？突然听到仇晓静"哎呀"一声，她被隔年的野草绊倒了。王连祥没有再迟疑，大步跑了过去。他把仇晓静扶起来，偷偷往后瞟，林怀天踹了一脚车轮，像是在检查气压。仇晓静的胳膊软绵绵的，他把目光收回来时发现脸烫起来，呼吸也变了节奏。他和仇晓静好像还没有如此亲密地接触过吧。他有那种做贼心虚的感觉。

仇晓静原来是一名幼儿教师，半年前刚调到文化局。那是在初冬时节，暖气还没有送，王连祥记得很清楚，她报到的那天穿着白色的羽绒服，系着红围巾，缩着身子在早晨阴冷的楼道里跺脚。王连祥插钥匙开门，她甩着大步跑过来问，你是文化局办公室的？你怎么现在才来上班？王连祥吃了一惊，面前这个大眼睛的姑娘无论如何不像是查纪律的吧。他想笑，正要推门，仇晓静说，等等，我是你新来的同事，让我想象一下我的办公环境好不好？

等进了办公室，仇晓静失望至极，长吁短叹，还拍了两下漆皮剥落的办公桌。王连祥偷偷打量仇晓静，听说单位要调进来一个女孩子，没想到会是这副样子。问题是，这副样子有什么不好？这副样子不正是他所喜欢的吗？他的脸偷偷烫起来，或许是一种男性的本能，或许他感觉机关太压抑了。

仇晓静真是一个欢快的女子，她坐到了王连祥对面，办公室的气氛活跃起来。那时候还不流行"吃货"的说法，但仇晓静分明就是个吃货。她时常带些零食给大家分发，逮住个机会就叫嚷着让人请客。她喜欢开玩笑，说王连祥，局长叫你赶紧过去呢。王连祥起身往外跑，她扑哧一声乐了。说王连祥，你脸上怎么有个口红印？王连祥明知道不可能，还是忍不住摸了摸腮帮。就在这次下乡前一个礼拜，仇晓静还把杨树上结出的那种毛毛虫样子的穗子放到了王连祥茶杯里。王连祥一眼就认出来，但他还是装模作样地"哎呀"了一声。仇晓静幸灾乐祸，他也配合着笑。就算那条穗子真是毛毛虫他也不会怕，但那条穗子一样的毛毛虫让他心里痒痒起来，近而有点伤感了。说白了他是一个传统的男人、拘谨的男人、现实的男人，他和仇晓静都已经成家，还会有什么可能呢？

　　王连祥知道自己做不了贼，但还是有点心虚。当他把胳膊从仇晓静臂弯里抽出来时，察觉到它在颤。他甚至怀疑仇晓静看穿了他。短暂的静默中，仇晓静的脸上仿佛泛起红晕，仿佛是被山包上的桃花映红的。仇晓静突然扮个鬼脸，压低声音说，看，林局长又在擦皮鞋呢。王连祥回过神来，他想仇晓静说这个该是为了化解某种尴尬吧。扭头去看，林怀天一只脚蹬着吉普车前面的车轮，脑袋都快钻到裤裆里了，果然在擦皮鞋。仇晓静吐了下舌头说，上车前林局长就擦过一次皮鞋了，他新穿了一双"老人头"，等着我们去赞美呢。王连祥忙说，晓静你小声点，当心林局长听到。然后他笑了笑，尽量让自己的声音和姿态得体一些。他是文化局的办公室副主任。

　　仇晓静没有再继续这一话题，眨眼间换了副嘴脸，爬上山包开始欣赏桃花。这桃花开得可真艳，浓云一样的花朵，只是花色太深，深得竟有点像血。仇晓静张开双臂向远处的山峦呼喊，王连祥想，这个和桃花有什么关系吗？喊完了，仇晓静责怪王连祥说，你怎么就不知道带一台照相机呢，给本小姐拍几张照片多好？王连祥说，我带着录音机呢，要不要去车上取？这也算开玩笑，驴唇不对马嘴嘛。仇晓静揪着花枝闻了闻，折了几枝，王连祥担心林怀天等得不耐烦，提醒仇晓静该回去了。林怀天已经擦完了皮鞋，那双鞋果然是油光可鉴。来到吉普车跟前，仇晓静笑着问他，林局长，你说这些桃花带回去会不会凋谢？林怀天沉着脸说，回去恐怕就结出桃子来了。说着又踹了一脚车胎，还是像检查气压。上车的时候，仇晓静瞥王连祥一眼，两个人还是有点默契的，林怀天显然不高兴了。

　　他们到达石拐乡后受到了冷遇。清明节将至，乡里的领导都上山防火去了，接待他们的是乡文化站站长老周。老周五十多岁，骨瘦如柴，弯腰驼背，林怀天训斥他；他觍着脸一个劲儿笑。训得越凶笑得越厉害，褶皱间都可插秧播种了。老周要把他们请到乡里的接待室，林怀天跺了一下脚，毛料子西裤上的阳光抖落到鞋面上。站在门口瞭一眼，接待室脏死了，旁边那几间同样敞开着的客房更是惨不忍睹。仇晓静说，哎呀妈呀，这难道是人住的地方？

话音未落，林怀天手机响了，那时候王连祥和仇晓静还带着汉字传呼机。林怀天接电话，脸上聚拢起笑容，当然是用来配合声音的。王连祥一边听，一边偷窥着他的新皮鞋。他想看看"老人头"长什么样。林怀天挂断电话，仇晓静问，林局长，我们是要打道回府吗？林怀天说，我要赶回去开一个紧急会议，你们留下。上车前，他又把那车胎踹了一脚。

吉普车扬尘而去，仇晓静把那几枝桃花摔在了王连祥怀里。王连祥你哑巴呀？她说，林局长走了我们怎么办？荒山野岭的，今天晚上我们还回得去吗？

王连祥只好笑，老周就站在他身边。老周也笑，他的笑更像是某种病症的后遗症。老周把散落在地上的花枝拾起来，王连祥暗自数了数，地上落了十二个花瓣。老周说，回不去也没关系，乡里不缺住的地方。仇晓静指指那几间客房说，那个怎么住？我还怕招惹上虱子呢！王连祥撇撇嘴，这话也太伤害乡下人了。仇晓静突然换了副嘴脸，扯住老周的胳膊摇起来，摇啊摇，说老周求你，下午无论如何派一辆车送我们回去，下次你去城里我请你吃加州牛肉面好不好？老周面红耳赤，声音不利索了，说，等乡里的领导回来后我请示一下吧。

说话间到了中午，老周领着他们到食堂吃饭。食堂同样寒酸破败，连盘凉菜也没有上，手擀面切得比小拇指还粗，浇的是白菜豆腐汤，用的是粗瓷大海碗。仇晓静挑来拣去，勉强吃了两根面条，再不忍心动筷子。老周解释说，乡里的干部大多去防火了，午饭就这样，不过晚饭就好了，有酒有肉。仇晓静想把大半碗面条处理掉，却不知往哪儿处理。老周去取大蒜，王连祥狠狠心，把她碗里的面条倒进了自己碗里。仇晓静冲他感激地眨眨眼，他的脸又烫起来，撑出来一溜饱嗝。

从食堂出来，王连祥陪着仇晓静去买零食，乡政府门口就有个小卖店。仇晓静想买小米锅巴、五香花生米，实在不行就来包干吃面呗。但她想买的东西货架上一样都没有。货架上摆的最多的就是那种粗瓷大海碗。她干脆买了瓶即将过期的橘子罐头，王连祥帮她拧开，她站在门口咕咚咕咚地喝掉了。小卖店的主人是一个鼻翼上长着黑痣的胖女人，头上罩着蓝毛巾，牙齿又大又黄，笑起来更大更黄。她捂着嘴说，原来城里的姑娘也是这么吃罐头，我还想着去取一把勺子呢。

马路对面就是宽阔的河道，水流却不太大，河道那边有一片一片的柳树林。仇晓静要去散散心，阳光明媚，风景还是蛮不错的。刚到石拐时她就嚷嚷着要去河边踏青。

两个人顺着一道斜坡往河道里走，王连祥不失时机地拉住了仇晓静的手，这一次感觉自然多了。但王连祥还是下意识地扭了一下头，老周站在乡政府门口望着他们，手里还拎着那几枝桃花。身后站着这么一个观众，他又有点不自在了。

水流清澈，阳光在水面上跳跃着，小树林里传来啾啾鸟鸣。他们踩着碎石来到河边，仇晓静蹲下来洗了把脸，看上去心情好多了。王连祥，仇晓静说，你跳到河里给我捉鱼呀！王连祥就笑，他可没有看到什么鱼。你笑什么，给我去捉鱼呀！仇晓静掬起水冲他洒过去，他的脸上刺啦一声，一下子觉得有点浪漫了。

然后，两个人又到对岸的小树林里看风景。过搭石的时候，仇晓静身子一歪，王连祥慌忙扯住她，没想到她反手用力，把他拽到河里了。然后仇晓静几步跨到岸上，挥舞着胳膊幸灾乐祸，笑声水鸟一样飞了起来。仇晓静穿着绣边的白衬衣，牛仔裤，两片衣襟挽了个结，把胸脯揪扯得更高了，这样子就是青春吧。

不光是皮鞋，王连祥的袜子、裤脚，全都湿了。来到一片树林里，他坐在一块石头上晾袜子。阳光暖融融的，仇晓静在林子里穿梭，像一只欢快的蝴蝶。肚子确实有点撑，他渐渐有了一种不真实的感觉，乱七八糟地想了些什么呢？那边，仇晓静欢蹦乱跳地唱歌了，唱的是《快乐的节日》。

王连祥正在出神，仇晓静跑回来喊，王连祥，你快看呀，那是不是一个星级宾馆？王连祥望过去，公路随着河道拐了个弯，拐弯处一片高地上建着一幢红砖碧瓦的二层小楼。他扑哧一声乐了，说，想得美，那是石拐乡的卫生院。他听说过这个卫生院，好像是上边的扶贫援建项目，盖得倒不错，设备、技术、医生，什么都跟不上，女人们生个孩子都需要提前预约。

仇晓静受了打击，恶狠狠地说，哪天我要掌了权，非把他改造成星级宾馆。王连祥又笑，仇晓静指着她的鼻子说，你还有脸笑？如果你赞美一下林局长的皮鞋，他肯定会带咱们回去。王连祥还笑，仇晓静说，连皮鞋都不会赞美，王连祥你还走什么仕途呀？王连祥反问，那么你呢仇晓静，你觉得自己适合走仕途吗？仇晓静说，我还没有想好呢。

下午，老周叫来了一帮民间艺人。几个讲笑话的一点儿也不可笑，倒是一对唱民歌的父子把仇晓静打动了。父亲是个盲人，儿子是个罗锅，看起来比父亲还苍老。父亲摇头晃脑地拉二胡，儿子咿咿呀呀地唱，先唱穷人的苦，穷人的累，穷人没钱娶媳妇，问天问地问爹娘。唱了几首，儿子的嗓音转换成女声，曲调更加凄凉了，唱的是童养媳的悲惨境遇，婆婆用鞋底子抽脸蛋，公公拿烟锅敲脑门，男人偏偏是个二百五，当牛做马好辛苦……仇晓静托着腮帮听得仔细，听着听着竟落下泪来。王连祥一边录音一边想，仇晓静真是一个多愁善感的女人呀。

晚上他们就喝多了。不能怪老周，乡里的领导一回来，他就请示了派车的事。问题是领导哪会听他的？领导们太热情了，乡间酒桌上的文化丰富妖娆，几乎每一次敬酒都上升到了理论的高度，上升到了亲哥热妹的高度。王连祥一开始还帮仇晓静挡了几次酒，很快就自身难保了。当他们被搀扶上一辆面包车时，他还以为是要送他们回县城呢，没想到面包车摇摇晃晃地开到了石拐乡的卫生院。

对，就是那幢红砖碧瓦的二层小楼，在病房里，王连祥和仇晓静越轨了。

二

后来，王连祥不厌其烦地回忆着那个春天的夜晚。他虽然喝多了，却保留下了清晰完整的记忆。

为什么会这样呢？王连祥给自己找了几条理由。

首先当然是因为喝多了，酒后乱性嘛。其次，仇晓静的婚姻可能不太幸福，否则，她喝上酒为什么要哭？如果听不到她的哭泣声，他也就不会跑到她住宿的那间病房了。第三，他的妻子身怀六甲，也许是生理上的需求太过于迫切吧。其实，他更希望给出的理由里多一些浪漫的成分，这是在万物复苏的春天，他们遇到了蓬勃盛开的山桃花。

当然，这是冷静下来后的想法。那天晚上，王连祥从仇晓静住宿的病房一出来，就产生了巨大的恐慌。他的酒劲儿过去了。他预测着可能为此付出的代价。仇晓静会逼着他离婚吗？如果他不同意，会不会闹到鱼死网破、身败名裂的地步？就因为一次放纵，也许一切都完蛋了。他在幽暗的楼道里打了个寒噤，夜猫子的叫声不知从哪里传来。卫生院一个病人也没有，如果他和仇晓静不算病人的话。看门的老头住在门房里，不清楚他听到动静没有。

第二天，乡里刚好有人到县城办事，王连祥和仇晓静搭车回去了。一路上，两个人并没有聊什么，仇晓静一直在闭目养神。还需要提一句老周，他们上车的时候老周说，晓静姑娘，你要喜欢桃花的话改天我挖两棵桃树苗给你送去吧。仇晓静笑了笑，没有再提请老周吃牛肉面。

来到县城，两人在同一个路口下了车。仇晓静看都没有看王连祥，大步往前走。王连祥追上去，仇晓静阴着脸说，你跟着我干什么，迷路了吗？王连祥收住步子，心想仇晓静这是在冲他发脾气呢。

推开家门，王连祥腿肚子颤得更厉害了。他住在刚刚退休的老丈人家里，老丈人曾经是他的领导。师专毕业后，王连祥分配回老家的中学，他不希望在索然寡味的乡村了此一生，但调动工作哪有那么容易？还好，他平常喜欢舞文弄墨，在报纸上发表过一些"豆腐块"。声名在外，当时的乡党委书记，未来的老丈人把他借过去写材料了。

借调貌似调动的前奏，却还有十万八千里的距离。当时师资短缺，忙活几年再打发回学校也不足为怪。用未来老丈人的话说，年轻人，在哪儿还不是工作，在哪儿还不是发光发热呢？

尽管不情愿，王连祥还是时常会想起那个礼拜五的傍晚时分，他在村路边等待未来老丈人的情景。那是盛夏时节，残阳如血，路边密不透风的玉米地蒸腾着热浪。他已经搞清楚未来老丈人每个周五回县城的时间。他把装在纸盒里的鸡蛋放在玉米地边的水渠里，背对着夕阳眺望来路。

那时候乡镇领导还没有配小车，未来老丈人骑着一辆"七零"摩托。当王连祥远远看到他骑着摩托车过来时，真的是手忙脚乱。他跌跌撞撞地把纸盒搬到路上，未来老丈人眨眼就来到近前。他张口结舌，情急之中像是赶苍蝇一样挥起了双臂。未来老丈人停下车，单腿着地问他，小王，是要我把你捎到县城吗？他满头大汗，背好的台词忘到了九霄云外。

关键时刻，王连祥情不自禁地扯出了母亲。书记，他这样说，是我妈让我给您送点儿鸡蛋……未来老丈人笑了笑，他想那就是同意了呗。他赶紧把纸盒抱起来放到摩托车后座上，纸盒的尺寸也是测算过的。但他忘记把准备好的尼龙绳放到哪里了，只好又把纸盒抱下来，跳到水渠里找。他没有找到，因为他把绳子装在了裤兜里。未来老丈人笑着说，我摩托车后边拴着绳子呢，回家后替我谢谢你妈！他心里热乎乎的，除了鸡蛋，他还在纸箱里塞了两条烟。

一年多后，王连祥正式调到了乡党委。又过了一年多，未来老丈人正式成为他的老丈人。他的妻子卫校毕业，在县人民医院当护士，中等个头，不胖不瘦，谈不上漂亮，也不能说丑，踏踏实实一个女孩，喜欢做家务，在别人眼里他算是逮了大便宜了。

王连祥幼年丧父，母亲时常告诫他，你丈人对你恩重如山，人家给你调了工作，把亲闺女嫁给你，结婚连一分钱彩礼都没有要，你要一辈子记着人家的好。母亲说多了，王连祥忍不住会发脾气。他和妻子名义上是一位副乡长牵的线，见过两次面，未来老丈人和他严肃地谈了一次话。未来老丈人说，小王，婚姻大事千万要慎重，你不能因为我是你的领导就同意这门婚事，当然，也不能因为我是你的领导就不同意这门婚事，你明白我的意思吗？

王连祥点了点头，他好像明白了。

王连祥和妻子相敬如宾，很少说笑，或许这也和住在老丈人家里有关。那天回家后，他把脑袋贴到了妻子鼓起来的肚子上。他说，走了一天，我们的宝贝肯定又长个头了。妻子说，你轻点，会把孩子吓坏的。他这才发现自己呼哧呼哧喘着粗气。有一瞬间，他似乎闻到了仇晓静的气息。直起身后他想，王连祥，你他娘可真是一个装模作样的王八蛋！

饭后，老丈人常和王连祥聊聊天，传授他一些机关的行为方式。老丈人和县里许多官员都熟，他是在退休前把王连祥调回县城的。那天老丈人和他聊到了林怀天，提醒他，此人不可得罪，恐怕迟早要扶正的。然后问他，你们单位那个仇晓静，你知道她有什么背景吗？王连祥耷拉着脑袋，气都不会喘了。

下午，王连祥早早来到了单位。他站在仇晓静桌前，看了一会儿她压在玻璃板下的生活照。每一张照片都是亭亭玉立，每一张照片都活色生香地冲他笑呢。他看得有点痴，突然听到高跟鞋踩踏到水磨石地面上的声音。这是仇晓静发出的声音，他熟悉她走路的节奏。然后他又听到了仇晓静的歌声，还是《快乐的节日》。仇晓静每天都是哼着歌走进办公室，他想，仇晓静又在唱歌了。

仇晓静换了件花格子背带裙，她进来时，王连祥已坐回自己的座位上。王连祥的脸烫得厉害，他想说点什么，又不知说什么好。他耷拉着脑袋想，仇晓静换上这身衣服，更像一只蝴蝶了。仇晓静没有主动搭理他，气氛又有点尴尬。

还好，仇晓静倒了杯水，文印员小戴也来了。小戴二十出头，一进门就开玩笑说，晓静姐，听说你到石拐撞上桃花运了？仇晓静笑着回应，可不是，石拐的桃花开得正艳呢！小戴又冲王连祥说，王主任也谈谈撞上桃花运的感受嘛！王连祥说，啊，啊，还可以吧。小戴笑得上气不接下气，王连祥恨不得钻到桌子底下。仇晓静说，王主任确实可以，石拐讲笑话的那个胖女人都把他的魂勾走了。

说话间林怀天端着茶杯晃悠进来，他的办公室就在隔壁。林怀天喝一口茶水问，谁的魂被勾走了？王连祥慌忙站起来说，林局长，我正准备去找您汇报工作呢，我们录了几个人的音，还是，还是有点收获的。林怀天啊了一声，王连祥拿不准该不该继续汇报。

这时，仇晓静突然"哎呀"了一声，说林局长，你穿的是新款的"老人头"皮鞋吧，瞧瞧这光洁度，纯正的牛皮，穿在你脚上真是太般配了！王连祥惊魂未定，脑子里闪过林怀天端车胎的情景。现在，仇晓静果然在赞美林怀天的皮鞋了。

小戴也跑到了林怀天身边，弯下腰欣赏他的皮鞋，还用食指摁了摁。小戴说，林局长，这双皮鞋少说也得五六百吧，晓静姐说得没错，你穿上这双鞋真是太般配了！仇晓静说，当然，林局长要穿上这双皮鞋平步青云。林怀天摆摆手说，你们这不是拍领导马屁吗？仇晓静和小戴笑，林怀天轻轻瞥了王连祥一眼。王连祥也产生了"拍马屁"的冲动，问题是，让他说什么好呢？他想，仇晓静之所以赞美林怀天的皮鞋，八成是为了化解某种尴尬吧。

他有点感动了。

三

日子一天天过去，王连祥渐渐放松下来。他甚至觉得当初如临深渊般的恐慌有点可笑了。想想看，仇晓静凭什么要逼着他离婚？就算仇晓静离了婚,凭什么要嫁给他王连祥呢?说白了他是一个自卑的男人。说白了无非是一次意外,意外之外再不会有什么意外。

这样想,王连祥真有了一种逮了便宜的感觉。无论是身材、相貌,对男性的吸引力,他的妻子都没法和仇晓静比。能和仇晓静这样的女人发生肌肤之亲,关键是不留任何后患,何尝不是一个男人的福分呢?他为这种低俗的想法感到羞愧,尤其是回家以后。转而安慰自己,就当时间像录像带一样倒回去,就当弥补一次没有初恋的缺憾吧。读大学的时候,因为家境贫寒,王连祥根本没有恋爱的心思,女孩子们也看不惯他苦大仇深的怪模样。临近毕业,也许是觉得前路茫茫,也许是感到寂寞了,他和一个胖墩墩的晋南姑娘来往比较频繁。但两个人只在一个下雨天拉过手,他并没有亲吻她肥厚的嘴唇。

顺着这条线索往深处想,王连祥的生活一向寒碜、直白、简陋、一览无余。而现在,他也是一个内心里滋养着秘密的男人了。他回味着那个夜晚的细枝末节,一向压抑的心境居然舒展开来,明朗起来。渐渐地,他躺在妻子身边的时候连愧疚都谈不上了。老丈人饭后聊天时笑着说,连祥,最近你的精神状态不错嘛,你很快就要做父亲了。他的脸唰一下红了,这样的时候内心才会涌动起不安。

让王连祥操心的是,他有点放不下仇晓静了。他不希望在办公室回味那个春天的夜晚,但他管不住自己的思想,就像在某些重要的会议上,领导做重要讲话时偏偏会走神一样。有一次,仇晓静埋头填一份表格,他望着仇晓静,目光竟痴痴地忘记收回去。小戴不知什么时候跑到了他身后,尖着嗓子喊一声,王主任,你一直盯着人家晓静姐想图谋不轨呀?他慌了,支吾道,没有没有,哪会呢,我在考虑给我妈买什么生日礼物呢。关键时刻,他又情不自禁地把母亲扯出来。仇晓静笑着说,人家王主任是个大孝子。

有一天下班时下着细雨,仇晓静没有带雨伞,王连祥拎着一柄伞追出了机关大院。仇晓静在雨雾迷蒙中咯噔咯噔地走,王连祥呼哧呼哧地追上去，双手把雨伞递给她，那种庄重的神情像是传递圣火。但仇晓静并没有接。谢谢，不必，我不需要，仇晓静说，然后又咯噔咯噔地走了。

风吹过来，面前的雨丝织成了雨帘，王连祥望着仇晓静的背影难免要伤感了。他赌气般把雨伞扔到了路边的花池里。他握紧双拳，准备和谁干架似的。他想，在仇晓静眼里他算什么，是一件用过以后立马就要扔掉的工具吗？如同一只安全套一样？问题是那个春天的夜晚他根本就没有戴安全套。老丈人又看出了他的落寞，饭后聊天时说，连祥，这两天是不是在单位遇上什么麻烦了？他摇头，然后又笑。他只能够摇头，只能够笑。

王连祥也想将仇晓静视为一次性用品。他甚至恶毒地想，就当免费到歌厅找了一次小姐吧。但他也清楚，他的想法越是恶毒，说明他越是丢不下，他有什么道理丢不下呢？自从发生那次意外以后，办公室只有他和仇晓静时，仇晓静完全是一副公事公办的样子。让他奇怪的是，当着别人的面，她却谈笑风生，还会和他开玩笑，甚至挖苦他，嘲讽他，这倒把他反衬得越发小家子气了。有一天，办公室就他们两人时他没话找话地问，仇晓静，你读过《霍乱时期的爱情》吗？他的内心涌动着挑衅般的快感，仇晓静缓缓抬起头说，霍乱了还谈什么爱情呀，这不是神经病吗？说着伸一下懒腰，他觉得自己真是太无聊、太无趣了。他责问自己，连个一夜情都放不下，还算什么男人？

还好，王连祥的儿子出生了，没有任何愁绪可以战胜初为人父的兴奋和喜悦。王连祥忙碌起来，一回家就给孩子洗尿布。孩子的哭声、笑声、孩子的屎尿味冲淡了他的那份纠结与不舍，他又开始自责了。夜深人静，他再没有道理胡思乱想。他的身边不光躺着相敬如宾的妻子，还躺着嗷嗷待哺的婴儿。

孩子满月时王连祥在饭店摆了几桌酒席，单位的同事都去道贺，仇晓静也去了。同事们传看着宝宝相册，传到仇晓静手里，她又"哎呀"一声喊了出来。哎呀，仇晓静说，王连祥的儿子和他妈妈长得好像耶！小戴说，晓静姐你这不是废话吗，不和他妈妈像难道和你像？王连祥刚好过来敬酒，酒精的作用又让他有点不能自持。他说，仇晓静原来是希望我儿子长得像她呢。仇晓静说，美得你，等我家孩子生出来后比比谁帅。一桌人都笑了，仇晓静郑重发布了她怀孕的消息。都两个多月了，她说，大家以后多多关照呀，关照我就是关照祖国的下一代！

　　这天晚上王连祥又失眠了，他掰着指头数了数，去石拐下乡那天到儿子满月刚好七十天。七十天，当然在两个多月的范围内。他吓出了一头冷汗，仇晓静该不会怀了他的孩子吧？进而又冒出奇思异想，会不会仇晓静的老公不能生育，会不会仇晓静和他借种呢？他见过仇晓静的老公一次，那是一个身材矮小的男人，留着板寸，在建设银行上班。有一天傍晚，王连祥看到他们手挽手走在街上，他匆忙闪开了。然后他又偷偷跟上去，跟了起码有五十米，好像要从身后下毒手似的。孩子突然哭了起来，妻子迷迷瞪瞪给孩子喂奶，王连祥觉得自己的想法有点荒唐了。想想看，仇晓静有什么道理怀上他的孩子？

　　仇晓静的妊娠反应比较激烈，在办公室干呕过好多次，人也瘦了，有一次悲悲切切地和小戴感叹，做女人多辛苦，生个孩子多么不容易呀！王连祥趴在桌上，感觉这话像是说给他听的。不清楚为什么，他想起了石拐那两个民间艺人表演时的情景。二胡拉出凄婉的曲调，他的耳边回荡起咿咿呀呀的歌声。他的眼窝湿润了。

　　不久，仇晓静请了病假。王连祥长出一口气，他不需要日复一日地面对仇晓静了。有一天傍晚，他忍不住在传呼机上给仇晓静留了一次言，仇晓静，要注意身体哦。放下电话他又后悔了，仇晓静并没有回复他。

　　来年开春，仇晓静也生了个儿子，同样置办了满月宴。王连祥犹豫再三还是没有去，只是随了份礼，仿佛担心什么事情得到验证似的。第二天上班路上，他看到路边停着流动献血车，上去献了一次血。他想不清楚为什么要在这一天献血，总之献了一次血后他感觉轻松多了。

四

县里要选拔一批三十岁以下的副科级干部，消息传开，老丈人比王连祥还要兴奋。老丈人一边逗弄着外孙一边说，机会不是天天有，该出手时就出手。老丈人帮王连祥分析了一下文化局的情况，作为办公室副主任，他的优势相当明显。老丈人提醒王连祥处理好上上下下的关系，到时候要投票推荐的。王连祥言听计从，行事越发谨慎了。

这天早晨，王连祥正在打扫卫生，林怀天又端着茶杯晃悠进来。林怀天笑眯眯地说，小王，这次选拔干部你希望很大嘛，提前恭喜你呀！王连祥一时语塞。老丈人已经请局长吃过了饭，让他到几位副局长家走动走动，他嘴上应承着，还没有付诸行动。林怀天又穿了双新皮鞋，王连祥想，趁其他同事还没有来，要不要赞美一下他的皮鞋呢？迟疑间，楼道里响起咯噔咯噔的脚步声。他吃了一惊，仇晓静来上班了。

仇晓静胖了，也白了，依旧风采照人，照得王连祥都不敢抬头看了。她进门后和林怀天打招呼，顺便瞟了王连祥一眼。林怀天晃到仇晓静身边说，小仇确实是发福了！仇晓静说，都是因为生孩子，领导放心，我保证瘦下来。林怀天笑，仇晓静突然间又"哎呀"了一声，王连祥惊得抬起头来。林局长，仇晓静说，你穿上这双皮鞋真是太般配了，像是给你量身定做。林怀天说，是吗？那我一定保养好，哪天去见上帝的时候也穿着它。仇晓静说，林局长这是什么话，等着你平步青云呢。

隔几天，老丈人问王连祥，听说你们单位那个仇晓静暗中活动，想把你挤对到一边？王连祥说，不太可能吧。老丈人说，一切皆有可能，连祥啊，我只能在外围帮你做点工作，单位还得靠你周旋呢，过了这个村就没有这个店了。王连祥忙着点头。

这天下午下班后，王连祥正按局长的意思修改材料，是第二天民主推荐干部大会上的讲话稿。仇晓静突然推门进来，他愣住了。仇晓静笑着说，我回来取一样东西。他点了点头，还能说什么呢？

仇晓静把门掩上，从她的办公桌下拽出来一个鼓鼓囊囊的塑料袋，拎着袋子来到了王连祥身旁。王连祥紧张坏了，仇晓静来上班时就拎着这只袋子。仇晓静笑着说，发什么呆，送给你的。但他还在发呆，仇晓静把袋子塞到了他办公桌下。一头乌发跌落下去，仇晓静的肩头蹭到了他的腰，两个人已经好长时间没有离这么近了。是皮鞋，仇晓静直起腰说，你穿的这双皮鞋也太土气了。王连祥受宠若惊。仇晓静眨了下眼睛，脸上荡起红晕。我已经想好要走仕途了，她说，这一次你帮帮我吧。

回家后，王连祥彻底把事情想明白了。仇晓静送了他一双"老人头"皮鞋，这简直是对他的一种羞辱。尤其令他气愤的是，他居然不舍得扔掉，把那双皮鞋拎回了家。妻子问他哪来的皮鞋，他说前一阵给计生委帮忙整了份材料，这双皮鞋是人家给他的酬谢。妻子说不错不错，还是"老人头"呢，过年时候再穿吧。老丈人又和他聊起推荐干部的事，提醒他再给同事们委婉点打个电话，传呼机上留个言什么的，他说一切都办妥了。他努力控制着自己的情绪。

第二天，王连祥给仇晓静投了一票。事后他想，就因为那双皮鞋吗？还是因为投票前仇晓静意味深长地瞟了他一眼？写下仇晓静名字的一瞬，他有那种破罐子破摔般的感觉，钢笔差点儿被他折断。

一个多月后，仇晓静被任命为团县委副书记。欢送仇晓静的宴会王连祥没有参加，他说乡下的老母亲病了，他要回去服侍。领导们体谅他的心情，都以为他在说谎。事实上，这一次他的母亲真的患了重感冒。他陪着母亲去乡里输液，母亲拉着他的手问长问短。母亲说，听说报纸上公布了一批干部，我儿这次没有升上去？他只好点点头。母亲说，咱这家境，你能在政府当干部妈已经很满意了，升不上去也没关系，能做点事就好。他的眼泪唰一下流下来。

仇晓静到团县委工作后，王连祥就很少和她碰面了。有一次，两个人在机关办公楼的电梯里不期而遇，而且电梯里没有其他人。仇晓静说，啊，你好。王连祥说，仇书记好。这话当然有挖苦的意味，说完后王连祥耷拉下脑袋。仇晓静则侧身望着电梯壁，直到电梯停下来，谁都没有再说话。仇晓静走出电梯后扭了一下头，两个人的目光撞在一起，还没有来得及躲闪就被合回来的电梯门切断了。王连祥头有点晕，他在电影里看到过类似的画面。他问自己，这个叫仇晓静的女人，他真的恨她吗？或者，他真的喜欢她吗？

也许和这次相遇有关，后来他就不乘电梯了。他走路楼梯上下班，这样倒也清静，避免了乘电梯时和熟人打招呼的麻烦。这一天午后他正在爬楼梯，突然听到有人喊他的名字，扭身一看，原来是县文联的杨凤喜。杨凤喜这家伙酸不溜秋的，仗着发表过几篇小说，自视清高，谁都不放在眼里，机关大院的人视之为异端。杨凤喜说，是王主任呀，你为什么也要走楼梯？王连祥没好气地回应，这楼梯莫非是专门给大作家修的？杨凤喜笑了，他是个胖子，吭哧吭哧地追上来，拍了下王连祥的肩膀说，我和你不一样，我是在体验生活，我正在写一篇小说，题目就叫《走楼梯的男人》。

那天下班后，王连祥被杨凤喜邀到了一家小酒馆。王连祥本来不想和杨凤喜打交道，他之所以去，或许是因为还残留着一点文学情结，或许是因为下班后不想回家吧。谁知，几杯酒下肚，杨凤喜又扯着他的胳膊问，连祥啊，你到底为什么走楼梯，是为了避免和某个女人不期而遇吗？王连祥吃了一惊。围绕仇晓静的提拔，机关大院有了好多种说法，当然有为他鸣不平的。谁都知道杨凤喜喜欢打听八卦消息，美其名曰收集素材，这家伙难道把他看穿了不成？杨凤喜接着说，连祥你别多心，我小说里是这么写的，走楼梯的男人当然和女人有关，但小说是虚构的、假的，是艺术形象，艺术形象你懂不懂？王连祥胡乱应承着，再不敢招惹杨凤喜了。

这个小插曲倒是让王连祥警觉起来，理智了许多。事已至此，他决计把仇静晓丢到脑后，惯常的生活还在继续。但有一次，团县委开一个虚头巴脑的会，他还是去参加了。他好奇仇晓静在主席台上讲话会是什么样子。他甚至带着几分恶意想，仇晓静会不会"哎呀"一声喊出来呢？那次会议上，仇晓静完全是在念稿子，紧绷绷的声音在打颤，头都不敢往起抬。偌大的会议室闹哄哄的，哪还有一点秩序？他坐在台下远远地望着仇晓静，一时间觉得有点荒诞。想想看，这还不是遭罪吗？还信誓旦旦地说想好走仕途了呢，也不看看自己是不是当官的料？

年前，王连祥的妻子把仇晓静送他的那双"老人头"皮鞋拿出来了，还帮他纳了一双鞋垫。妻子说，计生委的人真会买东西，好像给你量身定做的。他却把皮鞋踢到了一边。他说，我不想穿这双破鞋。妻子反问，这么好一双鞋，哪儿破了？他说，既然你觉得好，让你爸穿吧。妻子没有再说什么。

问题是这双皮鞋老丈人穿有点大，脚掌塞进去，还有一指宽的缝隙呢。妻子又动员他穿，他按捺不住发脾气了。他要把皮鞋扔到窗外，妻子慌忙拦阻他，老丈人推门进来了。老丈人说，连祥，大过年的你嚷嚷什么？他说，我无非是不想穿这双破鞋。老丈人说，你好像在骂人呢，你没有提拔又能怪谁，要怪只能怪你不争气。王连祥说，不提这个能把你憋死呀！这话说的，老丈人腮帮子都快气得掉下来了。老丈人说，王连祥，你现在翅膀硬了是不是？你给我滚！

腊月二十八晚上，王连祥在妻儿的哭声里摔门而去，跑回了乡下。好在，第二天母亲就把他送回来了。母亲揪着他的耳朵，让他跪在老丈人面前赔礼道歉。他只能这么干，仔细想想，他有什么道理和老丈人斗气呢？

老丈人寒了一次心，对王连祥有了看法。但关键时刻，该提醒什么时他还会提醒。用老丈人的话说，他不是对王连祥负责，而是对自己的女儿和外孙负责，难道不是吗？来年春天，局长退居二线，林怀天被确定为新任局长人选。组织部要去考察，老丈人嘱咐王连祥，到时候一定要讲林怀天的好。王连祥不吭声，老丈人急了，说连祥啊，你不能再犯浑了，我知道你对林怀天有看法，但你只能说他好，你明白我的意思吗？

事到临头，单独谈话时王连祥还是给林怀天提了几条意见。他已经很克制了。林怀天如期得到任命，局里第一次召开会议便发起了脾气。我们有些同志，就喜欢搞小动作，林怀天拍着桌子说。我们有些同志，一点儿组织纪律性都不讲，当面不说背后乱说……林怀天朝王连祥瞥一眼，领过来好多目光，王连祥耷拉下脑袋。他还是把仇晓静送他的那双"老人头"皮鞋穿上了。

王连祥又在林怀天手下干了三年，提拔无望，刚好市文化局缺个写材料的，他便调到了市里。老丈人说，连祥啊，树挪死人挪活，你确实该换个环境了。

五

王连祥不会想到，仇晓静的仕途居然如此顺利。就在他调到市文化局那年，仇晓静升任团县委书记。又过了三年，提拔为邻县的宣传部部长。之后是组织部部长、县委副书记，另一个县的县长、县委书记。

与仇晓静比起来，王连祥的升迁之路则暗淡无光。他到市文化局干了三年，才被提拔为办公室副主任。又过了五年，提拔为办公室主任。这一年，仇晓静都当上县委副书记了。又过了两年，局长要退居二线，王连祥听到一种说法，仇晓静要从县里调回来，担任文化局局长。果真如此，仇晓静将是王连祥的顶头上司。

调到市文化局后，市委宣传部抽调王连祥写过几次材料，时任部长爱惜他是个人才，说，连祥啊，宣传部就缺你这样的笔杆子，来部里工作怎么样？当时王连祥只是笑了笑，未置可否。听到仇晓静升任文化局局长的传闻，他纠结了几天，还是来到了宣传部部长的办公室。他吞吞吐吐说明来意，部长说，连祥啊，你思考问题的节奏也太慢了，怎么现在才和我说？他只好笑，以为部长要拒绝，过了这个村没有这个店嘛。部长却说，好，我给你们局长打个电话，你明天就过来上班。

回到文化局，局长指着王连祥的鼻子发脾气了，他本来是一个谦和的领导。局长说，王连祥我哪里对不住你了？我马上要退居二线，正准备着推荐你担任副职呢，你倒反过来将我一军？王连祥只好笑，让他说什么好呢？

调动手续还没有办，仇晓静当上了代县长，只等开会时选举任命。覆水难收，王连祥只能责怪自己莽撞。调到宣传部后，他先是担任理论科科长，干了两年，改任办公室主任。这说明部长确实器重他，办公室主任已经是提拔副处的前奏了。没过多久，部长调到省直机关任职。新任部长到任不久就脑梗了一次，三天两头往医院跑，不光影响工作，一大批人的仕途也受到牵连。这一晃五年又过去了，王连祥已经四十六岁，这个年龄再不上个台阶恐怕就来不及了。

市里又要进行人事调整，每到这个节骨眼上，总会听到各种各样的说法。其中一种说法是，仇晓静要由县委书记升任市委宣传部部长。听着同事们小声谈论，王连祥暗自苦笑。春天又来了，机关大院里也种植着用于观赏的桃树，虽然结不出像模像样的桃子，桃花却开得特别艳丽。

这一天，王连祥接到了昔日同事小戴的电话。小戴现在已经是县文化局的副局长。小戴告诉他，他们的老局长林怀天去世了，问他能不能回去参加他的遗体告别仪式。小戴说，王主任，毕竟是我们的老领导嘛，晓静书记说她也要回来送一送林局长的。

犹豫再三，王连祥还是回去了。他也像好多人一样买车了，虽然是一辆"奇瑞"。一大早他就驾车从市区出发，当看到县里殡仪馆那截灰突突的大烟囱时，却又产生了返身回去的念头。恍惚间，他看到一柱青烟扑上云端。

这几年，王连祥和县文化局那帮人已很少往来。仕途上不顺利，他自然不情愿面对老家的熟人、曾经的同事。再者，他对林怀天早有成见，不回去送别他大约也不会留下什么遗憾吧。那么，他究竟为什么要回去？是为了和仇晓静在殡仪馆见一面吗？多年以后，他对仇晓静已经没有丝毫的恨意。昨天晚上的某些瞬间，他甚至对这次见面满怀期待。

来到殡仪馆，王连祥一下车就碰到了熟人。寒暄着来到吊唁厅前，见小戴穿了身黑西装，正指挥着两个小伙子整理花圈。小戴也胖了，看背影根本就认不出来。王连祥喊了声戴局长，小戴看到了他，匆忙迎上来说，感谢王主任大驾光临呀，总算逮着个高人了，快帮我看看花圈的排序对不对？王连祥只好跟着小戴看花圈。小戴说生怕闹出什么笑话，更担心老局长的在天之灵怪罪她呢。

门侧最显眼位置上摆着个鲜花花圈，王连祥看到了"仇晓静敬挽"的字样，忍了一下还是问道，仇书记今天确定过来？小戴说，我刚接了她秘书的电话，说她有重要活动不能来了，委托我送个花圈。王连祥暗自失望，小戴压低声音问，王主任，听说晓静书记要升任宣传部部长，当真吗？王连祥笑了笑说，我还没听说呢，戴局长是从哪个渠道听来的？小戴努努嘴，再没有继续这个话题。

王连祥参加过好多次遗体告别仪式，有些还是他亲手张罗的，程序什么的早已烂熟于心。林怀天的告别仪式由小戴主持，说白了没有来几个体面人物吧。他站在人群中默哀的时候想，如果林怀天真有在天之灵，会不会为此郁闷呢？他听说过一些林怀天的传闻，被县里"一刀切"退居二线后，他到公园遛弯时上了趟公共卫生间。他正使劲撒尿，曾经的司机老郑刚好进来，冷不丁在他屁股上拍了一巴掌，说林局长你亲自来撒尿呀！林怀天的半泡尿被拍了回去，裤裆淋湿了，第二天就因脑供血不足住进了医院。

哀乐低回，王连祥提醒自己应该对死者多一些敬畏，但当他瞻仰林怀天的遗容，与他最后道别时，目光还是忍不住停留在了他的鞋子上。他想起了他踹车胎的情景，想起了他那双意大利"老人头"皮鞋。不，是两双，他把他在办公室和仇晓静讲的那句话也想起来了。事实上，林怀天并没有穿皮鞋，而是按照本地风俗穿了双金线绣花的宽口黑布鞋。他忍不住又想，这恐怕由不得他了，一个心思再缜密的人，写遗嘱时恐怕也不会具体到穿什么鞋子吧。又想，难道自己此行的意义就是证实一下林怀天死后穿什么鞋？

参加完林怀天的遗体告别仪式，老同事们要留王连祥吃饭，王连祥好歹推辞了。他想去看看乡下的老宅。母亲前年冬天去世了，老宅一直闲置着，院子荒芜了，连屋顶上都长起了蒿草。他调到市里后，在老丈人的支持下买了一套三居室的新房，隔年妻子也调到了市中医院，当然老丈人也跟来了。他有意把母亲也接到市里生活，母亲不同意，他也没有坚持。母亲的病来得比较急，他当时没有能守在老人身边。想着母亲，他加快了车速，好像回家以后还可以见到她似的。这时他却接到了部里的电话，让他赶紧回去。也许这就是所谓命运的安排，仇晓静升任宣传部部长的消息终归是坐实了。

六

王连祥回到部里时，常务副部长牛海洋正指挥着几个人收拾部长办公室。他和牛海洋请过假，但还是解释了几句。牛海洋摆摆手说，王主任你快给咱好好闻闻，还有没有什么异味？王连祥深吸一口气，好像闻到了某种中药的味道。窗户全部敞开着，他吩咐办公室的小蔡，赶紧去搬几台电风扇过来。小蔡说，王主任，机关前年就用上中央空调了，原来那几台电扇早就当破烂卖了。牛海洋说，小蔡你猪脑子呀，不能去借？借不来不能去买？买不来不能去偷？小伙子慌忙跑了出去。

屋子里窗明几净，王连祥请示牛海洋要不要把桌椅换一换。牛海洋说，换新的恐怕会有味道吧，多摆几盆花。隔一会儿他又问王连祥，王主任，你知道仇部长喜欢什么花吗？王连祥说，这个我哪能知道？牛海洋说，我听说以前王主任和仇部长做过同事？王连祥说，是做过几天同事，要不我和仇部长的秘书联系一下吧。说着他站在窗前往院子里望，心想，如果折几枝桃花插到花瓶里，仇晓静会不会喜欢呢？

眨眼间部里的人都知道了王连祥和新任部长共过事，免不了问这问那的，王连祥有点烦。小蔡前年才考进宣传部，办公室只有他和王连祥两个人，嬉皮笑脸地说，王主任，以后小蔡可就全仰仗您了。王连祥黑着脸说，小蔡你什么意思？小蔡说，王主任，我的意思您还不明白吗？王连祥说，明白什么？小蔡你还有没有一点组织纪律性？电风扇吹得怎么样？小蔡慌了，说，三台风扇都在高速运转呢。王连祥说，为什么不再去借两台热风扇？小蔡说，借热风扇干什么？王连祥说，烤一烤再吹效果更好，你干工作怎么就不知道开动脑筋呢？小蔡赶紧跑去借热风扇了，其实王连祥也拿不准烤一烤是不是效果更好。

理论科的老董已经五十六岁，就喜欢说个风凉话。他端着茶杯晃悠进来，吸溜一口茶水说，王主任马上要高升了，提前恭喜呀。王连祥说，董科长可不能乱说，这还不是糟蹋我吗？老董笑眯眯地坐到沙发上，跷起了二郎腿，希望王连祥欣赏他的皮鞋似的。老董说，听说新部长是个女的？别走了个"药罐子"，来个"花瓶"吧。王连祥不吭声，老董又说，王主任，我就不清楚你们吹的是什么风，听说还要拿电热扇烤，搞什么名堂吗。王连祥吃了一惊，心想这家伙该不会顺手拍个照片发到朋友圈吧，机关好些见怪不怪的事，一炒作就整出事端来了。他扔给老董一根烟，暂且把他的嘴堵上。

仇晓静到任那天，穿着白衬衣，酱紫色西服，短发，看起来容光焕发，神采奕奕。会议室的桌子摆成椭圆形，王连祥几乎坐在她的对面，好在桌子中间的空当里摆着两棵发财树。他偷偷打量着仇晓静，她好像有点胖了，但胖得自然、匀称。组织部部长宣布任命时，她的脸上挂着一丝微笑，给人的感觉亲切、沉稳，又不失威严。王连祥已经好多年没有接触过仇晓静了，倒是在本地的电视新闻里看到过她几次，陪同省市领导在她任职的县份调研什么的。他想起了那次团县委开会时，仇晓静在主席台上讲话时的紧张与局促。

而现在，仇晓静讲话时已判若两人，她的就职演说近乎完美。虽然讲的也是新官上任那一套，但条理分明，有严格的要求，有善意的提醒，几乎没有一句废话。她端庄俊秀的仪态、婉转圆润的嗓音也给她加了分。而所谓不完美之处，也就是讲话中间那两声咳嗽了。她略略垂下头，白皙细长的手掌侧斜挡到鼻尖下，小拇指略略翘起来，连咳嗽都是那么沉着优雅，这又算什么不完美呢？

不知不觉王连祥又走神了。会场骤然响起掌声，他慌乱地收回目光，连会议记录都忘记了做，幸亏安排小蔡录了音。

组织部部长先行离会，牛海洋开始介绍下属单位的领导和部里的同事。轮到王连祥，他站起来点点头，腿肚子又有点颤。他的目光和仇晓静的目光撞在一起，很快就分开了。仇晓静说，王主任和我做过几天同事，我们认识，下一位。王连祥坐下来后有几分落寞。昨天晚上他又失眠了，他想象过这个环节，仇晓静面对他时会是什么神态，会和他说什么呢？没想到一句话就把他打发了。做过几天同事？几天？是刻意和他撇清关系吗？

介绍到老董，气氛陷入了尴尬。老董扶着椅圈慢悠悠站起来，后仰着身体，拿腔拿调地说，仇部长，先给您打个预防针吧，没有哪个领导喜欢老董的，老董是死猪不怕开水烫了。牛海洋忙说，老董请你注意点形象。仇晓静说，老董同志，宣传部不是防疫站，更不是屠宰场，你该换个地方说话的。说罢不动神色地望着老董，老董欲言又止，下嘴唇抖了抖，耷拉着脑袋坐了下去。

仇晓静把她在县里工作时的秘书秦文雅也带到了宣传部，小秦当然坐到了部长办公室对面的房间。王连祥没想到的是，他也被调整过去了。小秦是个大眼睛的女子，三十出头，干练机敏，她告诉王连祥，仇书记就是这种行事风格，办公室主任和秘书必须放到眼皮子底下，喊起来方便嘛！王连祥说，这样确实方便。小秦说，王主任你一定要记住，咱们办公室的门随时都要敞开，方便仇书记喊咱们。说完"哎呀"了一声，王连祥吓了一跳。哎呀，小秦说，我怎么还叫仇书记，现在成了仇部长了，咱们可要鞍前马后配合好仇部长的工作呀！

那就鞍前马后呗。每天早晨，王连祥早早便来到单位。小秦上班后第一件事情便是用开水泡一纸袋奶，给仇晓静送过去。王连祥想，看来仇晓静连早餐都顾不上吃。下午下班后，仇晓静每天都会加班，即便参加市里的会议，或者外出办事，也要回办公室再待上个把小时。临走的时候她总会和王连祥说，王主任你也早点回家吧。王连祥站在楼道里，望着仇晓静的背影消失在电梯口。心想，这话算是对下属的关心吗？仇晓静皮鞋的鞋跟没那么高了，踩踏出的声音也降下来了，步伐变得稳健。

两个礼拜过来，司机老周开始抱怨了。老周说，这样下去骨髓油都要耗光了，王主任想办法给发点出车补助吧。王连祥说，今非昔比，现在哪还有什么出车补助？老周说，那你能不能给发点加班费？部长在加班，我每天不也在加班吗？隔了个双休日，老周被召回了机关车队，换来了小丁。小秦说，这也是仇部长的行事风格，工作还没干多少，摆什么谱呢？

隔两天，王连祥被仇晓静喊到了办公室。新官上任，通常还有个别谈话的环节。仇晓静和部里好多人都谈过了，但还没有和王连祥谈。王连祥同样猜想过仇晓静和他谈话的情景。没想到他一进门，仇晓静劈头盖脸就问，王主任，这就是你写的工作规划？说着把一叠A4纸摔到了桌上。王连祥瞅一眼那叠纸，耷拉下脑袋说，我是根据这几年的工作总结整理的，还征求了科室主任的意见。仇晓静说，那你说这里边有什么意见？哪条工作思路行得通？空话，套话，八股文，形式主义，糊弄谁呢？

王连祥只好笑，让他说什么好呢？

七

为了这个工作规划，部里开了个研讨会。用仇晓静的话说，这次会议开得十分成功，大家都开动了脑筋，做了认真细致的准备。这话不假，市级领导班子已经完成换届，下一步该轮到调整处级干部了。这样的节骨眼，谁都不会错过在部长面前展示自我的机会。

老董仕途无望，同样煞有介事地发言了。老董说，宣传部是干什么吃的？这么多年连个舆论阵地都没有，难道就会干些煽风点火的事情？牛海洋慌忙打断老董，说，董科长你跑题了吧，要谈就谈点工作设想。仇晓静冲牛海洋摆摆手说，董科长你接着说。牛海洋面红耳赤，老董越发来劲了，仇晓静现场拍板，部里创办一份理论刊物，由老董担任主编。老董显然是感到意外了，抖着下嘴唇说，还是仇部长亲自挂帅吧，我给你打工。仇晓静说，我怕你爬到楼顶上和我讨工钱呢。众人笑，老董也笑了。

事实上，这次会议仇晓静只采纳了老董一个人的意见。仇晓静总结发言时，王连祥不由得又要吃惊了。初来乍到，想不到她对宣传工作如此熟悉，显然做了周密的准备，显然是在"更高的层面"探讨问题了。尤其是推进文化创艺园建设，她已经有了明确的规划和具体的措施。每一任领导都希望抓住工作亮点，看来仇晓静是要在文化创艺园上大做文章了。

会后，加工整理材料的任务又落到了王连祥头上。仇晓静说，王主任，单位闹哄哄的，你回家去写，尽快拿出来。问题是，王连祥家里也闹哄哄的，主要是有噪音。老丈人已过古稀之年，患上了青光眼，不方便出门，连电视都不方便看了。老丈人便喜欢上了听收音机。医疗保健呀、评书联播呀，最喜欢听的当然还是新闻节目。

老丈人耳朵也有点背，声音调得老高，王连祥睡觉轻，每天早早就会被吵醒。晚上回家，没进家门就会听到收音机传出来的声音，难免会烦躁。他希望妻子和老丈人说说，把收音机音量调得低一些。妻子咬了咬嘴唇，眼泪吧嗒吧嗒掉了下来。妻子说，我爸就剩下这么一点爱好了，王连祥你不觉得这样做有点残酷吗？

以王连祥的理解，除了传递出对父亲的爱，妻子这话更多是在表达对他的不满。王连祥回家后寡言少语，儿子在家时气氛还马马虎虎，自从儿子去读大学，似乎只剩下沉闷了。王连祥承认妻子是一个好女人，老实、本分、顾家，话虽然不多，却把他服侍得很周到。即便他回家再晚，妻子都会等着他吃饭。他想对妻子好一些，却总是难以坚持。对，这种所谓的"好"只能用坚持来维护了。

这么多年了，夜深人静时，他的脑子里还会跳跃出仇晓静的身影。他对仇晓静的恨意早已被时间的灰尘掩埋，留下来的甚至可以说是一份美好的回忆。他想，如果没有和仇晓静的那次意外，他会坦然接受自己的生活状态，像身边好多人一样过一种庸碌而又自足的日子吗？这么说，因为那次意外，他的生活倒是不庸碌了。命运再一次让仇晓静来到他的身边，他的心又开始烦乱了。当然，这种烦乱里还夹杂着不同于过往的成分，他已经四十六岁，再不提拔恐怕来不及了。

家里没法写材料，王连祥跑到机关办公楼的一层，和文学院借了间办公室。两年前，县文联那个叫杨凤喜的家伙调到了市里的文学院，算是专业作家了。他和另外两个作家都很少来单位，办公室闲着也是浪费。王连祥打开门窗吹了吹风，然后又关上，埋头对付材料。对他来说，这份材料同样是一次展示自我的机会。

屋子里装满了烟雾。快下班的时候有人敲门，王连祥第一反应是仇晓静差人来催稿子了。他把门打开，门口一个胖男人夸张地后撤两步，说，哎呀王主任，你吐出来的毒气都要把我熏倒了。

原来是杨凤喜。王连祥毕竟占着人家的办公室，笑了笑说，都快下班了大作家跑过来有何贵干？杨凤喜说，不才专门来找王主任讨教呀。说着把窗户打开，拿一本文学杂志驱赶烟雾。王连祥以为杨凤喜在开玩笑，没想到他还认真了，说，王主任你还记得不，当年我写了一部《走楼梯的男人》的小说，可惜没有发表，文坛真是太腐败了。现在我又在写一部官场小说，题目叫《女上司》，刚才突然想到，王主任你不就有个女上司吗？

王连祥吃了一惊，赶紧把门关上。杨凤喜撇撇嘴说，王主任，你们这些体制内的人活得真是太悲哀了，你放心，我是写小说，小说是虚构的、假的，是艺术形象，王主任你明白我的意思吗？这话说的，王连祥觉得杨凤喜真是太不要脸了，还好意思评价体制，就凭你写几篇破小说，若不是体制养着，去喝西北风呀？还讲什么艺术形象，好像他王连祥是个文盲似的。

杨凤喜又要请王连祥到小酒馆喝酒,王连祥本来不想去,但还是去了。杨凤喜死磨硬缠,与老董比起来,这家伙更难对付。前者不过是死猪不怕开水烫,后者哪根筋受了刺激是要用獠牙咬人的。再者,天色已晚,或许他还是不想早点回家吧。

写了一天材料,王连祥头昏脑涨的,喝了几杯酒,和杨凤喜胡乱聊了起来。所谓胡乱当然也是有原则的,在机关干了这么多年,他怎能没有这点儿觉悟?不过是把平时大家耳熟能详的几条社会新闻演绎了一下罢了。杨凤喜问他,王主任,有个女上司到底什么感受呀?他笑着说,女上司和男上司难道有什么区别吗?看得出来杨凤喜很失望,他则暗自得意,这顿饭这家伙算是白请了。又想,如果自己一直在山区当教师,一直坚持文学创作的话,写到现在会不会已经功成名就了呢?起码比面前这个肥头大耳的家伙强个十倍八倍吧。这样想,他又有点伤感了。

又过了两天,王连祥总算把材料写完了,自我感觉相当满意。他特意看了看表,好像这是他人生中一个特别重要的时刻似的。肚子里咕噜咕噜地叫,他想去吃点东西,来到楼道里却改变了主意。一般情况,仇晓静都是在晚上八点前回家,现在都八点半了,但他感觉她还没有走。头顶上的感应灯伴着他的脚步声逐一亮起。

来到宣传部这层楼,过道里同样一派死寂。看到他和小秦的办公室泄出来灯光,心跳骤然加剧。他的预感应验了。他放缓脚步走到那片光晕里,见小秦双臂交叠,趴在桌上好像睡着了。仇晓静办公室的门紧闭着,屋里同样静悄悄的。他犹豫了一会儿,来到了自己的办公桌旁。小秦的电脑还开着,深蓝色的水里两条金黄色的鱼摇头摆尾,游来游去。他想,小秦也不容易,她爱人还在乡镇工作,两个人还没有孩子。

王连祥没有坐下来,担心把小秦吵醒。可就这样守着人家也不太妥,正准备扭身,小秦突然把头抬起来了。哎呀,小秦说,王主任你把我吓了一跳。王连祥抱歉地笑了笑,小秦说,奇怪,我怎么给睡着了?王主任你写完材料了?王连祥把打印好的材料晃了晃,说,小秦你把材料给仇部长送过去吧。小秦说,王主任你这不是和咱们领导见外吗?自己去就行了。说着,两只手按摩起太阳穴。

　　王连祥拿着材料,轻轻敲了两下仇晓静办公室的门,停了停又敲,里边有了回应。他推门进去,仇晓静笔直地坐在椅子上,抬手撩了一下额前的头发。他把目光收回来的一瞬,看到仇晓静颧骨的位置有纽扣大小的两片红印。加之她略显局促的神色,心想,仇晓静莫非也趴在桌上睡着了,那两片红印莫非是衬衣纽扣的压痕?写好了?仇晓静问他,他赶紧把材料递过去,说,仇部长早点回家吧,明天再看。心想,这话算是下属对上级的关心吗?

　　仇晓静没有回答,拿起材料看了起来。翻了一页,从笔筒里取了铅笔勾画着,王连祥有点紧张了。他往前探了探身,目光随着红色的笔尖移动。夜很静,他似乎闻到了仇晓静的身体散发出的气息,这还是当年的气息吗?翻到第三页,仇晓静一用力,笔尖折断了,叭一声把铅笔拍到了桌面上。王主任,仇晓静说,怎么这么多废话?你觉得把意思表达清楚了吗?你是在糊弄谁呢?仇晓静直勾勾地望着他,他只好笑,让他说什么好呢?

八

　　这份材料,王连祥一共修改了七次。小秦说,仇部长对材料要求很严格的,在县里的时候曾经让人修改过十二次呢。小秦这话像是在安慰王连祥,更像是一种忠告。王连祥黑着脸没有吭声。一坐到电脑前,他便头晕目眩,恶心,反胃。他往电脑显示器上吐过两次痰,很快便擦掉了。他把杨凤喜扇过烟雾的那本文学杂志撕得粉碎。仇晓静让他修改第七次的时候,他感觉快要疯掉了,干脆豁出去,只改了几个标点,咬牙切齿去交差。他等待着,甚至期盼着仇晓静怒发冲冠。我就是这水平,不满意的话另请高人吧!他嗓子眼里卡着这句话,随时准备吐痰一样吐出来。这句话在孕育之初其实是另一番模样：老子不想伺候你了，爱咋咋地！

没想到，仇晓静飞快地翻完了材料，瞥了他一眼说，这次改得很到位，可以定稿了，王主任辛苦！王连祥紧绷绷的身体顿时间松软下来，肚子里甚至有稀里哗啦塌陷下去的感觉。王主任，干工作就应该这样，要力求完美，尽管不一定会完美。仇晓静这么说，王连祥肚子里塌陷下去的那些物件又开始往上蹦，瞬间甚至想扇仇晓静一个耳光。

隔几天，王连祥听到了仇晓静的一些传闻。一位副省长出了事，据说仇晓静和他关系暧昧，她在仕途上之所以一帆风顺，依靠的就是这个后台。王连祥偷偷在手机上搜了搜，果然在某个论坛上看到一个帖子，讲得头头是道，甚至提供了好些实例。但这个帖子很快被删除了。

王连祥责问自己，如果仇晓静出了事，他难道会欢呼雀跃、拍手称快吗？又想，这样的帖子八成不靠谱。前两年，市领导中风声最紧的是分管农业的副市长，网络上时不时就有针对他的帖子，韭菜一样割了一茬又长起一茬，但不久他却提拔到省城当厅长去了。分管文教的副市长低调务实，落了个好名声，某一天却突然被带走，查出了触目惊心的问题。王连祥只是个科级干部，更高层面上的事情摸不准的。他希望从小秦身上发现点蛛丝马迹，却一无所获。倒是老董端着茶杯又晃悠进来，吸溜一口茶水说，王主任，有人要陷害咱们仇部长呢！王连祥吃了一惊，好像老董说的是他王连祥似的。老董说，我看了看那个帖子，从理论上分析简直是无稽之谈，仇部长工作多用心，哪有时间搞那些歪门邪道？

王连祥不清楚老董说的帖子和他看到的是不是同一个。有意思的是，原本死猪不怕开水烫的老董，就因为当了个虚头巴脑的主编，居然对仇晓静如此忠心。又想，忠心也许是表象吧，哪个人的内心轻易能看得透呢？仇晓静把他喊了过去，就文化创艺园的推进，她准备到各县调研去了。

一个礼拜跑了三个县，第四站，仇晓静和王连祥回到了他们出道的地方。程式完全一样，还是先开座谈会，县文化局副局长小戴也去参会了。散会以后小戴才有机会找仇晓静聊聊天，当着众人的面，仇晓静塞给她二百块钱，是上次买花圈由她垫付的。小戴不敢推辞，仇晓静说，那天真想回来送送林局长，实在是分身无术。王连祥听到两人对话，心想，仇晓静说的是真心话吗？吃自助餐的时候，小戴和王连祥坐到了一起。闲聊几句，小戴压低声音说，王主任，你可得多多提携我呀。王连祥只好笑。小戴直言不讳地说，王主任要是提拔了，能不能推荐我去接你的班？王连祥说，戴局长托你吉言，你觉得我能提拔吗？

  王连祥原本和牛海洋乘一辆车，饭后牛海洋要赶回市里开会，他只好坐到仇晓静车上。他当然坐到了副驾的位置，小秦陪着仇晓静坐后排。这就有点别扭了，他们要去的地方正是石拐。

  十年前撤乡并镇，石拐并入了邻近的乡镇。经济落后，交通也不方便，山里人不断往外搬迁，现在连一所像点样子的学校都没有了。前几年，王连祥就听说县里想引进资金，在石拐建设生态庄园和农耕博物园，结果只是利用原来乡政府的院落办了个养鸡场，后来连养鸡场都倒闭了。

  路还是那条路，车窗外的景物却荒凉起来。小秦却感慨，路边的风景可真美！然后问仇晓静，以前仇部长去过石拐吗？仇晓静说，好像去过一次吧。王连祥想，好像？仇晓静果真这么健忘吗？小秦说，早点来就好了，说不定可以看到山桃花呢，现在都结出桃子来了。仇晓静不吭声，小秦又问王连祥，王主任到过石拐没有？王连祥说，好像到过一次吧。小秦说，王主任怎么也是好像呢？听说石拐这边有好多人会唱民歌，王主任能不能学几句？王连祥说，我五音不全。小秦说，那就讲个笑话，座谈会上副县长还讲了两个石拐的笑话呢。王连祥说，我这人一点儿都不搞笑。这话倒把小秦逗乐了，见仇晓静双目微闭，赶紧收留住笑声。

  车子略有些颠簸，隔一阵小秦也把眼睛合上了。司机小丁开车的时候从来不说话，嘴里嚼块口香糖，紧跟着前边县里带路的车。车厢内安静下来，这是初夏时节恹恹欲睡的午后，王连祥也合上眼，进入那种似睡非睡的状态。行程过半，车子颠了一下，王连祥睁开眼睛，发现眼角有点湿，莫非刚才流泪了？他揉了揉眼角，看到前边一个山包上长着一棵山桃树，突然听到仇晓静喊，小丁，停车！

直到下了车，王连祥也不清楚仇晓静想干什么，是要去山包上看看那棵桃树吗？他已经不敢确认这个山包是不是曾经的那一个。其他车当然也停下了，县里陪同的宣传部部长和副县长跑了过来，仇晓静沉着脸说，二位，这路也太难走了吧？副县长说，仇部长，县里早就想拓宽这条路，因为种种原因一直没有动工。仇晓静说，又是种种原因，是因为石拐没几个人了，你们觉得修路不值当吧。你们能不能换一种思维方式，路都修不好，还指望谁来投资呢？副县长和宣传部长还想说什么，仇晓静撇下二人上车了，车门重重地合回去。

乡里的领导早在路边候上了，停车的地方就在原来的乡政府大门前。大门早被卸掉了，残缺的门柱上扯着锈迹斑斑的铁丝网，院子里一派狼藉，墙角做待客室和客房的那几间屋子已经倒塌。侧面围墙上隐约可见"发展养鸡"几个字，缺胳膊少腿的。仇晓静站在门前张望，副县长解释说，这院子租给了养鸡户，合同还没有到期。大门旁边那个小卖店居然还开着，门槛上坐着一个五六十岁的胖女人，目光呆滞，王连祥无法确认她是不是原来小卖店的主人。他真想进去看一看，货架上是否还摆着那种粗瓷大海碗。

一干人从斜坡下来，来到了河道里。下坡的时候，小秦想搀扶仇晓静，仇晓静没有同意。前边和后边的人都小心翼翼地望着仇晓静，感觉更像是明目张胆地偷窥。小秦跟在仇晓静身后，脚底一滑，突然"哎呀"了一声，小戴赶紧把她扶住了。仇晓静扭身说，小秦你咋呼什么，出门不知道换双鞋呀？小秦面红耳赤，王连祥这才注意到仇晓静穿了双黑色的旅游鞋。心想，一路上自己究竟在琢磨什么呢？

河道里零乱、荒凉，走到近处才看到隐没在杂草丛中的一股细流。过河的搭石早已不知去向，那几片林子却还在，而且长得郁郁葱葱、遮天蔽日。仇晓静问，如果这里修一道河坝，蓄水有问题吗？副县长说，雨季水流量就大了，应该没问题吧。仇晓静往林子那边瞅，又四下里张望远处的山峦，说，多美的风景，城里人旅游避暑总往远处跑，为什么不来石拐呢？把张艺谋请来搞个实景剧也不比其他地方差吧。县委宣传部部长说，仇部长的构想真是太宏伟了，大气派，大格局，鼓舞人心。

然后又到林子里看，林子里拴着两头牛，小秦想和一头黄牛合个影，却不敢靠近，扯着王连祥说，王主任你陪人家过去嘛。王连祥只好陪她来到近前，牛摇了下尾巴，小秦吓得往后退。王连祥说，这是拍蚊蝇的动作，小秦你怕什么？王连祥用手机给小秦拍了两张照，突然问，小秦你知道母牛的孕期是几个月吗？小秦说，王主任使什么坏呀？王连祥说，我不过是考考你。小秦说，三个月，五个月，六个月？王连祥笑了笑，还是没有讲出正确答案。仇晓静朝这边瞅了一眼，她听到他和小秦对话了吗？

转完了几片林子，又到最近的一个山谷里看了看，一干人来到了原来的卫生院。现在，石拐能坐下来喝杯茶、开个会的场所也只有卫生院了。王连祥在河道里的时候已经拍过几次照，当初红砖碧瓦的二层小楼看上去灰暗、破旧，感觉像个孤苦伶仃的乞丐一样。卫生院的院子里种着几棵杏树，可惜还没有成熟。乡里的人已经提前摆了两张圆桌，桌上苫着白色的塑料桌布，摆放着茶杯、板栗、花生什么的，几个年轻人忙着倒水。

坐定以后仇晓静问陪同的乡领导，这是原来的卫生院吧，现在干什么用？乡领导支吾说，平时也不怎么用吧。仇晓静又问，那什么时候用，到底干什么用？乡领导瞅瞅副县长和县委宣传部部长，说，天热的时候县里一些老干部会来避避暑。仇晓静说，原来是干这个，还不如养鸡呢。然后冲县委宣传部部长说，你回去和那些老干部通通气，今年夏天别来了，就说这地方蚊子多。县委宣传部部长想笑，终究没有笑出来。仇晓静说，如果将来项目上马，这里就做工程指挥部，原来的乡政府大院改建为农耕文化展览馆，就用现在的旧房子，明白我的意思吗？一伙人忙着点头，王连祥摸出手机看了看，起身向楼门走去。

楼道里光线比较暗，王连祥并没有打电话。他放缓脚步，找到了他曾经住过的那间屋子。门虽然关着，但门上有方格子玻璃窗，他探身去看，屋里还是摆着两张床，却多了一张自动麻将桌。墙还是那么白，收拾得干干净净。他又看旁边的一间，里边是同样的陈设。正看得出神，楼门那边暗了一下，一个弯腰驼背，顶着一头白发的老者拄着拐棍，脖子上吊着一只挎包走了进来。他有点慌，好像干了什么见不得人的事情似的，老者冲他喊，王主任，是王主任吗？王连祥迎上去，老者甩掉了拐棍，双手拉住了他，他认出来了，是原来文化站的老周。老周说，王主任，咱们有二十年没有见面了吧，听说你们要来，我赶紧跑过来了。老周握着王连祥的手使劲摇，不停地摇，王连祥心说，你这拄根拐棍还怎么跑呀？

又寒暄了几句，老周从挎包里取出一沓打印好的稿子，哆哆嗦嗦递给王连祥。老周说，王主任呀，我干了一辈子文化工作，就喜欢写个文章，能不能帮我出本书呢？王连祥说，老周你应该找找县委宣传部。老周赌气般说，宣传部不管，文化局不管，他们根本就不把文化当回事。王连祥不好说什么，拿着稿子翻了起来，第一篇文章是《石拐民歌考》，第二篇是《石拐笑话的原生态特征》。正准备把稿子合上，老周夺过去，翻到后边又递给他，说，王主任呀，等出书的时候我准备把这篇散文放到第一篇。王连祥看那篇散文，题目是"山里的桃花开得正艳"，开头这样写：那是二十年前的事情了，山里的桃花开得正艳，石拐乡来了两位尊贵的客人，他们是后来担任市委宣传部部长的仇晓静女士，和后来担任市委宣传部办公室主任的王连祥先生……

王连祥看不下去了，指指正坐在靠近楼门这边一张桌旁吃花生的小秦说，那个是仇部长的秘书，你可以让她带你去见仇部长。老周迟疑了一会儿，拄着拐棍摇摇晃晃地向外走去。

这时王连祥的手机响了，接通后他才知道是那个伪作家杨凤喜。杨凤喜说，王主任，我半个月就把小说写完了，《女上司》，十六万字呢，你说我是不是创造了一个神话？没等王连祥说什么，杨凤喜又说，我这篇大作正在网上连载，我把网址发给你，王主任多提宝贵意见呀！

九

调研总算告一段落,仇晓静感冒了。

回到市区时已过晚上九点,仇晓静下车时说,你们俩也辛苦了,明天在家休整一天吧。她声音嘶哑,还抽了一下鼻子,小秦忙说,仇部长,我陪你到医院看看吧。仇晓静摆了摆手,车子重新启动,小秦突然抽泣起来。王连祥扭身问,小秦你怎么了?小秦说,仇部长可真不容易。王连祥没吭声,小秦又说,王主任,你说一个女人走仕途究竟好不好?王连祥说,这个,怎么说呢?小秦说,要不是钦佩仇部长,我都想打退堂鼓了。王连祥暗自吃惊,小秦居然和他发起这样的感慨。

回到小区,打开家门时王连祥觉得不太对劲,怎么没有听到收音机乱糟糟的声音呢?进门后见老丈人黑着脸坐在沙发上,身旁果然没有摆着收音机。老丈人瞅他一眼,恐怕是看不清,卧室里传来妻子压抑的哭泣声。

王连祥以为妻子和老丈人闹别扭了,走进卧室问,怎么了?妻子趴在床上,猛地把头抬起来,果然是满脸泪痕。你还好意思问?妻子咬牙切齿地说。我倒是犯了什么错误?王连祥忍不住发脾气。你还装?妻子指指写字台上的笔记本电脑,王连祥,你自己去看吧!

电脑屏幕亮了起来,王连祥看到一堆密密麻麻的文字。他疑惑地点了几下,找到文章的开头,原来是杨凤喜写的小说,题目果然是"女上司"。小说前面有个内容提要,女主人公是一位貌美如花的宣传部部长,名字叫仇静。男主人公是风流倜傥的宣传部办公室主任,名字叫王连方。两人年轻时候是县文化局的同事,一次外出参加活动时他们喝多了……他娘的,王连祥看不下去了,差点儿蹦起来。他掏出手机给杨凤喜打电话,对方接通后阴阳怪气地说,王主任,欢迎你对拙作提出宝贵意见呀!王连祥说,你有病呀,为什么用我的名字?杨凤喜说,王主任你没有戴眼镜吧,我给男主人公起的名字叫王连方,小说是虚构的、假的,王连方是艺术形象。

去你娘的艺术形象！王连祥愤怒地挂断了手机，遇上这号神经病，有什么道理可以讲呢？

妻子抽泣着坐了起来，王连祥说，这是杨凤喜写的小说，那个神经病你也知道，就因为这个哭你觉得有意思吗？妻子说，好几个人都打电话让我看，你让我怎么见人呀？王连祥说，你可真幼稚，小说是虚构的、假的，是艺术形象。他说完以后才意识到他引用的是杨凤喜的话，叭一声把笔记本电脑合上了。妻子抽泣着说，王连祥，别以为我是傻子，你在外边怎么样其实我早就不在乎了，有时候我甚至希望你在外边好上个人，只要你回家能有个笑脸，可为什么会这样，在家里受委屈不说，还让我在外边丢人现眼，你觉得公平吗？王连祥无言以对，让他说什么好呢？老丈人来到了卧室门口，扶着门框说，连祥啊，你给我把事情讲清楚，你也太不像话了！

第二天王连祥并没有休息。一来到单位，王连祥就发现了大家神情的异常。小蔡拎着暖瓶去打水，抬头看到他，猫着腰匆匆返回了办公室。他赌气般跟进去，瞪着眼问，你小子跑什么？遇到鬼了？小戴说，王主任，这一段我总是耳鸣，明明听到电话响，跑回来怎么就不响了呢？这时老董又端着茶杯进来了。老董倒是直言不讳，说，王主任，你也看过杨凤喜那篇稿子了是不是？王连祥说，神经病。老董说，王主任你骂谁神经病？王连祥说，我骂谁你还听不出来吗？老董说，我觉得某些人心术不正，这不是陷害人吗？

牛海洋把王连祥喊到了他的办公室，黑着脸问，王主任，到底怎么回事？王连祥说，我哪知道怎么回事，你应该去问那个杨凤喜！牛海洋说，你不觉得有必要讲清楚吗？我给杨凤喜打过电话，他说你给他提供过素材，那些花花绿绿的事且不提，一位姓牛的副部长指挥着一帮乌合之众给部长办公室扇风，你觉得这个有意思吗？

王连祥吃了一惊，那篇叫《女上司》的小说他只看了内容提要，具体情节并不清楚。他撇下牛海洋，怒冲冲地去找杨凤喜。他没有乘电梯，步行从楼梯下去,那样子像是要去杀人。文学院房门紧闭,他在门上踹了一脚,又给杨凤喜打电话,对方没有接。再打还是没有接,倒是小秦把电话打来了。小秦说,王主任你在哪儿呀,急死我了!王连祥说,我听候发落。小秦说,我听说杨凤喜的父亲和仇部长的父亲有过矛盾,可王主任你和仇部长到底有什么仇有什么恨?县里一帮人正告她的状,你这是添什么乱呢!

下午仇晓静就来上班了,她感冒并没有好,声音越发嘶哑。王连祥伏在桌上,仇晓静开门时并没有朝他办公室看。小秦跑去给她倒了一杯水,回来后还是没有和王连祥说话。不光是小秦,部里谁都不情愿和他说一句话,谁都在躲着他。王连祥等着仇晓静喊他过去,但她并没有。一下午,她接待了五六拨人。下班时间到了,仇晓静送走最后一拨,顺便喊小秦说,小秦,今天早点回家。小秦赶忙联系小丁,陪着仇晓静下楼去了。

第二天,仇晓静还是没有喊王连祥。

隔了个双休日,王连祥再去单位,仇晓静还是没有喊他。几位副部长也没有交办他任何差事。他就那样坐着,赌气般坐着,一声不响地坐着。

下班后王连祥没有回家,跑到小酒馆自斟自饮。其实妻子已经在努力原谅他,不原谅又能怎么样呢?看到他醉醺醺的样子,妻子说,王连祥,我现在搞清楚了,小说是虚构的、假的,但生活是真的。王连祥说,错,小说是真的,生活才是虚构的!他喝多了,摔掉了一只茶杯。老丈人说,你给我滚!他晃晃悠悠往外走,一把甩开了妻子。

来到街上,妻子给他打电话,他没有接。他一直走,一直走,不知要到哪里去。路过一个广告牌,他恶狠狠地捶了一拳,他觉得不应该破坏公物。他还往机动车道和自行车道间的隔离栏里撒了泡尿,他觉得这是一种不文明的行为,他没道理这样对待花草树木。夜已深,路灯昏暗,街上冷清下来,他一直走,一直走,看到一座过街天桥后便爬上去了。他要站在夜空下给仇晓静打一个电话。

第一次打,仇晓静没有接。他又打,又打,打到第四次还是第五次,电话终于接通了。仇晓静，他喊，电话那边没有声音。仇晓静，他又喊，我要举报你。仇晓静，他又喊，我就想听你说句话，你说呀，你说呀，我求求你，你说呀……

他哭了起来，对方挂断了电话，可他还在喊，你说呀，你说呀，你说呀……

路边桥墩旁搂抱着的一对恋人听着他声嘶力竭的叫喊声，争论着他是单纯喝多了，还是一个疯子。争论来争论去，两个人终于达成了共识，拨通了110报警电话。

16床

一

办理完住院手续,小林护士把我领到了第六病室。"17床,"她用清脆悦耳的声音说,"16床的患者性格有点怪,您可要担待着点!"我迟疑着点了点头,主要是对"17床"这个称呼还不适应。以后医护人员就这么喊我了。我往16床那边瞅——我说的是床铺,16床紧靠着窗台下的墙根,床头与墙上的护理设备明显错位,白床单皱巴巴的。小林把铁架子床往这边拽,我过去帮忙,她叹口气说:"这个16床太不听话了!"床铺归位后她把床单抻了抻,迈着轻盈矫健的步伐离开了病室。

正是午后,初春的阳光从宽敞明亮的窗口照进来,屋子里有点热。我想拉上窗帘,走到窗前后改变了主意。我把门掩回去,刚躺到床上,一个瘦小的老头推门进来。老头剃着光头,棉衣外边套着病号服,圆脸上到处是褶子。我下意识地爬起来,他瞪着眼问:"你新来的?"我点了点头。他又问:"谁动我的床铺了?"我没有回答,他走到他的床铺前踢了床腿一脚。"肯定是那个林护士,"他撇着嘴说,"别看她眼睛大,摘了口罩一点儿也不好看!"这话说的,我扑哧一声乐了。

16床的老头左脚有点跛,他绕到床头柜那边,拉开柜门时打了个饱嗝，看来刚才去吃饭了。他从柜子里拎出一只瘪瘪的旅行包，拉开拉链的动作生硬粗暴。让我意外的是，他从包里取出来的是一块长方形的绣花布。他捏着布块的两个角抖了抖，好像成心展览给我看似的。那块白色的粗布大约三尺见方，用几种颜色的线勾了花边，中间绣着鸳鸯戏水的图案，我一眼就看到了那对亲昵的、毛茸茸的鸳鸯。他把那块布折了几折，铺到枕头上，下边压着卷起来的被子，脱了鞋四仰八叉躺下来。"我靠墙才能睡踏实，还得枕上这块布。"他说，更像是自言自语。他老长时间不吭声，我把眼睛合上了。他突然问："你得的什么病，绝症？"这话说的，如果不是小林给我打过"预防针"，说不准我会发脾气的。我不理他，他又说："你的床铺上刚死过一个人，你不怕屈死鬼缠身？"我不清楚他说的是真是假。"我不骗你，"他说，"我得的也是绝症，夏天做的手术，说不定哪天就牺牲了。"我想告诉他我是一名退休教师，无神论者，不惧鬼神，终究没有讲。他又是老长时间不吭声，我又把眼睛合上。没想到他轻轻吹起了口哨，是信天游的调子。他吹得真不错，用抑扬顿挫来形容也不为过吧，我情不自禁默念起对应的歌词来："前半夜想你拉不着个灯，后半夜想你翻不转个身……"看样子老头是乡下人，会不会是个羊倌？口哨声戛然而止，他夸张地打起了呼噜，分明是装的。

　　就这样躺了半个小时，老头去了趟卫生间。他关门的声音很重，进了卫生间后吊嗓子般咳嗽了两声。他拎着裤子从卫生间出来，门也不知道关，似笑非笑地问我："我把你吵醒了？"我说："我本来就没有睡着。"我撑着床沿爬起来，他系好裤子坐在了18床上，目前为止18床的床位还空着。他个头矮，坐到床上后两脚悬空，晃来晃去的。"你贵姓？"他问，没等我回答他接着说，"我免贵姓胡，大名胡来旺，认识我的人都叫我胡来。"说着咧开嘴笑，他上边的一颗门牙掉了。我也做了自我介绍，他问："你究竟得的什么病，怎么不见你家属？"我只好说："孩子在外地，我住院无非割个痔疮。""那你老婆呢？"他问，这个"胡来"嘴可真多呀！"那你老婆呢？"我反问他，"你老婆怎么没来陪护你？"他又笑，笑容却不比刚才调皮。"我一辈子都没有结过婚,"他说,"但这并不能说明我没有老婆,这就看你怎么理解老婆这两个字了,我老婆长得像一朵牡丹花,她可是全中国,不,她是全世界最好看的女人……"他说了一长串话,嘴角挂着白沫,我越发糊涂了。

老胡——后来我一直这样叫他——他和我套近乎原来是不希望18床再安排病人。"老周我不骗你,我打呼噜打得地动山摇,有一次把屋顶的老鼠吓得掉了下来,你晚上睡到18床毕竟离我远一些……老周你想想看,就算你我都不需要陪侍,不需要这张床,谁又知道18床病人得的什么病?万一是新冠肺炎呢?'生命真可贵,爱情价位高',我们不得不防呀!"老胡这样讲,我又想笑。我说现在哪个医院床位都紧张,患者应该遵守医院的规章制度。"狗屁制度,"老胡从床上跳了下来,简直是跳下来的。他那只跛脚崴了一下,我慌忙扯住他,他挥了下胳膊把我扒拉开。"狗屁制度,"他又说,"制度是死的,人是活的,老周你必须配合我!"没等我说什么,他一瘸一拐甩着大步出去了。

我不清楚老胡要干什么,来到门口时他已经在楼道中间拐了弯。又走几步,就听到了他的叫嚷声,他去了护理站那边。老胡说:"你们再不能给18床安排病人了,17床是退休教师,他有严重的失眠症,教师最光荣,医生也应该尊重教师!"我有些生气,老胡凭什么拿我说事,这不是拉仇恨吗?一个小护士果然说:"17床有什么诉求让他自己来说。"老胡说:"知识分子脸皮薄,你们应该尊重知识分子的脸皮。"另一个护士说:"16床,请你不要无理取闹,这里是医院!"这个声音听起来像小林护士,但我不敢肯定。"我怎么无理取闹了?我是提醒你们尊重人民教师,人民教师为人民。"老胡的声音更高了,接着我听到护士长的声音,护士长沉稳老练:"老胡,你也算熟人了,医院有医院的规矩,如果其他病室空着床位,我们尽量不往18床安排,这样你满意了吧?"老胡说:"还是护士长讲理,你们应该学着点,要不一辈子当兵。"那边老长时间没声音,我匆忙返回病室,感觉像做了一次贼。

老胡回来后我不情愿搭理他，他皮笑肉不笑，雷公嘴丑死了。他帮我出去打了壶开水，想以这种方式赔礼道歉。"老周，"他又坐到了18床上，"其实我应该叫你小周，我起码比你大十岁吧。"我仍旧不理他。"是这样老周，世界上任何事情都是有前因后果的，有些事情看起来没道理，其实里边的道理多着呢，有些人看起来不讲理，但他并不一定是坏蛋，说不定还是个重情重义的家伙。"这话说的，我在乡下待过十几年，乡下人很少有他这样饶舌的。"老周你说话呀，不能让我这张热脸对着个冷屁股，前几天我找人算了算，我最多也就活九个月了。"他又从床上蹦下来，我才不管他会不会崴脚呢。"老周，我这样干真有原因，"他继续饶舌，"我想留着18床让米桂莲住进来，这样我们就可以团聚了……"

我吃了一惊，老胡的声音哽咽起来。

二

出院以后我再没有和老胡联系过，到现在快一年了吧。我当了三十多年中学语文老师，年轻时候也做过文学梦，喜欢发呆，喜欢幻想，喜欢夜深人静时仰望星空。我承认，当我现在讲述老胡的故事时添加了感情色彩。老胡是个重感情的男人。

老胡还真是个羊倌。老胡五岁那年父亲就去世了，母亲带着他改嫁到其他村庄。但老胡和养父合不来，因此养父与母亲也产生了隔阂，十一岁时老胡跑回爷爷奶奶那边再不肯回去。可怜的老胡，几年后爷爷奶奶相继去世，他开始一个人生活。

这些其实没什么好讲的，我主要是想讲一讲老胡的爱情。老胡孤苦伶仃，家徒四壁，十四岁上开始放羊。我在乡下教书时就知道，羊倌大多是穷困潦倒的光棍汉，老胡能有什么爱情呢？倒是有人说三道四，老胡在羊身上找到了他的爱情。

事实当然不是这样，老胡说，他十四岁上就开始恋爱了。我和老胡睡眠都不好，其实他不打呼噜，我记得那一天我们聊到了凌晨三点。老胡说，他们为米桂莲家代放一只小羯羊，上午他们赶着羊群离开村庄前米家人把羊送来，傍晚时分再把羊接回去，接羊的任务就是由米桂莲完成的。"你不知道那个小丫头多漂亮，"老胡说，"她瓜子脸，杏核眼，红头绳扎着两条小辫，噘起小嘴来那可是人见人爱，花见花开，我一看到她就不会走路了。"我和老胡都侧身躺着，面对着面。楼道里的灯光透过门上的玻璃照进来，我看到了老胡沉醉于往事的样子。老胡格外关照米桂莲家那只小羯羊，连他师傅都看出来了。有一次他在山坡上对着一块大石头撒尿，他师傅在他屁股上冷不丁拍了一掌，他尿到了裤裆里。师傅说，你小子的家伙长大了，记住不能让它犯错误。老胡臊得厉害，赶紧把他的家伙藏起来，好像真犯了错误似的。

米桂莲的父亲在城里当工人，母亲精明干练。老胡当然明白，他不可能把米桂莲娶进家门。半夜里老胡躺在一盘大炕上胡思乱想，就算倒插门，就算他情愿当牛做马米家人也不会同意吧。又想，如果米桂莲的身世像他一样凄苦就好了，如果米桂莲长得丑陋一些就好了，这样可以拉近两个人的距离。又想，如果米桂莲相貌丑陋，他还会着了魔一样喜欢这个小姑娘吗？白天在野外放羊还好说，夜晚他觉得他快要疯掉了。

既然米桂莲的父亲时常不在家，便由母亲去挑水，米桂莲总是挎着一盘井绳跟在后边。老胡找到了规律，一大早便挑着水桶磨蹭着往水井那边走，看到米桂莲和她母亲后他加快步子，他要替米桂莲的母亲从水井里拔水。他使着蛮力，头也不抬，一口气把两桶水从深井里拔起来。米桂莲的母亲向他道谢，他的脸烫得快烧起来了。有一次，他挑着一担水情不自禁地追上了米桂莲和她母亲。他一声不吭，把水倒进米家的水缸后仓皇而去。那以后，老胡就开始替米桂莲家挑水。清早米桂莲一开院门，就会看到两桶水放在门前，老胡则抱着比他还要高的扁担羞答答站在一旁。老胡耷拉着脑袋，真像犯了什么错误似的。米桂莲的母亲通情达理，她逐渐接受了老胡给她家挑水。她看着老胡可怜，有时会接济些食物，还把一床旧棉被送给了老胡。米桂莲的母亲时常还会表扬老胡几句，说这孩子老实本分，腿脚勤快，可惜命不好。倒是老胡的本家叔叔婶婶们对老胡有了意见，他们平时可没有少关照老胡，也没见老胡给谁家拎过半桶水。一位婶婶叉着腰质问老胡，老胡吓得抱头鼠窜。

变故发生在老胡十六岁那年。腊月，一户人家娶媳妇，村里好多人去帮忙。迎亲前一天，院子里闹腾腾的，总管给老胡安排的任务是洗碗。谁都知道事宴上洗碗是一件又脏又累的苦差事，谁家办婚丧事都会安排老胡洗碗。老胡蹲在窗根下洗得很认真，他毫无怨言。窗玻璃已经擦过了，几个女人觉得没有擦干净，贴窗花前还要擦一次。老胡一抬头看到了米桂莲，他当然早就看到米桂莲了，只不过没有看到擦玻璃的米桂莲。米桂莲长高了，她在屋里贴着窗台站着，一只手握着一团报纸，擦几下，然后便把脸凑近玻璃，嘟起嘴哈一口气。其实玻璃已经擦得相当干净了，米桂莲那张脸如此逼真，又近又逼真，老胡忘记了洗碗，他简直看傻了。他不记得自己是怎么站起来的，又是怎么往窗前挪了两步。当米桂莲再次把嘴嘟起来靠近玻璃时，老胡飞快地把他的嘴凑上去，在冰冷的玻璃上吻了一下。老胡简直疯了。老胡说："虽然隔着一层玻璃，但我觉得亲到米桂莲了，她的嘴唇肉嘟嘟的，香喷喷的，我连着好几天都没有刷牙洗脸，我连饭也不舍得吃。"老胡坐起来舔了舔嘴唇，他又陶醉了。但老胡被人揍扁了，我怀疑他没有刷牙洗脸是因为躺在炕上动弹不得。他落下个坏名声，脊梁骨快被人戳断了。

米桂莲是二十一岁那年嫁人的。老胡说："你不知道米桂莲出嫁那天我多么伤心，我后半夜跑到了村外，我想跳进鱼塘喂鱼。我一只脚已经跨进鱼塘了，转念又想，万一米桂莲的男人死了呢，那样的话我还有机会。我脱下鞋扔掉一只，又不想死了。"我和老胡开玩笑："老胡你不想死是因为鱼塘的水太冷吧？"老胡咧着嘴笑了。老胡说："我那时候就盼着米桂莲的男人死，我还设想过好几种办法，想把那家伙干掉。"我说："老胡你心术不正。"老胡说："我确实反省过，如果不是因为我隔着玻璃亲了米桂莲,说不定她会找一个更好的男人,他娘的,那个姓武的男人能比我强多少?"我又笑,老胡说:"米桂莲嫁人以后我干什么都没心劲了,少言寡语的,有一年冬天不知从哪儿跑来一个又痴又傻的女人,好多人动员我把她领回去,我气得肺都炸了。结果我们村的另一个光棍把那个女人领回了家,第二年生了个白白胖胖的儿子。他们嘲笑我,胡来啊胡来,你一辈子都在胡来,你连一件正经事都没有办过。狗屁!他们懂什么,燕雀安知鸿鹄之志哉?"

我问老胡,他连小学都没有毕业,怎么会掌握这么多词语,还鸿鹄之志呢!老胡说:"我放羊时候听收音机呀,收音机里什么没有?这几年又用上智能手机,信息更多了。对了老周,咱们两个加个微信吧。"我打了个长长的呵欠,老胡的故事只能第二天接着听了。

三

老胡六十五岁那年,米桂莲的男人去世了。老胡耐着性子等了三个多月,装扮一新跑到了米桂莲家里。"为什么等三个多月呢?"老胡说,"起码得让人家过了百天吧,要不我心里有愧。"我又和老胡开玩笑:"起码应该过三年,老胡你太不像话了!"老胡急了,这是在傍晚时分,他又坐在了18床上,悬空的两只脚晃来晃去。老胡说:"可我都六十五岁了,我等了四十多年,谁他娘还有耐心继续等下去?"

老胡这样说,我想起来多年前读过的一部小说,叫《霍乱时期的爱情》,小说里那个我记不得名字的外国老头就是这么干的。我怀疑老胡在收音机里听过这部小说。"老胡,"我问他,"都四十多年了,你还是那么喜欢米桂莲?"老胡说:"有时候我也觉得挺没意思的。"他的两只脚不晃了,"米桂莲不是嫁到了镇上吗?四十多年里我见过她三十多次,她一次比一次老,都变成个胖老太婆了。""那你到底还喜欢不喜欢她?"我追问。"怎么不喜欢?"老胡说,"喜欢米桂莲是我一生的事业。"

与《霍乱时期的爱情》中的情节真有点像，天黑以后老胡敲开了米桂莲家的院门，米桂莲把他赶走了。"你给我滚！"老胡还没有开口就碰了一鼻子灰，铁皮院门咣当一声合上了。院门上挂着没有撕干净的白纸屑，老胡再次敲门，米桂莲拉开门泼出一盆洗碗水。老胡躲闪不及，崭新的夹克衫和牛仔裤都给浇湿了。老胡并没有生气，他也够调皮的，他把带来的一包点心和一包糖果隔墙扔了进去。

　　"信念是一盏灯，"老胡说，"那时候我可是信心十足啊，米桂莲迟早会让我进门的。"我问老胡："老胡，你哪来的自信，这可有点不知廉耻啊！"老胡说："时代变了，轻舟已过万重山，老胡不是过去的老胡，米桂莲也不是当年的米桂莲了。"

　　老胡仔细分析过当时的形势。老胡说："老周你想想看，我十四岁放羊放到六十五岁，还能没点存款？我攒了三十八万呢，几个本家侄儿争抢着讨好我，还不是盯着我的钱？我才不搭理他们呢。再说米桂莲，她生了两男一女三个孩子，闺女还好，那两个儿子都在城里打工，拖家带口，还买了商品房，日子过得紧巴巴的，米桂莲攒的那几个钱给男人看病都花光了。"老胡说话说多了有点气喘，他喝了口水继续说："这只是一方面，我们家米桂莲可不是贪图我的钱财，她和两个媳妇都合不来，一个人住在村里，谁还能不害怕孤独呢？老周你明白，我可是又会说话又会来事的人，还办不成这点事？"老胡又在吹牛了。

　　老胡说，他第五次登门米桂莲就让他进去了。米桂莲瞪着眼质问老胡："胡来旺你到底想干什么？"老胡说："他们都叫我胡来，就你米桂莲叫我胡来旺。"米桂莲皱了下眉头，忍不住笑了。"老周啊老周，米桂莲一笑我就知道事情成了，关键是我从她的笑容里看到了她小时候的样子，就算人老珠黄，米桂莲打扮打扮还是可以领出去的，那时候我他娘真是心花怒放呀，恨不得马上抱住她亲她一口。"

　　"然后呢？"我问，我发现我也有点心花怒放的感觉。老胡说："后来还不是水到渠成，五个月后我就屁颠屁颠地搬到米桂莲家里住了，过年时我放了五百块钱的炮。""老胡你是说又过了五个月,你等得及吗?""老周啊,好事多磨对不对?这中间还有波折呢,米桂莲的闺女还好,她那两个儿子就是两只拦路虎,有一天傍晚我刚到米桂莲家,那两个龟儿子从城里回来了。他们人高马大,火眼圆睁,二话不说,把我揪到院子里就是一顿打,看看我这颗门牙,就是被老大一拳头砸掉的。我抱着脑袋蹲下来,他们又踢我,老二穿着皮鞋。我咬着牙一声不吭,更没有还手,我等着米桂莲跑出来阻拦他们。如果米桂莲一直不吭声,我决定以后就不来了,心如死灰呀。我等啊等,他们踢了一脚又一脚,都把我踹翻了。我嘴里流着血,浑身上下里里外外都在流血。后来米桂莲就从屋里冲出来了,她大声喊,你们给我住手,是我让胡来旺来的!我的天,原来她手里握着一把剪刀。她挥舞着寒光闪闪的剪刀冲过来,那两个龟儿子终于收手了。"

"老胡你的意思是那两个龟儿子接受了你?"我给老胡倒了杯水。"老周啊,你还是太年轻,哪有那么容易?但我会来事呀,我有钱,钱能解决好多问题是不是?"我点了点头,老胡笑了笑。这一次,老胡的笑容多少有些无奈。"总之他们是默许我住到他们家里了,我搬过去以后他们很少再回去,过年时他们倒是回去了,可他们一回去就不让我在了,我只好回自己家里一个人过年,我从来都不盼着过年。"

我忍不住叹了口气。老胡说:"无所谓,与我和米桂莲的幸福生活比,这点儿委屈算什么?老周我和你说,那三年真是我一辈子最幸福的时候,我胡来旺从小到大什么时候幸福过?我他娘羊也不放了,羊那叫声听起来像哭,一只羊叫还好说,几十只上百只羊一起咩咩地叫你听听看?好多时候我觉得羊群是在给我这个可怜人送葬呢。我搬到米桂莲家后情况就不一样了,我想吃什么米桂莲就给我做什么,我让米桂莲给我捶背她就给我捶背,我让她给我抓痒她就给我抓痒,我说米桂莲你亲我一口,她就骂我老不正经,但她还是笑了,她一笑我就觉得这辈子值了。老周我和你讲,我每天都会让米桂莲笑够十次。有一天她死活不笑,她男人刚过三周年,我就攀到她家那棵老杏树上给她摘杏子,不小心给摔下来了,我这只脚就是那时候摔坏的。我躺了好多天，米桂莲把我照顾得真好，我又觉得这辈子值了。我拉着米桂莲的手想，我一定要把身体保养好，和米桂莲好好过日子，我和米桂莲起码要活到一百岁。不管我和米桂莲谁先死，我们都是永别，我们不可能埋到一起的，米桂莲到阴间后还要和她的男人做伴，我们两个只是一对露水夫妻。老周我和你讲，那时候我就明白为什么《西游记》中那些妖魔鬼怪都想吃唐僧肉了，他们希望幸福生活万年长！"

老胡接着讲："等我的脚好起来后，我就开始买保健品，我前前后后买了两万八千块钱保健品，米桂莲不想吃，我就逼着她吃，我说小莲子啊——和她住到一起后我一直这样喊她，一喊她小莲子我精神头就足了，我说小莲子啊，这是长生不老药，我们吃了以后会越活越年轻，你的白头发会变黑，身材也会越来越苗条，说不准我还会长个子呢。米桂莲把药片一口吞下，捂着嘴又笑了。老周啊，我现在肠子都悔青了，我被卫生院那个卖药的小伙子害得不浅，我和米桂莲吃保健品吃坏了你知道不？吃了半年保健品，米桂莲就脑梗了，后来又犯了一次病，厕所都上不了了，后来我又得了胃癌，我他娘恨不得把那小子一刀宰了！"

老胡又蹦到了地上，他捂着肚子气愤地走来走去，那只脚看起来跛得更厉害了。我想劝劝老胡，又不知说什么好。看看手机，又到后半夜了。突然听到细碎的脚步声，然后房门被人敲响："16床和17床，你们安静点，早点休息。"我听出来是小林护士的声音，赶忙应了一声。老胡收住步子，扭头往房门那边瞅。小林护士走远后老胡气呼呼地说："那个小丫头事可真多，别看她眼睛大，摘了口罩一点儿也不好看！"我又笑，无论如何我和老胡该休息了。

四

说来有点尴尬，我住院无非是割个痔疮，没想到会牵扯到糖尿病。血糖一下子降不下来，手术只能往后推。老胡是来化疗的，但他的白细胞升不起来，也在往后推。小地方的医疗条件毕竟不能和大城市比。老胡倒也不急着化疗，他本来就有更重要的安排。这倒好，我们两个老头子聊啊聊，好像住院就是为了聊天，好像上天特意把老胡的故事赏赐给我似的。退休以后我蠢蠢欲动，我真的想把老胡的故事写成小说了。

按老胡的说法，是保健品阻断了他和米桂莲的幸福生活。米桂莲患病以后，老胡尽心尽力照顾她。老胡搀扶着米桂莲锻炼身体，每天给她按摩，每天让她泡脚。老胡做饭的手艺日渐精湛，他真是心灵手巧啊。有一次，米桂莲歪着嘴呜呜地哭起来。米桂莲吐字不清，老胡很快就明白了她的意思，多半是感激吧。老胡也动情了，差点儿掉泪。老胡说："小莲子你别哭呀，你是听上我吃保健品吃坏的，我一定会让你好起来，我要带你登一次泰山。"结果米桂莲哭得更厉害了。有一次，老胡到卫生院给米桂莲买药时遇到他的一个本家侄儿。侄儿嘲讽他："好我的叔，你这是花大价钱跑到别人家里伺候病人去了，这不胡来吗？"老胡把一包药摔在了侄儿脸上。与侄儿比起来，米桂莲那两个儿子倒是对老胡好了些。所谓的好，也就是少些横眉冷对吧。老胡一不做二不休，干脆表态说："你们哥俩放宽心，我会把你妈照顾好。"老胡说这话时甚至感觉这哥俩是他自己的儿子。

问题是老胡也生病了。老胡胃疼。吃药不管用，镇卫生院的大夫建议他到城里检查。老胡拖呀拖，他觉得不能再拖下去了，闺女回去探望米桂莲时他一个人跑到了城里。一查就查出了大问题，用老胡的话说，世界上所有的病都是吃药吃出来的，都是检查出来的。老胡后悔去检查，后悔也晚了。医生建议老胡抓紧手术，他又拖了两个月。老胡觉得再不能拖下去了，他做过好几次噩梦，癌细胞像《西游记》里那些青面獠牙的小妖怪，在他的身体里四处流窜。"小莲子呀，"有一天晚上老胡和米桂莲说，"我得去住院做个小手术，走不了几天，你在家等着我呀！"米桂莲歪着嘴笑了笑，等她反应过来后又呜呜地哭了。老胡也哭，好多年了，这是他第一次流泪。第二天，米桂莲的闺女回来了，老胡安顿好闺女，一个人又进了城。老胡走的时候带上了米桂莲的那件刺绣作品，绣着鸳鸯戏水的布块并不是枕巾，而是白天搭盖在被子上的一块苫布。老胡喜欢这块苫布，看到那两只亲昵的鸳鸯，老胡到医院后就不害怕也不孤单了。

"米桂莲的闺女对我还不错，"老胡说，"她叫青珍，喊我叔叔，我住院的时候她还提着牛奶、水果去看过我呢。"我问老胡："老胡你住院的时候谁陪侍的你？"老胡说："我花钱雇了个护工，钱真是好东西。"我又问："那你做手术谁给你签的字？"老胡说："我自己签呀，因为这点事我还和大夫吵了一架呢。他们担心我手术有什么意外，我说有什么意外我认了，反正没人给我签这个字。我写了保证书他们也不认账，最后还是青珍来做了个证人，当时我真想喊她一声闺女呢。老周我和你讲，以前我一直以为自己不怕死，可一进手术室我就怕了，我吓得浑身发抖，气都喘不上来，如果不打麻药，说不定会吓死的。"我忍不住笑了，老胡说："老周你以为我和你开玩笑呀，真是这样，等你进手术室的时候试一试，谁都别吹牛，每个人都害怕死，如果他不害怕死，说明他这辈子白活了。"

老胡说那次他住了十五天医院。手术后老胡问大夫癌细胞扩散了没有，大夫让他保持"谨慎乐观"。"谨慎乐观啊老周，这是什么鬼话，他们的意思是让我每个月化疗一次，我才不理睬他们呢。"我问："老胡你的意思是以前你就没有化疗过？"老胡说："我还化疗什么，我快气死了，出院到现在半年多了，我还没有见过米桂莲。"

出院后老胡打了辆出租车回到镇上，米桂莲家院门紧闭，黑沉沉的铁门上挂着个大锁头。老胡跟米桂莲的邻居打听，原来米桂莲的儿女们把她接到城里了，再问米桂莲住到了谁家，邻居也不清楚。米桂莲原来用着个手机，自从老胡搬过来就停机了。老胡给青珍打电话，才知道米桂莲住到大儿子家，大儿子叫青山。老胡又给青山打电话，青山接起来后嗯了两声挂断了，老胡再打他也不接。老胡又给米桂莲的二儿子打电话，他叫青海。老胡告诉青海他从医院回来了，青海冷冰冰地说，以后再不要找他母亲麻烦了。"这他娘什么话？"老胡说，"他还好意思叫青海呢，青海是一个省，他狗屁都不如！他还教训我呢，他家闺女上大学，我给过她一万块钱。"气急败坏的老胡又坐着公交车返回城里，下车的时候他把从医院带回的塑料脸盆扔掉了。他打听到了青山在哪个小区住，但不清楚他住在哪栋楼。青山不接他电话，他找物业也问不出来。他在小区里走来走去，到傍晚时分总算看到了青山。青山开着一辆破旧的面包车回来，他一眼就认出了那辆车。他一瘸一拐跑过去，青山下车后翻了个白眼，好像不认识他似的。"那个龟儿子，"老胡又骂，"我冲他笑他都不理我，我跟着他往前走，他一把把我推倒了，他说以后你和我们家再没有任何关系，老周你说说这他娘什么话？"老胡捂着肚子气呼呼地走来走去，我仿佛看到他当时的落寞。老胡说："这两个龟儿子良心让狗吃了！"

晚上老胡在小旅馆住下来。他又给青珍打电话，现在他只能指望青珍了。但青珍也不接老胡的电话。老胡又骂青珍，八成是青珍把他的病情告诉了那两个龟儿子，他们认为老胡来日无多，怕将来惹麻烦呢。但老胡打了几次电话后青珍接了起来。"叔，"青珍还叫老胡叔，那一瞬老胡差点掉下泪来。"叔，我们觉得不能再像以前那样了，你和我妈都有病，两个人在一起怎么生活呢？"老胡一时语塞，让他说什么好呢？挂断电话后老胡又想到了死。但老胡又觉得不能死，死了就便宜那两个龟儿子了。即便要死，他也得见米桂莲一面，善始善终。

老胡冷静下来，第二天回到了村里。他抖擞精神把屋子清理了一下，他那个侄儿和另外几个村里人又来嘲笑他。"叔呀，这是哪阵风把你老人家吹回来了，你看你病了一场，还动了手术，米桂莲儿子没把你接到城里？"老胡气得刀口疼，他提醒自己不能发脾气，发脾气他就上当了。老胡说："我也就回来住几天，到时候自然到城里。"

过几天，老胡果然又进城了。老胡和青珍联系，他想去看看米桂莲。他的诉求如此简单。青珍在电话里说："叔，我倒是没意见，可我哪能做了我哥的主？"尽管如此，老胡还是来到了城里。老胡在马路上等着青珍。老胡看到青珍走来，一瘸一拐迎上去。老胡一开口声音就哽咽了。老胡问:"青珍,你妈的身体怎么样?"青珍叹了口气。青珍问:"叔,你的身体恢复得好吧?"老胡说:"我的身体没问题。"老胡在自己的肚子上拍了一巴掌,天阴沉着,刀口隐隐发疼。青珍说:"叔,我真做不了我哥的主,他们哥俩脾气都不好。"老胡笑了笑。青珍说:"叔,其实我觉得挺对不住你的,但真的没办法。"老胡又笑了笑。老胡拎着个鼓鼓囊囊的塑料袋,里边装着他给米桂莲买的礼物,有槽子糕、奶糖、鲜花饼,还有一瓶镇上的油坊做的芝麻酱。米桂莲喜欢吃芝麻酱,无论吃面还是吃米都会挑上一筷子。老胡把塑料袋递给青珍,让她转交给她的母亲。然后老胡从衣兜里掏出一沓钞票,五千块,青珍却死活不要了。"叔,我不能要你的钱,你还是留着自己花吧,你看病需要钱。"说完后青珍急匆匆走了,担心老胡追上她似的。老胡的眼睛模糊了,他望着青珍的背影,那背影和米桂莲年轻时候的背影多么相像。

我问老胡:"那时候你还有多少钱?"担心老胡误解,我也和他笑了笑。老胡说:"住到米桂莲家后我买了些家具,还有十八万呢。我忽然就觉得钱没什么用了,青珍不要我的钱,那两个龟儿子居然也不要,太不像话了!"老胡长叹一声,忽然唱了起来:"第一次去你家你不在,你爹打了我两烟袋;第二次去你家你不在,你妈拍了我两锅盖……"

老胡唱得真好,他的声音凄婉惆怅,我想到一位叫石占民的民歌歌手,据说他曾经也是羊倌。如果老胡唱歌的天赋年轻时候就被伯乐发现,他断然不是现在的命运了。

我无非想一想而已。

五

现在,我觉得有必要交代一下老胡的行动计划了,如果老胡的"计划"也可以称之为计划的话。

老胡一直见不上米桂莲。老胡和米桂莲之间唯一的联系通道就是青珍。老胡感觉出来了，青珍不欢迎自己给她打电话，要不电话迟迟不肯接，要不接起来也支支吾吾的。老胡问青珍米桂莲的情况，青珍总是说："还好吧。"或者，"就是那样。"打电话次数多了，老胡也觉得挺没意思的。老胡骂自己贱，他发过好几次誓，以后再不给青珍打电话了，管她米桂莲死活呢。老胡强迫自己回忆年轻时候因为米桂莲受到的伤害和欺辱，他想把米桂莲当成仇人、敌人。但老胡无法遏制对米桂莲的念想。"哪怕再见米桂莲一次，"老胡说，"见一次我就死心了。"

转机出现在上个礼拜。老胡给青珍打电话时又提出了诉求，能不能在青珍去他哥家看望母亲时把她母亲搀扶到阳台上，他从院子里远远地瞅她一眼。老胡说："青珍，叔求你了，叔一辈子很少求人，你就看在叔这张老脸的情面上帮叔一次吧。"电话那端，青珍良久无语。老胡说："青珍啊——"青珍说："叔，我妈住到我这边了。"老胡惊得差点儿把手机扔掉。

老胡后来了解到，因为米桂莲，她那两个儿媳还吵了一架，那两个龟儿子差点动了手。米桂莲的弟弟主持公道，安排两个儿子轮流伺候母亲。乡下祖宅没青珍的份，她也就不承担义务。青珍却担心母亲遭罪，主动把米桂莲接到自己家里。老胡如临大赦，迫不及待要求去青珍家看望米桂莲。青珍支吾了两声，算是答应了。老胡情不自禁哼起小调，他到镇上买了槽子糕、奶糖、鲜花饼，还买了一瓶芝麻酱，他坐着公交刚走到半路上，青珍又打来了电话。青珍说："叔，你还是别来了，不方便。"老胡急了，公交车司机正摁喇叭。老胡说："青珍你说什么，青珍啊——"

我迫不及待地问老胡："青珍不是通情达理吗，她怎么变卦了？"老胡说："其实不是青珍变卦，是他男人不同意，他男人是卖肉的。""老胡那你还是没见上米桂莲？""当然，"老胡说，"我在公交车上一口气干掉六个槽子糕，差点儿噎死！"

老胡又给青珍打电话，每天都打，后来青珍干脆不接他电话了。老胡继续打，青珍终于接起来。青珍说："叔，真的不方便。"老胡央求青珍，青珍说:"叔,我妈的病更严重了,我准备让她住院看看。"

"所以,老胡你就来住院化疗了?你想在医院见到米桂莲?你还想让米桂莲和你住到同一个病房?"我这样说,好像破了大案要案似的。但我真觉得有些离谱。我问老胡:"即便米桂莲住院,你怎么肯定她会住进这家医院?"老胡立马反驳我:"怎么不可能?米桂莲上次看脑梗就住在这家医院,况且青珍家就在附近,她家小区离这里也就两站地。"我说:"好吧,就算米桂莲真来这家医院,她患的是脑梗,不可能住到外科病房,更不可能和你住一个屋。""这个我承认是临时起意,我看到病房里空着两张床就想让米桂莲住进来,万一呢?"老胡挠了挠脑袋。我想和老胡说,事情往往就坏在"万一"两个字上,不切实际的空想容易让人走火入魔。但我并没有讲,我不忍心伤害老胡。

好几次,我发现老胡偷偷把药扔进了抽水马桶。老胡装模作样的,手掌使劲往嘴巴上一捂,喝一水,停顿片刻后进了卫生间,然后我便听到了水流声。老胡不希望我发现他扔药,大约担心我向护士举报吧。老胡这么干当然是不想让白细胞升起来,化疗也就三四天,化疗结束后他就没道理赖在医院了。

老胡每天都会往一楼跑几次,在办理住院的窗口询问有没有一个叫米桂莲的女人住院。老胡问得人家有点烦了,没等他开口窗子里便飘出一句话:"没有一个叫米桂莲的女人住院!"老胡返回病房后骂骂咧咧的,说现在医护人员服务态度真差劲。刚好小林护士进来整理床铺,小林拎起老胡那块绣着鸳鸯的苫布看了看,让他收起来,老胡不答应了。老胡说:"凭什么让我收起来?"小林说:"16床你应该遵守医院的规章制度。"老胡说:"谁让你碰那两只鸳鸯了?"小林赌气把苫布摔在了床上。眼瞅老胡要发作,我慌忙搂住他。我感觉像搂着一只禁脔的瘦猴子。

傍晚,老胡和我到医院的食堂吃饭。老胡的胃切了多半个,他食量小,晚饭喝半碗粥,泡半个馒头。我劝老胡:"老胡你吃点菜,要不营养跟不上。"老胡说:"医院食堂的菜难吃死了,哪有我家米桂莲炒得好?"

吃完饭，老胡会到街上散步，那天非把我拉上。傍晚的街道上乱糟糟的，车流量大，空气也不好，老胡领着我经过两个路口，转进一道巷子，进了一个叫粮油宿舍的旧小区。

老胡警惕起来，东瞅西瞭，我们俩来到一棵大柳树下。老胡指着前面一栋楼说："老周，青珍家在二楼。"天色已晚，多数人家的窗口亮起了灯。我往二楼瞅，一个女人的身影隐隐约约晃了一下。"青珍这闺女，不是说好让她妈住院嘛，今天还没动静。"老胡叹了口气。看来老胡每天都会来打探情况，但他还是会跑到办理住院的窗口询问。我又往二楼的窗口瞅，蓦然想起自己读书时暗恋过的一个姑娘，现在她当然也老了。大学毕业后我分配到乡下，每个礼拜天下午都会骑着自行车来一趟城里。天黑以后，我也会躲在暗处眺望一个窗口，等待暗恋的人出现。我好像跑了二十多次吧，有一次，我居然待到夜深人静。那个窗口的灯光突然暗下去，我无法遏制地涌出了眼泪。年轻时候可真傻呀。

老胡突然用胳膊肘碰了碰我，示意我往楼门那边瞅。一个胖男人东倒西歪走到了楼门前，手里好像拎着个酒瓶。男人骂骂咧咧的，开门的动作十分粗暴。楼门砰一声合回去，老胡说："老周，那就是青珍的男人。"我说："老胡你和他打过交道？"老胡说："没有，有一次远远地见他和青珍走在一起，还骂青珍呢。"我说："老胡你好像有点怕他。"老胡说："是有点怕，要不我早就跑到青珍家了，人老了，胆子就小了。"老胡的回答倒让我有些意外。

回去的路上，我不知道该和老胡说什么好。快到医院门口，老胡问我："老周，你在医院有没有关系？""怎么了？"我迟疑着问，同时把自己的社会关系捋了一遍。我前妻的一个侄女好像是这家医院神经内科的大夫，她叫红霞，不清楚她还认不认我这个前姑夫。"老周，我想让米桂莲快点住院，我等不及了，说不定哪天就完蛋了。"老胡又笑，我记得上次他表述这层意思时用的是"牺牲"。"老胡你不能瞎琢磨，先把身体调养好，留得青山在，不怕没柴烧。"顿了顿，我揭穿了老胡扔药的秘密，希望说服他配合治疗，老胡耷拉着脑袋一声不吭。

回到病室后老胡具体讲了他的想法。老胡想在医院找个"关系"，让人家给青珍打个电话，说最近医院搞促销，治疗脑梗可以优惠，好让米桂莲尽快住院。当然，"优惠"的钱由老胡来出。老胡把医院当成了菜市场，这想法太搞笑了。我一个劲儿摇头，他有些不高兴。我说："老胡啊老胡，就算有关系医院的人也不会办这种事，米桂莲住不住院，关键是她家里人说了算。"我劝老胡继续和青珍沟通，老胡说："别提青珍了，自从我住院以后她就没接过我的电话！"

六

第二天傍晚，我在粮油小区门口等到了青珍。青珍疑惑地四处张望，我慌忙向她走过去。"你是青珍吧，"我说，我微笑着打量这个四十来岁的女人，她身材瘦弱，穿着蓝色的运动衣，没有化妆，头发有些乱。"你到底是干什么的，找我有什么事？"她皱着眉头问。我把退休证拿出来让青珍看："青珍，别把我当成坏人，我是一名退休教师。"青珍说："可您找我到底有什么事？"我指了指附近一家奶吧说："我能请你过去喝杯酸奶，聊一聊吗？"青珍看了看手机，好在她没有拒绝。

我和青珍来到奶吧的二楼，靠窗找了个位置坐下来。青珍继续用怀疑的目光审视我，我直截了当地说："青珍，我是胡来旺的朋友，或者说病友，我们俩住在同一个病室。"青珍瞪起了眼睛，迟疑着问："胡叔他又住院了？严重吗？"我说："老胡住院准备化疗，手术以后他一次都没有化疗过。"青珍耷拉下脑袋，发出一声压抑的长吁。"胡叔他不能怪我，我也是没办法！"青珍抬起头来，声音有些冲动。她直盯盯望着我，我倒有点不好意思了。我说："青珍啊，老胡从来没有怪罪过你，老胡一直夸奖你通晓事理，对你母亲也孝道，老胡把你当亲闺女看待……"我还没有讲完，青珍抽泣起来。青珍说："其实我一直觉得对不住胡叔，他对我妈好，对我们也不错,可我真是没办法呀!"

我猜测青珍也是个没地方诉苦的人。我和她第一次见面,她就哭哭啼啼诉说了自己的处境。她的男人是个大老粗,动不动就发脾气,喝醉以后把家里好多物件都摔坏了。她的儿子明年就要高考,成绩并不理想,她之所以出来见我就是把我当成培训机构的老师了。她没有工作,以前在小区门口卖手擀面,自从把母亲接到家里后就顾不上卖了。"可我不能眼睁睁看着母亲受气呀,"青珍说,"我那两个哥哥不争气,我妈太可怜了……"

我一边劝慰青珍一边想,话都说到这个份儿上了,青珍的男人不在家的时候让老胡去探望一下米桂莲,应该不是多大问题吧。青珍仿佛洞察到我的想法,抹了把泪说:"有一件事情我觉得应该讲清楚,我不同意胡叔去看望我妈其实并不是因为我老公。"我疑惑地望着青珍,她又说:"就算我老公不同意,等他去卖肉的时候胡叔也可以去呀。"我点了点头,她叹了口气:"其实主要原因是我妈对胡叔有意见,她说话不利索,但别人还能听懂,她动不动就骂胡叔,说胡叔每天让她吃毒药,硬是把她祸害成这样,胡叔和她搭伙过日子就是为了报仇的!"

青珍的话让我有些吃惊,我相信一个正在流泪的女人不会说假话。但我还是问青珍:"你妈她真这样说的?青珍你是不是听错了?"青珍说:"我怎么会听错?我是觉得我妈脑子也出问题了,可看起来又不像,您想想看,这种情况我怎么能让胡叔去见我妈?胡叔受伤害不说,我妈情绪会激动的。"

回医院的路上,我仔细回味青珍讲过的话。米桂莲怎么会这样?或许人老了以后就糊涂了,自私了,又糊涂又自私。转念又想,青珍这样讲,莫不是给她拒绝老胡找一个冠冕堂皇的理由?她不让老胡探望米桂莲,是怕老胡受到伤害呢。我还是不相信一个流泪的女人会说假话。

病室的门半敞着,我进去时老胡四仰八叉躺在床上。听到动静老胡坐了起来,瞪着眼问我:"老周你跑哪儿去了?"我说:"我出去溜达溜达。"老胡说:"我都不出去溜达了,你溜达什么。"这话说的,我笑了笑。老胡的床头柜上放着一塑料袋水果,我问他:"有人来看你了?"老胡说:"老周你嘲笑我,谁会来看我?再说哪有天黑以后看病人的。"说着老胡站起来,从袋子里扯一根香蕉扔给我。我忙说:"老胡我正降血糖呢,不适合吃这个。"老胡说:"该吃就吃,医生的鬼话不能听。"

过了一会儿老胡告诉我,那袋水果是他自己买的。他把水果拎给主治大夫,人家不要,把他推出来了。他又把水果拎到护理站,放下就跑,但小林护士给他拎了回来。老胡这样干八成是想套近乎,拉关系吧。"那个林护士,"老胡说,"她又批评了我半天,说我偌大年纪了不懂事,说我不配合治疗,说我要是不把自己的身体当回事,谁都帮不了我!"

我劝慰老胡:"人家林护士说得对,老胡你应该配合治疗,身体是革命的本钱。"老胡笑了笑:"老周,那我倒要请教一下你这个人民教师,难道人活着就是为了活着吗?像我,就算多活三年两年,甚至十年八年,你觉得有什么意思?"我一时不知道如何回答。老胡说:"人活着就该有个念想,如果连个念想都没有,就算家里堆着金山银山,每天吃着山珍海味,你觉得有什么意思?"

我点了点头,承认老胡说得在理。但我还是想劝劝他,老胡不该往死胡洞里钻,除了米桂莲,他还应该有其他"念想"。我斟酌着话该如何讲,老胡拽了根香蕉啃起来。香蕉还有点青涩,看起来硬邦邦的。几天间老胡灰白的头发长出来了,胡子也没有刮,啃起香蕉来真像一只又老又瘦的猴子。我也吃起了香蕉,好像不把这根香蕉干掉对不住老胡似的。

这天晚上,我和老胡又聊到很晚。受老胡影响,我也产生了倾诉的欲望。我讲述着自己的经历,讲到失败的婚姻,过往的事情次第呈现,感觉像昨天发生的一样。"老胡,"我劝他说,"在感情的问题上我们不能钻牛角尖,一生其实很短,难得糊涂嘛。"老胡说:"老周看你说的,你糊涂什么,就算离了两次婚,你还有自己的事业,你桃李满天下。"我说:"老胡你也有事业呀,你养了那么多羊。"老胡说:"可我养的羊前前后后都被人杀了,这算什么事业?"顿一顿接着说:"老周你见过杀羊没有?羊哭得太恓惶了，有一次杀羊我膝盖压着羊的肚子，一刀子捅到脖子上，血一下子就流出来了，羊的肚子一鼓一鼓的，我听到羊还在喘气，真是作孽呀，我养羊本来就是在作孽！还有一次老周你知道不，羊挨了一刀后跑掉了，它在打谷场上转圈，血洒得到处都是，那场面让你八辈子忘不掉……"

我不希望老胡讲这些残忍的事。我想转弯抹角劝劝老胡，希望他把他和米桂莲的感情看得淡一些。转了好几道弯我还是不知道怎么讲。"老胡，"我说，"你唱歌确实有天赋，有没有想过参加民歌大赛？"我给老胡提供信息，我的一个学生在市委宣传部工作，他们每年都会组织民歌大赛。我转移了话题，老胡不吭声了。老胡该不会认为我又在嘲笑他吧。

倒是老胡又和我聊起了米桂莲。老胡说："老周，你回来以前我躺在床上差点儿想通一个道理，你认为我心心念念惦记着米桂莲是不是犯贱？"我没有吱声，总不能承认老胡犯贱吧。老胡说："老周，其实我好多时候也很鄙视自己，我他娘一辈子惦记人家米桂莲，好像是为了爱情，好像人模狗样还有点高尚似的，其实不是这么回事。"老胡本来已经躺下了，他坐了起来，又拽了根香蕉。老胡说："老周啊，实话跟你讲，除了米桂莲，我还有过两个相好的。"我也坐起来，老胡又笑了笑，这一次分明像坏笑了。老胡说："那两个相好一个是我们村的，另一个是邻村的，一个瘦，另一个胖，一个是寡妇，另一个男人常年在外地下坑，我和这两个女人前前后后加起来相好了五六年呢，现在你知道我胡来旺也不是那么简单了吧？"我接茬说："谁说你老胡简单了？你长着一肚子花花肠子。"老胡又笑，挠了挠脑袋，那样子还真有点可爱。

但老胡又叹气了。老胡说："他娘的，可我心里还是放不下米桂莲。"

七

第二天午后，小林护士推开我们病室的门，探进来半个脑袋问："16床，你是不是打听过一个什么女人住院的事？"我和老胡已经躺下了，老胡歪着脑袋问:"关你什么事?"小林说:"不关我事,刚才一楼打电话说你打听的那个女人住院了。"说着赌气般带上门走了。老胡愣怔了一瞬,跳下床追出去。老胡喊:"林护士你说什么,林护士你真是个好姑娘——"

我也觉得意外。老胡光着脚一瘸一拐返回来,他的目光亮了。我问老胡:"是不是米桂莲住院了?"老胡说:"我这就去住院窗口核实一下。"老胡急匆匆披上外套,趿拉上鞋,我劝他说:"老胡你别激动,走慢点。"我跟着老胡出了病室,来到等电梯的地方。电梯总也等不来,老胡向楼梯口跑去,好在外科在六层。

我说不来为什么没有跟着老胡下一楼去,他太焦急了,万一下楼的时候栽倒呢?回到病室后犹豫再三,我拨通了青珍的电话。我发现握着手机的那只手颤抖着,好像十分激动似的,铃声响到第五声青珍才接起了电话。我说:"青珍,我是老周,就是昨天找你聊天的那个老周。"青珍"嗯"了一声。我问:"青珍,你妈是不是住院了?"我觉得问得有些唐突,打这个电话本来就唐突,青珍又"嗯"了一声,挂断了电话。我后悔这时候打扰她,如果她母亲刚刚住院,她现在正忙着呢。

我有点手足无措的感觉,在病室里走来走去。这时候小林护士又进来了,她是来给我送药的。我的血糖已经降下去,趋于稳定,不出意外的话过一两天就可以进行手术。小林问我:"16床猴急忙慌的干什么去了?"我说:"小林你刚才不是告诉他有个女人住院了吗?"小林说:"他打听谁呀,这老头真是奇怪。"顿一顿又问我:"17床你见过16床喝药吗?我们都觉得不正常。"我点了点头,不忍心揭穿老胡。小林叹口气说:"他要这样维持不了多久的!"说着摘下了口罩,好像这声叹息让她感觉到呼吸受阻似的。小林真是个漂亮的姑娘。

过了一个多小时,老胡拖着他那条瘸腿,灰头土脸地回来了。他真的是灰头土脸,后背上还蹭了一片白灰。老胡坐到床上,弯着腰,耷拉着脑袋,过了起码有两分钟我才问他:"老胡,米桂莲住院了吗?"老胡缓慢地把头抬起来,他的眼里好像噙着泪。老胡用疲惫沙哑的声音说:"老周,你说我是不是居心不良？我总是盼着米桂莲住院，这下好，她真的住进来了。"老胡又把脑袋耷拉下去，出去走了一遭，他的声音突然就嘶哑了。

过了一会儿再问，我才知道米桂莲病得不轻。米桂莲不光嘴歪眼斜，还浑身抽搐，一大早被送到了医院，现在还在急诊室。老胡打听到这些后急匆匆往急诊室那边跑，老远就看到米桂莲的两个儿子站在楼道里。老胡来了个急刹车，匆忙背过身去。后来老胡躲到了楼梯口，隔一会儿便探身向那边张望，难怪他后背上蹭了一大片白。

"其实我也不是怕那两个龟儿子，我是觉得这时候再不能给米桂莲添乱了。"老胡又叹气，他突然问我："老周，你可以帮我去打探一下情况吗？我这两条腿现在软得像面条。"

这有什么不可以的，我转身就走，仿佛用果决的行动安慰老胡。差不多半个小时后我回来了，老胡焦急地问我："老周你打听到什么情况？"老胡走到我跟前，搓着手，担心我不告诉他似的。我说："老胡你别急，总的来说是好消息，你坐下听我慢慢讲。"我告诉老胡，米桂莲的病情已经好转，现在已经不抽搐了，正常情况明天一早就会转到普通病房。老胡良久无语，我担心他不相信我的话，告诉他我是托了医院的熟人打问的。我说的熟人就是我前妻的侄女红霞，为此还闹了一场误会。怪我没有把话讲清楚，红霞还以为患病的是我现在的妻子呢。五六个患者在问诊，红霞脱不开身，给急诊那边打过电话后问我："阿姨什么时候来的医院，多大年龄了？"我支吾着，一时没有反应过来。我谢过她准备走，她拽过来包，取出二百块钱递给我："姑夫，我还是这样称呼您吧，您替我给阿姨买点营养品。"我慌忙推辞，告诉她打问的人是朋友的妻子。她笑了笑，我心里五味杂陈。我还记得红霞小时候的样子，她最后一次到我们家应该是读大学的时候。红霞送我出来，我想打问一下她姑姑的情况，终究没有开口。

我没有告诉老胡，其实我还到急诊那边走了一遭。我在楼道里遇到青珍，青珍瞥我一眼，匆忙把头垂下去。看得出她不想搭理我，但我还是问她:"青珍,你妈好点了吧?"青珍没有抬头,又"嗯"了一声。我又问:"你哥他们走了?"青珍又瞥我一眼,抬手指了一下,显得极不耐烦。我笑了笑,觉得自己怪讨厌的,没有再打扰她。往回走的时候我刻意从青珍的两个哥哥身旁经过,哥俩一个叫青山,一个叫青海,我想起来了。他们都靠墙蹲着,眉头紧锁,面色沉郁,说垂头丧气也不为过吧。哥俩凝重的神情告诉我,他们也许并不像老胡描述的那样不堪,他们还是爱他们的母亲的,世间有几个儿女不爱自己的父母?躺在急诊室的米桂莲,毕竟有三个儿女在等候和陪伴。

到傍晚时分,我叫老胡到食堂吃饭,老胡却不肯去。老胡又躺了下来,他全然不顾我的存在,把那块绣着鸳鸯的苫布盖在脸上。两只鸳鸯相互朝对方扭着脖子,它们刚好遮盖着老胡的脸,伴随着老胡的呼吸起伏游荡。我望着那两只鸳鸯,线头毛茸茸的,有点脱色了,甚至辨不清原初的颜色。它们依傍着,游得吃力,注视久了甚至觉得它们一动不动,让人不可避免地生出疑虑来。"老胡——""老胡——"我谨慎地喊了两声,担心老胡再不会回应似的。老胡终于开口:"老周你有文化,我想问问你,苍天到底有眼没眼呀?"我又不知道如何回答,有眼还是没眼呢?

等我吃完饭回来时,老胡起床了。老胡看起来精神了许多,他又让我和红霞打问米桂莲的情况,我婉转地拒绝了。"老胡,要不我去急诊那边帮你看看吧。"担心老胡不高兴,我的语气近似于讨好他。"算了,"老胡说,"无非再等一晚上,好事多磨。"老胡又笑,我又看到了他略显怪诞的表情。老胡到卫生间洗了把脸,他一边擦脸一边从卫生间走出来,问我:"附近有没有澡堂子,我想洗个澡。"我不清楚附近有没有澡堂子,和老胡说:"老胡要不你打两盆水,就在卫生间对付着洗洗吧。"老胡说:"我还想出去买个剃须刀。"我慌忙把自己的电动剃须刀拿出来,递给老胡。老胡说:"老周你不怕我有传染病?"我说:"不怕。"老胡说:"老周你真是个好人哪,第一眼瞅你我就知道你是个好人。"

老胡在狭窄的卫生间洗漱一番,胡子也刮了。屋子里真是热,他穿着背心裤衩从卫生间出来，我不由得皱起了眉头。我并非惊讶于老胡的举止，惊讶于他穿着白背心红裤衩。老胡太瘦了，又瘦又小，皮包骨头，恐怕连八十斤都不到吧。老胡刮了胡子，铁青的脸好像小了一圈，好像年轻了，又不像，总之让人觉得有些怪诞，甚至有些惊悚。

"老周，你看看我的刀口。"老胡笑着说，他把白背心撩起来，在肚子上拍了拍。他哪有什么肚子，肋骨隔着肚皮滚动着，我还没有看到他手术后的疤痕便使劲把目光抽了回来。

老胡又咧开嘴笑了。

八

好吧，现在我该讲一下疫情了。那天晚上我和老胡几乎没有合眼，不光老胡讲述他的故事，我也敞开了心扉。好多年了，我还没有和别人如此畅快地聊过自己。我们并没有感到困倦，天刚放亮就起床了。老胡没有带换洗的衬衣，我让老胡穿上我的衬衣，快把膝盖苫住了。老胡卷起衬衣的袖口，又套上棉衣，昨天晚上他用毛巾把棉衣外面擦了一遍，看起来清爽干净。老胡说："老周，我怎么感觉像是去相亲呢？"我说："就当去相亲吧。"我建议老胡吃点早餐，他拽根香蕉啃了起来。昨天晚上他就吃了两根香蕉，剩余的香蕉皮子都发黑了。

就在这当儿，小林急匆匆跑了进来。小林用异常严厉的口吻说："16床、17床，从现在起你们不能离开病区，别人也不能来探视，听清楚没有？"我和老胡疑惑地望着小林，小林加重语气说："疫情，疫情你们明白不？你们难道没有看新闻？"没等我们说什么，小林又急匆匆跑出去了。

我和老胡忙着打开手机。关于新冠肺炎疫情，我们早有耳闻，医院大厅门前也在宣传，进出大厅还增添了测体温的环节，但感觉形势并不严重。总觉得疫情是人流密集的大城市的事，没想到会波及我们这里，一夜之间形势便严峻起来。我和老胡到病室外看，其他病室也有人出来了。楼道口拉了条红绳，旁边摆两张桌子，全副武装的两个护士坐在桌旁把守，平添了几分紧张情绪。"我的天，"老胡说，"这是苍天在和我胡来旺开玩笑吗？"老胡的声音颤抖着，瞬间又变得嘶哑了。

我劝老胡少安勿躁。我给红霞打电话，现在好像顾不上脸皮了。米桂莲已经转到了神经内科病房，就在这幢楼的九层。我嘱咐红霞说："那个叫米桂莲的阿姨，你多关照着点呀。"等我挂断电话，老胡望着我说："老周，你真是好人哪！"老胡的声音又哽咽了。

我给青珍也打了个电话，现在只有青珍在医院陪护米桂莲。我告诉青珍有什么事可以找红霞大夫，我已经和她打过招呼了。青珍说："谢谢您啊，我在医院一个熟人也没有。"说着便抽泣起来。

老胡烦躁得厉害，劝都劝不住。他尝试着离开病区，被两个铁面无私的护士阻拦，竟和人家吵了起来。小林护士对我和老胡有监管责任，她跑过来训斥老胡，老胡手舞足蹈叫嚷："我也没有得肺炎，我要去看病人，你们凭什么关我禁闭？"我好歹把老胡拉扯回病室，小林跟进来继续训斥，老胡气急败坏地说："林护士你摘了口罩一点儿也不漂亮。"小林摔上门走了。

这种状况，我只好对老胡严厉一些。我说："老胡你如果再这样闹，神仙都帮不了你！老胡你能不能冷静点，事在人为，你和米桂莲总会见面的。"老胡躺到了床上，背对着我，再不肯说话。

我去找小林护士，代老胡向她道歉。小林护士先还沉着脸，等我给她讲了老胡和米桂莲的故事后，她乌黑明亮的大眼睛瞪了起来。我知道，如果她摘去口罩，那将是满脸的惊讶。小林直言快语，看起来性情刚烈，我眼瞅着她的眼圈红了，旁边另外两个小护士的眼圈也红了。小林说："16床啊——"

就在这天晚上，小林她们帮助老胡完成了他的心愿。那时候已经九点多了，到现在我清晰地记得当时的情景，记得小林把防护服递过去时老胡的错愕。小林说："16床，你这是逼着我们违反规定，逼着我们犯错误呢。"说着小林笑了，尽管她戴着口罩，但我知道她笑得十分甜美。

老胡穿戴好防护服，那身奇怪的服装又肥又大，老胡的样子有些滑稽。小林和另外一个护士带他出去，我站在病室门口目送他们通过两人把守的楼道口，向电梯走去。"老胡，"我想喊，"祝你顺利啊！"

大约过了一个小时，老胡回来了。老胡脱去防护服，小林把它收走了。我注意到老胡落寞的神情，谨慎地问："老胡，你见到米桂莲了？"老胡点了点头。我又问："你这身打扮，米桂莲认出你来了没有？"我多少带点玩笑的口吻，希望气氛能轻松一些。但老胡什么也没有说。老胡直接躺到了床上，也许他太疲倦了。

虽然疫情来了，但我的手术并没有推后。第二天八点半，我被推进了手术室。大夫给我打麻药的时候，我突然有点紧张，尽管做的是一个小小的手术。

等我回到病室时，老胡已经走了。小林护士流着泪告诉我，老胡死活要出院，谁都拦不住。我问小林老胡去看望米桂莲时发生了什么，小林说她也不知道，她只是在楼道里等候着。

我急忙给老胡打电话，但老胡不接，打几次他都不接。我想到了青珍，想给她打电话，犹豫再三并没有拨通。出院后我又联系过老胡几次，老胡还是不接我电话，发微信也不回。我想告诉老胡，他走的时候把那块绣着鸳鸯的苫布落下了，我希望有一天交给他。

后来，忘记是几个月后，老胡的手机便停机了。那块鸳鸯戏水的苫布我一直不知道如何处置。

少年刀

一

母亲训诫我的时候总会把黄金荣作为反面教材。母亲说，黄金荣纯粹是个流氓、阿飞、臭虫、小痞子，不务正业不走正道的混账王八蛋。母亲说，上梁不正下梁歪，黄明灯就不是什么好货，黄金荣迟早也要蹲号子的。母亲想方设法阻止我和黄金荣接触，却总是事与愿违。情急之中，她甚至泪流满面地把窝藏多年的一个骇人听闻的秘密讲了出来。你知道黄明灯是怎么娶到胡满香的吗？母亲说，黄明灯把胡满香的自行车钥匙扔到了村口那座石桥下，胡满香下去找钥匙，黄明灯就在桥洞里把她强奸了。虽然这件事情我早有耳闻，但母亲讲出"强奸"两个字时我的喉结还是使劲跳了一下，脸也烫了起来，好像这件不要脸的事情是我干的。母亲接着说，黄明灯有一次也把我的自行车钥匙扔到了桥下，幸亏我没有上他的当，那年我才十七岁，鞋都跑丢了。然后母亲就哭，我吃惊地望着她，这件事情我可从来没有听说过。我红着脸想，如果当年我母亲傻乎乎地跑下桥洞，那我就是黄金荣了。我就可以像黄金荣一样耀武扬威，呼风唤雨，一帮"狗仔子"都要称呼我为大王了。母亲还在哭，她抹泪的时候我发现她的眼睛在指缝间偷看我，我猛然有了很大的失落。我想母亲也许是在编故事吧，目的当然是让我与黄金荣一刀两断。我准备信誓旦旦地表个态，以回报她的不诚实，但这当儿我父亲进屋了。我父亲像武大郎一样身材短小，拎着一把歪把子镰刀呼哧呼哧地喘，好像手里的镰刀比石杵还重呢。就这他还要威胁我呢。他说，你要再跟着黄金荣鬼混我就割断你的腿。说着，他没有拿镰刀的那只手还像割谷草一样划拉了一下，那副样子可笑极了。我说好吧，以后我再不去招惹黄金荣了，这下你们满意了对不对？

我可没有说谎，事实上我一次都没有主动找过黄金荣，要找也是去找黄金宝。金宝和我一个班，我们还是邻居。让我奇怪的是，黄金荣的父亲黄明灯和金宝的父亲黄明照看起来像仇人一样，但黄金荣对金宝却比亲兄弟还要亲。有一次我们围坐在河岸上烤鱼，黄金荣拍着金宝的膀子说，金宝，我要是有你这样一个亲弟弟就好了，操，我妈就是不和我爹生！金宝抽了抽鼻子，两行浓稠的鼻涕抽进鼻孔后还探头探脑的，他什么话也没有讲。黄金荣大约认为他的话伤害了金宝，又拍了金宝一巴掌说，金宝，你就是我的亲弟弟，你爹是我爹的亲弟弟你怎么能不是我的亲弟弟呢？黄金宝又抽鼻子，因为他的两行鼻涕又流出来了。黄金荣突然帮金宝揩了一把鼻涕，这个动作让我们大吃一惊。黄金荣把金宝的鼻涕抹到了我的裤腿上，我居然还在笑，多半是让他感动的。除了喜欢流鼻涕，金宝还有另外一些显著的特征，比如说话和走路都慢吞吞的，比如眼角总是粘挂着眼屎，什么时候也蹙着眉头像是没有睡醒。这些特征可以证明他是一个老实本分的孩子，事实上也是，母亲并没有阻止我和他来往。我去找他做作业，或者玩，黄金荣在街上打个呼哨，我们便溜出来到村子后面的山坡上集合去了。这样我就说清楚了吧，我一次都没有主动找过黄金荣，是他打着呼哨在召唤我。我每一次都会向他飞奔。我一边奔跑一边想，这一次黄金荣会让我们见识什么新奇的玩意儿呢？黄金荣可以用自行车的链条制成洋火枪，我们杨村已经有三辆自行车让他祸害了。他还可以把不锈钢勺子改造成锋利的匕首，据说是跑到二十里外的北合流火车站，把勺子放到铁轨上让火车轮子压出来的。我想象过他蹲在铁轨旁的情景，他捏着勺柄把身体别过去，呼啸而过的火车淹没了他狂妄的笑声。他还可以用绳子套鸡。他带着我们趴在魏寡妇家的墙头上，当一只老母鸡不要命地扇动着翅膀腾空而起时，我们捂着嘴快让肚子里的笑声憋死了。去年冬天，他还把一只活蹦乱跳的老鼠丢到了装着煤油的铁皮筒里，我们以为老鼠会被淹死，呛死，他却把老鼠拎出来点着了。一团火焰箭一样射出去，很快就引燃了山坡上的枯草。火光冲天，一下子就把我的少年时代照亮了，这当然是我长大成人后的总结。长大成人后我还想，如果那时候父母亲团结起来打断我的腿，我还会不会响应黄金荣的召唤呢？我在睡梦中做出了肯定的回答。我会像孔乙己爬到咸亨酒店喝酒一样去投奔黄金荣，这家伙身上究竟有多大的魔力？我总是盼望着暑假到来。暑假一到，杏子就黄了，我也可以追随着黄金荣去见识比摘杏子更有意思的事情。

离开学还有一个礼拜，这个午后黄金荣把我们召集到了后山的地道口。我没有想到，这一次他要替金宝报仇。刚放假他就说过要替金宝报仇，我们以为他忘记了。他可真是一个言而有信、说一不二的大哥。每一次到后山集合，金宝总是最后一个到，他不情愿奔跑，而且走得太慢了。我想，如果金宝不是黄金荣的弟弟，黄金荣早就把他清除出自己的队伍了。黄金荣一边望着弟弟气喘吁吁地爬上山坡，一边问我们，你们谁去把晚生带来？我们都垂下了头，黄金荣笑了。黄金荣说，二狗、兔子、石头，你们他妈的天生就是狗崽子，老子靠你们坐不了江山。我就是石头，我们三个羞愧极了，抬起头来的时候看到晚生正爬上山坡。晚生看到我们后停下了，黄金荣喊，晚生，躲过初一你以为就可以躲过十五吗？晚生掉头想跑，黄金荣又喊，晚生你过来，我肯定不打你，咱们一起玩一个游戏。晚生就乖乖地爬了上来，他追上了金宝，还肩并肩走了一截，最终把金宝超越了。黄金荣说，走，到地道里去！大家都跟着他走，金宝还是走在最后。地道里又黑又凉，空荡荡的，阴风吹来，感觉像是通往一个深不可测的隐秘世界。二狗问我，石头，你说今天会玩什么游戏？我摇了摇头，估计他没有看清楚。晚生突然扭身想跑，黄金荣一把将他揪住了。黄金荣擦了根火柴，他点燃的是一条油毡，忽闪的火焰照出一群奇形怪状的影子。你们也给我点火！他喊了一声，又像是地道在喊，兔子给我们一人发了一块油毡，我们都点上了，晚生手里什么也没有。这时候我们才发现金宝根本就没有走进地道，或者走了几步就退出去了。晚生又想跑，黄金荣揪住了他的衣领。黄金荣扭头冲洞口喊，金宝，晚生用哪只手打的你？好长时间，金宝的声音才火苗一样颤抖着传进来。金宝说，左手。黄金荣说，晚生，把你的左手伸出来。晚生早就吓坏了，犹豫不决地伸出了左手。黄金荣说，是左手吗，让我看看。他丢开晚生的衣领抓住了他左手的手指。晚生尖叫了一声，黄金荣另一只手举着的火苗已经飘荡在他手心上边。燃烧的油粒开始往晚生的手心里掉，我们气都不敢喘了。啊呀，啊呀，啊呀……晚生惨叫着，黄金荣丢开他的手指，他像一只疯狂的猴子跳来跳去，两只手使劲地搓，发出哧啦哧啦的摩擦声。这就叫流星雨，黄金荣笑着说，晚生一直在跳。我还准备给你下点瓢泼大雨。黄金荣让我们同时把油毡举起来，晚生扑通一声跪下了。这个和我同龄的少年，阴暗的地道里忽闪的火光为他留下了一生的阴影。他叫喊着，我以后再不敢惹金宝了，金宝就是我爷爷、我姥爷、我舅舅、我爹……他居然这么喊，看起来快要疯掉了。这时候金宝却跑了进来。金宝说，哥。黄金荣说，金宝你听到晚生说什么了吗？金宝说，哥，外面。黄金荣说，晚生叫你爹呢，金宝你听到了吗？金宝说，哥，外面晚生爹找来了！

晚生的父亲王万年当过兵，每天早晨都会跑步。跑步其实说明不了什么，但我们还是认为他是一个本领高强的男人。还有一点也需要讲清楚，晚生的大爷，也就是王万年的哥哥王万顺是我们杨村的村支书。正因为有这样的靠山，晚生平时才会是一副志得意满的样子。

我们都以为王万年和黄金荣会有一场恶战。黄金荣果然拉开了架势，不仅脱掉了衬衣，而且把背心也脱掉了，还在飘忽的火焰里做了两次扩胸运动。他吩咐我们高举着火焰助威，一团一团火苗落下去，果然下起了流星雨。晚生缩到了墙角，他一声都不再叫，像是变成了傻子，又像是变得勇敢了，等待着父亲为他报仇雪恨。气氛如此紧张，我们根本就没有想到王万年跑进地道后居然慌作一团，哪像个本领高强的战士？他看清了晚生，拉着晚生掉头就跑，一边冲我们喊，你们赶紧回家！黄金荣冷笑了一声，王万年说，你还笑，你爹杀人了！黄金荣说，你爹正想杀人呢！王万年说，你爹真的杀人了！黄金荣说，你爹真的想杀人呢！王万年突然停下来，我们看到他站在洞口，一动不动的样子像一尊雕塑。王万年叹口气说，金宝，可怜的金宝啊，你们赶紧回家呀！然后他拉着晚生奔跑起来。我们都把王万年的话当成了阴谋，他显然就是个胆小鬼。黄金荣追到洞口，我们追随着他。我们看到一群人爬上了山坡，他们中间有我们的父亲和母亲。他们中间当然没有黄金荣和黄金宝的父亲和母亲。他们仓皇地叫喊，好像真的出事了。

二

魏寡妇家的猪怎么会生病呢？其实黄金荣带着我们只是套走了她家的一只鸡，并没有对猪下手。我们怀疑那头猪在和那只老母鸡谈恋爱。老母鸡被我们拔了毛裹上黄泥烤着吃了，那头猪郁郁寡欢，不思饮食，吃药打针都不管用，魏寡妇只好把它宰掉了。魏寡妇是请光棍汉赖伍帮她杀的猪。赖伍是个羊倌，一直在打魏寡妇的主意，拎着杀羊刀兴冲冲跑过去，一刀下去就让那头病恹恹的猪解脱了。赖伍忙活了整整一天，褪了毛，剔好肉，还想帮着魏寡妇去喜镇卖肉呢。但魏寡妇拒绝了他。魏寡妇给他五斤肉算是酬谢，赖伍坚决不要，掉头跑了，连杀猪用的杀羊刀也不敢去取，生怕魏寡妇再给他肉。大热的天，魏寡妇需要赶紧把猪肉处理掉。她用自行车推着肉，拎着赖伍的杀羊刀去喜镇叫卖，她还没有赶到喜镇，镇上的人已经知道她推的是病猪肉。价格一降再降，结果一天她只卖掉二斤肉。第二天上午她赌气不去卖了，下午却改变了主意，又从地窖里把肉扛了上来，一出家门就开始吆喝，割肉，割肉，给钱就卖！想了想又拍着肚子喊，我家的猪没问题，我已经吃了一肚子肉，快来买肉呀！她吆喝着来到村街旁那棵老槐下,老槐下乘凉的老人们只是冲她笑,并没有人买她的肉。倒是黄明照一边走一边安慰了她两句。黄明照和他老婆共同扛着一棵刚刚砍掉的榆树,虽然只有碗口粗,枝梢也削掉了,但还是把他老婆累得气喘吁吁。黄明照是这样安慰魏寡妇的:你还是去凤城卖吧,杨村的人和喜镇的人都知道你的肉是病猪肉。魏寡妇笑了笑,她的表情很快就僵硬了。她看到剃着光头的黄明灯向这边奔跑过来。黄明灯跑得太快了,阳光下的光头像一面闪闪发光的镜子。没等魏寡妇反应过来,黄明灯从她自行车后座上拔下了那口杀羊刀,斜着身子向黄明照刺过去。黄明灯总共刺了黄明照三刀,全部刺到了胸口上。第三次把刀拔出来后,他又刺向黄明照的老婆。黄明照的老婆瞠目结舌,直到刀尖插进胸膛后才发出一声泄气般细声细气的尖叫。随着这声尖叫,那根榆木滚落下来,黄明照和他老婆几乎同时倒了下去。

  就为了一棵碗口粗的树!事后我母亲不无惋惜地说,就为了一棵树,黄明灯把他的弟弟和弟媳妇全都杀了!母亲还说,黄明灯和黄明照早在一年前就因为这棵树干过架,如果不是他们的老母亲挡在中间,也许当时就出事了。黄明灯和黄明照对老宅进行了清算,黄明灯给了黄明照一笔钱,黄明照新盖了三间房成为我家的邻居,老宅则留给了黄明灯。但那棵榆树是黄明照栽的,当年黄明灯和黄明照一人栽了一棵树,黄明灯利用两棵树架了个秋千,据说是供他老婆胡满香晒太阳时候坐的。黄明照想砍掉自己栽的那一棵,黄明灯不同意。黄明灯说,谁敢砍树我就砍他。黄明照显然没有把这句话当回事,黄明灯去了一趟喜镇,他就和他老婆把树砍掉了。两个人和那棵树一起倒在了回家的路上。

  母亲在讲述这些时我想得最多的其实是那口杀羊刀。我一直觉得魏寡妇家的猪之所以生病是因为黄金荣带着我们套走了那只老母鸡。我的意思是,如果魏寡妇家的猪不生病,魏寡妇就不会请赖伍杀掉它,更不会带着赖伍的杀羊刀去推销她的病猪肉。这样,黄明灯就不可能在老槐树下遇到她,更不可能用那把刀杀掉黄明照和他老婆。我一直为此胆战心惊、心怀愧疚。我害怕警察在查办案件的时候顺藤摸瓜，把我们牵扯出来。那只老母鸡虽然是黄金荣趴在墙头上套上来的，但我们帮着拎过，帮着拔过鸡毛，还啃过鸡骨头。后来我和兔子、二狗流露出这种疑虑，他们两个一言不发。我们沉默着，好像一下子长大了。

我没有机会目睹案发现场的惨烈。父母亲一人揪着我的一条胳膊往家里走，两个人简直是健步如飞。如果不是黄金荣抄近路向老槐飞奔，我们说不定会追上他的。回到家里，父亲关上了院门，母亲的声音和腮帮子一直在抖。母亲说，杀人了，两条人命！母亲说，现在你知道为什么不让你跟着黄金荣鬼混了吧，现在你知道了没有？母亲哭了，我搞不清她的眼泪为谁而流，或者她干脆是被吓哭的。父亲蹲在屋檐下默然无声，他又把镰刀握在了手里，紧张而又警惕的样子像是担心黄明灯拎着血淋淋的杀羊刀闯进来。那黄明灯呢，他被警察抓起来了吗？我突然问，父亲腾一下站了起来，屋檐下踱步的母亲猛然僵住了。

据目睹案发现场的魏寡妇说，黄明灯杀人以后发了一会儿呆，不到一分钟的样子，然后突然龇牙咧嘴地笑起来，魏寡妇当下就吓得瘫倒在地。黄明灯举起杀羊刀看了看，好像还吹了口气，一滴浓稠的血从刀刃上滴落下去。然后他扛起了那根榆木，一手拎着刀，向家里走去。他的力气可真大，每一步都掷地有声，看到他的人远远就躲开了。后来他遇到了他妈。他妈的耳朵有点背，还没有人告诉她这场血案的真实情况。老太太愣了愣神，突然间跌跌撞撞地奔跑起来，看到儿子和儿媳倒在地上后扑通一声摔倒了。一伙人刚刚把魏寡妇搀扶起来，又警惕地去搀扶老太太，村支书王万顺也光着上身趿拉着拖鞋跑过来了。黄明灯回家后把那根榆木立在了墙根下，冲着另一棵榆树撒了泡尿才进了屋里。当时他也许在想，这是他最后一次在自己家里撒尿了。他拎着刀走进屋里，冲躺在床上的老婆说，我把黄明照和他老婆干掉了。他的语气比平时舒缓，胡满香吃力地从床上爬起来，望着他似笑非笑。胡满香说，他们给了十块钱。胡满香往窗台上指了指，看到他手里的杀羊刀后突然颤抖起来。黄明灯望着那张揉成一团的钞票笑了笑，揣在了怀里。我要走了，他说，把黄金荣教育好，不能让他变成杀人犯。然后黄明灯出了门，向后山那边奔跑。黄明灯回家后的这些情景是大家推测出来的，后来胡满香什么也没有说，这是她一个人藏着的秘密。但黄金荣跑到老槐下做了什么好多人都看到了。王万顺正指挥着一帮人抢救他奶奶，身边撂着他叔叔和婶婶的尸体，他皱着眉头收住了步子，人们看到他后赶紧躲开了，父子俩的身材相貌是如此相似。王万顺说，黄金荣，你想干什么？黄金荣瞪着眼不吭声，王万顺蹲下来抓起一块砖头。王万顺说，黄金荣，你难道也想杀人吗？黄金荣突然长啸一声，跑到老槐下对着树干拳打脚踢，那样子像是疯了。他终于平静下来，跨过叔叔的尸体跑到奶奶跟前，背起老太太撒腿就跑。后来人们才搞清楚，他是要把老太太送到喜镇卫生院。王万顺怎么就没有想到把老太太送到卫生院呢？后来他这样解释，万一老太太过去了，对她也是一种解脱，家里出了这么大的事还让她怎么活呀？后来警察就来了，先是三个，接着来了一大群，封锁现场后开始了对黄明灯的追捕。

那是一个月色惨淡的夜晚，父母亲在屋里守着我，连屋门都挂上了搭钩。大约是在晚上九点钟，我家的院门被敲响了。父亲握着镰刀来到院中，听清楚是王万年在喊他。公安已经做完了鉴定，王万年是来喊我父亲去帮着料理后事的。我父亲吞吞吐吐，根本就不想去，他把王万年放进来后问，黄明灯抓住了吗？王万年说，还没有。我父亲说，那些公安真是吃素的。王万年说，两条命说没就没了，咱们帮着去搭灵棚吧。我父亲只好去了，毕竟是邻居，以前黄明照也帮过我们家忙。他临走前把镰刀交给了我，还奇怪地摸了摸我的头，王万年突然笑了。王万年说，石头别害怕，就算黄明灯杀红了眼也不会跑到你家。然后又说，石头你告诉我，晚生手掌上的伤是怎么回事？我赶紧把头垂下了。

父亲走后，母亲又开始唠叨。母亲反反复复地说，现在你知道为什么不让你跟着黄金荣鬼混了吧，现在你知道了吧？我不好说什么，突然又想，如果母亲当初傻乎乎地跑下桥洞，她现在就是一名寡妇了。如果她不是编故事，她当初做出了一生中最正确的决定。然后我突然想到了金宝。发生了这么大的事，金宝跑哪儿去了？我问母亲，她叹了口气说，现在咱们哪儿还能顾得了金宝呢，金宝可真可怜，一下子爹妈都没有了。我听到金宝家的院子里好像有了响动，又问，金宝是不是回来了？母亲谨慎地开了屋门，半个身子斜出去听了听，扭头说，好像是帮忙的人到金宝家取东西。那金宝到底去哪儿了？我有点穷追不舍的意思，母亲把眼睛瞪起来。母亲说，石头你给我记住，以后不准你和金宝玩！我刚要反驳，院门又被敲响了，母亲迟迟不去开，外边的声音急促起来，外边的声音问，石头妈，石头在家吧，他看到金宝了吗？我听出来是金宝二姨的声音，发生了这么大的事，金宝妈的娘家人从邻村赶过来了。母亲还没有回答，金宝二姨呼天抢地地哭了起来。苦命的金宝啊，她一边哭一边说，苦命的金宝啊……那天晚上金宝究竟待在哪里，也许只有金宝一个人知道。后来，大约是两个月后我试探着问过他，他瞪着眼一声不吭。就在那时候，我发现他长出了胡须。他瘦了，但他高了。他不再流鼻涕，那两行鼻涕被他永远抽进了鼻孔里。

三

金宝父母亲的葬礼是在血案后的第五天举行的。这可真是一个奇怪的葬礼，我还从来没有见过同时为两个人举行葬礼。按照我们杨村的习俗，金宝的父母亲没有死在家里，所以死后也不能回家，两个人的灵棚搭在了河岸旁的草地上。五天过去，警察还是没有把黄明灯抓到，虽然大家心有余悸，好多人还是去帮忙了，连胆小怕事的母亲也去了。母亲临走前叮嘱我，石头你老老实实待在屋里做作业，妈把金宝爹和金宝妈送到村口就回来。我问她，中午要吃席吗？她叹口气说，吃什么席，金宝可真可怜！她果然锁上了院门，我真担心她连屋门也锁上。她走了也就十几分钟，我就从屋里出来了，攀着梯子爬上了屋顶。这几天母亲每天守着我，我快憋出疖子来了。脑袋越过屋檐的瞬间，真有那种重见天日的感觉，刺目的阳光在我脸上欢快地跳跃着。

站在我家屋顶上，目光跨过一大片枯黄的玉米田后就可以看到河岸。我果然看到了一长溜花圈，看到了阳光下绵延的白，看到了远处闪闪发光的河水。但我没有听到唢呐的鸣奏。以往村里死了人，出殡的时候都要请鼓乐班，但今天没有。花圈和白都在移动，蛇形的队伍缓缓地向我走过来，哭声变得嘹亮，渐渐地我看清人们的面孔了。天哪，我还看到了两个戴着大盖帽的警察。他们一边走，一边和支书王万顺嘀咕着什么。我以为警察是来保护出殡的队伍的，后来才搞清楚，他们主要是保护金宝的奶奶。这几天我虽然没有出门，好多信息还是从父母亲的嘴里不断进出来。据母亲说，黄金荣把他奶奶背到喜镇卫生院后就逃跑了，到现在还没有回来。卫生院的医生把老太太抢救过来，但没有人支付医药费，直到天黑以后老太太的娘家人赶过来事情才得到解决。原来不仅金宝的母亲有娘家人，老太太也有娘家人呢。不清楚金宝母亲的娘家人为什么跑到了医院，总之他们很愤怒，他们要把老太太从病房里揪出来，两伙人差点打起来。金宝母亲的娘家人可不光是他二姨，来了十几个彪形大汉。他们还找到了黄金荣家，同样要把黄金荣的母亲揪出来，但黄金荣的母亲和我母亲一样都是杨村人，根深蒂固，一伙人把那些彪形大汉挡在了屋门外。彪形大汉们后来对那棵没有砍掉的榆树发起了脾气，他们吆五喝六地用斧头把它砍掉。黄金荣养着一只羯羊，他们顺便把那只羯羊的两条腿也砍断了。母亲讲到这里我才明白过来，黄金荣逃走绝对是有道理的，否则，他能对付得了十几个彪形大汉吗？难以理解的是老太太。老太太本来由娘家人陪着住医院，但她一定要参加儿子、儿媳的葬礼。我父亲昨天晚上回来后评价说，老太太这不是添乱吗？人都死了，送一送又能怎么样？老太太被娘家人用铁皮平车推着，她穿着黑衣趴在车厢里，看起来像是一堆将要被倒掉的垃圾一样，稀疏的白发像是被风扯碎的塑料袋。那两个警察就走在车子旁边，送葬的队伍已经拐上了村街，他们表情严肃，时不时还向周边张望。这当儿女人们的哭声更嘹亮了，好些人都顶着白布，我搞不清到底是哪些人在哭，我连母亲都没有认出来。男人们则面无表情，十六个人抬着两具深红的棺材走在后面，油漆和死亡的气息混杂着，我闻到了。我突然感到了害怕，再不敢看。送葬的队伍拐上村街时我早已趴下来，我用下巴抵着屋顶，一只蚂蚁从我眼皮子底下仓皇而去。街上突然吵闹起来，我支起脑袋看，原来一个白头发的老头子把金宝奶奶从平车上拎起来了，王万顺想把老头子和金宝奶奶分开，但老头子揪着老太太稀疏的白发，另外两个人过去揪扯老头子，人群已乱作一团，送葬的队伍溃不成军，连抬棺材的人都把棺材放下来了。后来王万顺怒吼了一声，不清楚哪个警察也吼了一声，并且把警棍举了起来。人群安静下来，那个白头发的老头子被人揪倒了，他的手里扯着一缕白发。老太太也倒下去，重新趴在了车厢里，又有谁喊了一声，平车钻出了人堆，推车的两个人在村街上拼命地奔跑，一准是老太太又背过气去了。我不由得想，老太太这一次能抢救过来吗？如果她死掉，金宝不光是没有了爹妈，连奶奶也没有了。我刚才怎么就没有好好看看金宝呢？他披麻戴孝，走在棺材的前面为他的父母亲牵灵呢，尽管他被肥大的白衣裹挟着，从房顶上望过去还是那么矮小。送葬的队伍并没有因为老太太改变计划，后来队伍又开始流动，缓缓向前，后来只能看清队伍最后边的老光棍赖伍了。赖伍拎着筐子撒纸钱，纸钱如白色的蝴蝶在他头顶飞舞。我站起来往梯子跟前走，感觉像看完了一场戏，村街像曲终人散的戏场一样零乱萧条，阳光下的纸钱折射着刺目的白光。突然，我好像听到了金宝的哭声。金宝哭起来也慢吞吞的，我的心头紧了一下，往他家院子里看。我没有看到金宝，却似乎看到两个黑影缩进了院门洞。我吓了一跳，从梯子上下来时差点儿踩空。回到屋里后我还是怕，担心遇到了传说中的阴魂不散。我赶紧安慰自己，世界上本来就没有什么鬼魂的。然后我又战战兢兢地想到了一个现实的问题，金宝以后怎么办，难道要一个人生活吗？

夜里我把这个疑问提出来，父母亲居然煞有介事地讨论了起来，并且终于得出了一个结论。原来金宝的小舅结婚多年还没有孩子，他们认为金宝注定要过继给他的小舅了，否则让他怎么办？父母亲得出这样的结论也是有依据的，举行完葬礼后，金宝母亲的娘家人连饭都没有吃，带着金宝回他们村去了。那个叫石片的村子离杨村二十多里，想到以后见不上金宝了，我又产生了很大的失落。黄金荣不知去向，金宝也走了，尽管我只是个喽啰兵，还是十分怀念我们那支队伍。父亲却莫明其妙地冒出一个念头来，眼睛里射出贼亮的光。父亲偷偷地和母亲说，如果能把金宝家的院子折价买下来，将来我娶媳妇就不愁没有房子了。这真是落井下石，伤口上撒盐，总之我觉得父亲的想法太不像话了。于是，过了一个礼拜后金宝被送回杨村时，我忍不住讥笑父亲的愚蠢。

　　金宝奶奶第二次出院了，金宝的二姨把金宝交代给了老太太。据说金宝的二姨是这样说的，金宝是你的孙子，你就替你那该死的儿子好好照顾你的孙子吧。这简直是开国际玩笑，老太太还躺在床上呼哧呼哧地喘，说句话都没有气力，怎么去照顾金宝呢？母亲说，其实金宝的二姨也就是为难一下老太太，如果老太太鼻涕一把眼泪一把央求人家，人家还会把金宝带走的。但老太太就是不说话，半句话也不说，老太太的娘家人央求又有什么用？人家只好把金宝留下了。更让人吃惊的是，金宝二姨走后，老太太居然从炕上爬了起来。老太太让娘家人帮着收拾了一下东西，带着金宝搬到金宝家住了。

　　中午放学后我见到了金宝。父母亲要装模作样过去照应一下，我死磨硬缠跟过去了。我有点兴奋，走进金宝家院门洞后却想起了那两个黑影，步子不由得放慢了。我跟在父母亲后面进了屋，金宝奶奶端坐在床上，老太太可真瘦，看起来像一根萝卜干。老太太的门牙掉了，张着嘴的样子让我想到了后山那个幽深的地道。但她的眼睛睁得很大，尽管灰暗无神。她甚至和我笑了笑，我缩起了身子。她说，石头。她说，石头，你能帮金宝补补课吗？就在那一瞬，我发现母亲的嘴角抽了抽，不一会儿就淌出了眼泪。金宝耷拉着脑袋坐在墙角的矮凳上，我站在他旁边，但我没有看他的脸。他的头发那么长,肯定瘦了。他突然抬起头说,我不上学了,我要报仇!他声音嘶哑,关键是语速很快,我听到的完全是一个陌生的声音。他的目光也让我吃惊,我发现金宝变了,我忽略了他鼻孔下消失的鼻涕。

话虽这么说,金宝还是去上学了。这可能和我们的班主任马孝先老师家访有关。马孝先老师是带着我一起去看望金宝的。他还买了二斤鸡蛋,这真是一件让人感动的事情。老太太下了地,拉着马老师的手老长时间讲不出话来。马老师劝金宝去上学,金宝还是说不上,还是说他要报仇。后来马老师这样说,金宝,就算报仇也要等到长大以后呀,你才读三年级,不上学怎么能行?金宝说,我要到少林寺学武艺。马老师说,到少林寺起码也得初中毕业,没文化连和尚也当不了。金宝停顿了很长时间后说,小学毕业难道不行吗?马老师说,好,那你先把小学读完。马老师住在喜镇,好些家长听说他来到了金宝家,也像马老师一样或多或少带着礼物赶来了。最夸张的是晚生的父亲王万年,他居然用装化肥的袋子背来半袋小米,这个礼物简直比泰山还重,我母亲眼瞅着不自在起来。她和老太太表态说,金宝奶奶你放心,石头会帮助金宝的。帮助这个词她可从来没有使用过。后来一群人围着马老师说起了学习的事,等把马老师送到村街上,他突然问王万年,人还没有抓到?王万年摇了摇头,气氛骤然紧张,大家都把黄明灯想起来了。

四

关于黄明灯的去向已经有了几种不同的说法。一种是,黄明灯钻到后山的地道里自杀了,警察进地道里搜查,走了半截就不敢向前,当然没有发现他的尸体。另一种是,黄明灯翻过后山,又翻过好些山丘躲藏了起来,过了几天,后半夜跑到北合流车站附近卧了轨。至于他的尸体,则被车厢底部的挂钩拖走了,拖到了遥远而陌生的南方。其实多数人更认同第三种说法,黄明灯根本就没有死。黄明灯一直在附近一带的山坳里隐藏着,随时都会回到杨村。看看那些警察,一开始还耀武扬威地挺上劲,找来找去一顶大盖帽都看不到了,黄明灯半夜里跑回来继续杀人怎么办?有人和王万顺提出这个问题,王万顺咬牙切齿。你说怎么办?王万顺说,我能去把警察一个一个抓起来吗?

杨村人心惶惶,天色刚刚暗下来,人们便把院门严丝合缝地关上了。村街旁栽着一排柳树,不知道谁起的头,人们争先恐后砍伐胳膊粗的树枝,一来可以做顶门棍,二来可以当自卫的武器。秋来了,柳树瘦了,田野里一片枯黄。

其实谁都明白,黄明灯如果还要杀人的话,最有可能杀掉的是金宝,也就是斩草除根的意思嘛。金宝奶奶的身体好起来,看起来却还是弱不禁风。负责照顾她的娘家人早就走了,每天早晨她都会把金宝送到我家院门前,然后喊我的名字,等我出去后和金宝结伴去上学。父母亲还是不情愿我和金宝每天待在一起,有一天早上,金宝奶奶嘶哑破碎的声音传来,母亲甚至跺了一下脚。母亲嘟囔说,喊什么喊,怕人听不到呀!她甚至冲我摆了摆手,不让我说话。我只好说,妈你不是说让我帮助金宝吗?母亲说,帮助也没必要每天在一起。我说,不在一起怎么帮助?母亲搂着我长叹了一声,金宝奶奶的声音又飘了进来。

我当然明白,母亲是担心我和金宝待在一起会有生命危险。这一点我承认,但金宝身上似乎产生了一种魔力,我希望待在他身边,就像之前追随黄金荣一样。如果父母亲同意,我硬可冒着生命危险住到他家去。金宝也变了,上学后马老师建议他理理发,他居然跑到喜镇剃了个光头。有人告诉剃头的老师傅金宝是黄明照的儿子,老师傅吓得钱都没有要,金宝也没有给。剃了光头的金宝走路也快了,上学和放学的路上我总是跟不上他的步伐。我不由得跑起来,他瞪起眼睛说,石头你跑什么,看到狼了吗?他简直是训斥人的口吻,我就不跑了,他大约希望我奴才一样跟在他后边。没有人敢对金宝再说三道四,指手画脚。有一次上体育课,一群男生坐在沙堆上,不清楚他们为什么笑了起来,不远处独自坐着的金宝扭身又瞪起了眼睛，大家还没有反应过来，金宝抓起两把沙子，疯狂地向他们砸过去，人群顿时作鸟兽散，金宝的样子像一杆冒着硝烟的火枪。还有一次，金宝无缘无故就抽了晚生一个耳光，晚生捂着脸冲他干干地笑，马老师居然没有训斥金宝。马老师叹口气说，金宝，让我和你说什么好呢？金宝拍了拍屁股，漠然地离开了。金宝沉默寡言，很少和人说话，同学们躲着他，课堂上老师们也懒得提问他。但上学和放学的路上金宝时常还是会和我聊一些事情。比如，杨村离少林寺究竟有多远？比如，如果一个人挖个坑从里面往上跳，坑越挖越深，跳来跳去可不可以练出飞檐走壁的本领？他还想买一把长刀。有几次放学后，他扛着一个笨重的镢头去后山刨药材去了。他希望靠自己的辛勤劳动挣到买刀的钱。他奶奶抓着他的胳膊不让他去，他居然把老太太拖倒了，铺着青砖的院子拖出了两道醒目的伤痕。老太太一直哭，他终究放弃了这个计划。

　　金宝真想有一把刀。一天傍晚放学后，我们在村街上遇到了赖伍。赖伍可真不要脸，他又去找魏寡妇讨要他的杀羊刀了。他的杀羊刀杀了两个人，已经被黄明灯带走了，有什么道理再去向魏寡妇要？魏寡妇可真倒霉，血案发生后她的病猪肉一斤都没有卖出去，全都烂掉了。她想赔赖伍五块钱，赖伍却不要，赖伍就是要他的杀羊刀，隔几天就去要一次，早晨也去，晚上也去，王万顺骂过以后还要去，他快要把魏寡妇烦死了。赖伍少气无力地走在前面，金宝突然撒腿追了上去。金宝说，赖伍，给我一把杀羊刀。赖伍吓了一跳，金宝的样子肯定让他感到了恐惧。赖伍说，金宝，你爹你妈不是我杀的。他说了一句废话。金宝说，你给我一把杀羊刀。金宝扯住了赖伍的胳膊，赖伍挥了两下，反倒被金宝扯得更紧了。赖伍央求说，金宝啊，我可没有想到你大爷会用那把刀杀人，我只是把杀羊刀借给了魏寡妇，你怎么不去找魏寡妇要刀呢？金宝说，少废话，现在你必须给我一把杀羊刀。

　　不清楚赖伍这家伙是怎么想的，他居然把金宝领回家了。我站在院门口等着金宝，好像给他站岗放哨似的，其实我是怕两个人打起来后连累我。我真是把赖伍高估了。赖伍养着十几只羊,连个羊圈都没有,饿坏了的羊咩咩叫着,像一群孩子和女人一起哭,这让我想起了金宝父母亲的葬礼。我想溜走,金宝却出来了。金宝手里多了一把磨损得不成样子的杀羊刀,刀背和刀刃都分不清了,看起来像一截烂铁。金宝说,操他娘赖伍,就给我这个!话虽这么说,他脸皮子下边还是憋着一种抑制不住的兴奋。我们走了没几步,赖伍跑出来了。赖伍喊,金宝,你可不能再去杀人了,杀人是犯法的。金宝把烂铁一样的杀羊刀挥了一下,赖伍没有再吭声。

少年金宝开始磨那把杀羊刀。他在一块棺材形的砂石上磨,这块石头原本是他父亲用来磨镰刀的。只要父母亲不在家,我就会到金宝家去。金宝磨刀的动作看起来有些别扭,他把那块石头搬到屋门前的台阶上,蹲着马步哧啦哧啦地磨,这样他既可以磨刀也可以练习蹲马步。也就一个礼拜的时间,那把杀羊刀已经闪闪发光,锋利无比。他用杀羊刀砍手指粗的柳条,柳条毫不犹豫地断为两截。他把杀羊刀刺向院门,刀尖眨眼间刺进去两厘米。其实比两厘米还要深,他是用比例尺量过的。石头,他说,你拔下根头发来让我试一试。我便拔下来一根,但我没有敢用两只手扯着它。我的头发太短了。我把头发放在磨刀石上,他挥刀砍下去,一片火星溅起来,头发早已不知去向。

金宝奶奶不同意金宝磨刀。金宝去上学,她就千辛万苦把刀藏起来。她把刀藏到墙角的杂物堆中,藏到厕所的墙缝里,金宝轻而易举就找到了。最严重的一次,老太太用油布把刀包了起来,埋到了煤堆里。这一次金宝可没有找到,他摔锅砸碗的,老太太吓得抖作一团。老太太说,金宝,你不能玩刀。金宝说,把我的刀拿出来。老太太说,金宝,求求你别玩刀了。老太太还没有说完,金宝又揪住了她,老太太眼瞅着就摔倒了。金宝说,赶紧把我的刀拿出来。老太太呼天抢地,用瘦弱的拳头捶打着地面,我认为事情可能有点麻烦了。我想把老太太搀扶起来,她毕竟是金宝的奶奶。但我没有敢去扶,金宝的样子太恐怖了。把我的刀拿出来!金宝又吼了一声,我以为他会对老太太拳打脚踢,他却跑到屋檐下扑通一声跪下了。他开始用他的额头对付那块磨刀石。他像是在给谁磕头，更像是在练习铁头功。我要报仇，他喊，我要报仇！他发着狠将额头一次一次地砸向磨刀石，这一招太灵验了，老太太连滚带爬扑到煤堆上，用两只枯瘦的手疯狂地划拉起了煤粒。老太太的样子像是在水里垂死挣扎，又像是要分开煤粒一头钻进去，她终于把那口刀找出来了。金宝，金宝啊，你把奶奶杀了吧，奶奶是畜生，奶奶对不起你，奶奶早就不想活了！老太太呼喊着站起来，揭去油布把明晃晃的杀羊刀架在了自己脖子上。我吓坏了，想跑，脚下却似扎了根。我眼睁睁看着金宝站了起来，他的额头上顶着一个大血泡，看起来比脸还要大。他向老太太走过去，老太太手里的杀羊刀抖了抖，掉到了地上。后来我想，老太太大约还是不想死吧，尽管她看起来弱不禁风，杀掉自己的力气应该还有。老太太的脸上挂满了煤黑，手破了，又黑又红，坐到地上哭得上气不接下气，我母亲慌慌张张跑来找我了。

这以后，父母亲对我加强了戒备，坚决不让我和金宝待在一起。每天早晨，母亲会早早起床做饭，待我吃饭以后催促我赶紧去上学，以免在院门前和金宝相遇。放学的时候，父母亲总有一人等在村街上，这样我就没办法和金宝相跟了。他们的行为让我很气愤，母亲当着马老师的面表过态，说我一定会帮助金宝的，难道这就叫帮助？母亲也觉得这么干对不住金宝奶奶，她让父亲到菜地里挖了几棵还没有长大的白菜，送到金宝家去了。回来的时候父亲说，金宝又在磨刀呢，我看他迟早会杀人。父亲说话时是那种既惋惜，又害怕，而且有点愤怒的神情，有朝一日，金宝会把黄明灯杀掉吗？

金宝知道我在躲着他，也懒得理我了。在学校里，他总是黑着一张脸，上课时趴在桌上睡觉，下了课也很少出去，马老师的思想工作根本没有效果。我躲避着他，却又按捺不住想接近他，目光时常还是会撞在一起。他嘲笑我，他恨我，我感觉出来了。我想和他说说话，事实上父母亲并没有禁止我和他说话，但每一次靠近他却又退缩了。我没办法描述自己矛盾的心情。我想,他也许会报复我的薄情寡义。他会用那把准备对付黄明灯的杀羊刀对付我吗?

这天中午,放学后我刚出校门,金宝把我叫住了。金宝用一种冷峻的目光望着我,我不由得抖了起来。金宝说,石头,你为什么不理我了?我只好耷拉着脑袋回应,没有呀。金宝说,石头,你是我最好的朋友。我点了点头,他接着说,如果我死了,你会帮我照顾我奶奶吗?我吃惊地抬起头来,金宝的脸皮下边像是憋着笑,他什么意思呢?石头,金宝的声音突然亢奋起来,我这两天总是梦到黄明灯,我梦到他在地道里,我要去报仇。说着金宝奔跑起来,他跑得太快了,他要回家取他的刀。

父亲在村街上等着我,我忍了许久还是把金宝的话告诉了他。父亲说,黄明灯现在在地道里?父亲的声音颤抖起来,他居然相信了金宝的梦。他拉着我快步往家里走,后来又改变了主意,跑到了支书王万顺家。王万顺说,你慌什么,不就是一个梦吗?父亲说,那要是黄明灯真的在地道里呢?王万顺说,梦从来都不是真的,别这么大惊小怪。父亲说,我梦到崴了脚,第二天真的崴了,怎么不是真的,王支书你快去报告警察呀?王万顺说,警察会相信梦?要去你去。父亲就不吭声了,赌气般拉着我往家走。刚到村街上,我们就看到了金宝奶奶。金宝奶奶慌里慌张地跑,老太太把一只鞋子都跑掉了,一边跑一边喊,金宝,金宝,你们看到金宝跑哪儿了吗?金宝拿着刀。父亲停下来,甚至想拉着我掉头,但老太太看到我们了。老太太冲我喊,石头,石头,你知道金宝跑到哪儿去了?我喘息起来,刚要说什么,父亲把我的嘴捂上了。我不清楚哪来的勇气,抓住父亲的手一把甩开。我冲老太太喊,金宝去地道了,金宝要去找黄明灯报仇!老太太收住步子,张着嘴望着我,缓缓倒了下去。

这时候王万顺已经在街上喊人了,尽管他不相信梦,还是决定带几个人到后山看看。父亲把老太太搀扶起来,老太太执意要去找金宝,他只好慢吞吞地扶着她往后山走。我也想去,闻讯跑出来的母亲把我揪回了家里。我问母亲,黄明灯会不会真的在山洞里?母亲说,我和你说过多少遍了，不能再和金宝玩。我又问，金宝的梦会是真的吗？母亲说，你记住了没有，以后不能和金宝玩。我真想跑到后山看看。我想象着金宝与黄明灯在地道里决斗的情景，两个人都有刀，金宝一直在练功，他是黄明灯的对手吗？

不过是虚惊一场，后来我就像支书王万顺一样不相信梦了，支书的话还是有道理的。父亲回来后说，金宝根本就不敢钻地道，王万顺带着人跑到地道口，手电筒往里边一照就照到金宝了。金宝蹲在地上，踩着一块油毡，用他的刀不停地扎。王万顺说，金宝，你快出来吧，不要相信梦。金宝还是扎，王万顺又喊，金宝你放心，警察迟早会替你报仇的。金宝还是扎，王万顺和王万年就靠了过去。金宝突然站起来，挥舞着刀呼喊一声，然后号啕大哭。王万顺想夺下金宝的刀，但他放弃了这个想法。

对于父亲的话，我将信将疑。我更情愿相信，金宝已经到地道深处走了一遭。他是因为没有找到黄明灯才用锋利的刀尖对付那块油毡的。我突然意识到，其实我内心深处一直盼望着金宝杀人，就算杀不掉黄明灯也该杀个人，这个想法把我吓坏了。吓坏了我还在想，金宝的刀究竟什么时候才能派上用场？

五

那年的中秋节给我留下了一生难忘的记忆。那年的中秋节刚好是礼拜天，金宝家快闹翻天了。半上午，金宝奶奶的娘家人来看望老太太。这一次来了一男二女三个人，两个女人一进门就哭，像是来报丧的，老太太也只好哭了。嘹亮的哭声翻过了院墙，惹得我母亲也抹起了泪。母亲说，亲人刚死了最怕的就是过节，别人家都在团圆呢。母亲的话也就是"每逢佳节倍思亲"的意思，我懂。母亲还没有说完，金宝家的院门又响了，过了一会儿，吵闹声传了过来。母亲跑到墙根下侧耳细听，手里的擀面杖滑落到了地上。母亲说，是胡满香，胡满香来给老太太送月饼了。父亲也愣住了。父亲蹲在厨房门口剥蒜,中午我们要吃饺子。

这么长时间没有提到胡满香,是因为她一直住在娘家养病。据说胡满香自从嫁给黄明灯以后就开始生病了,生了黄金荣后身体每况愈下,时常待在家里。黄明灯看起来凶神恶煞,动不动就火冒三丈,但对老婆还是不错的。他根本就不嫌弃胡满香不去下地。他给胡满香买药,煎药,有一次家里的药砂锅破了,他大半夜跑了五户人家才借了一口。还有一次,他下地回来的时候手里擎着一束野花,有人和他开玩笑,问他是要把这束花送给胡满香吗。他吐了口痰,难得一见地羞红了脸。他说,昨天晚上我把那个不要命的女人揍了。关于胡满香和黄明灯这种匪夷所思的夫妻关系,母亲和父亲也曾经展开过辩论。结果当然是母亲赢了。母亲认为,胡满香生病多半是装的,她是要以这样一种方式惩罚黄明灯,惩罚他一辈子。父亲有点不服气,血案发生后有一天晚上和母亲说,如果胡满香过去是装病,现在还有必要装吗?母亲骂父亲猪脑子。母亲说,当然有必要,不装你让她怎么办?

现在胡满香终于露面了。我发现父母亲脸上都有一种掩饰不住的兴奋,父亲甚至磨蹭着向院门走,母亲把他喊住了。母亲说,你干什么去?父亲似笑非笑地说,老太太还在哭,过去照应一下吧。母亲说,轮不上你照应,老太太有娘家人照应呢。但过了一会儿,父母亲却全都跑到金宝家去了。

母亲之所以改变了主意,可能和金宝家院子里越来越复杂嘹亮的吵闹声有关,也可能和听到魏寡妇的声音有关。魏寡妇和胡满香是初中同学,血案发生以后,两个人的关系越发亲近了。魏寡妇与胡满香娘家是邻居,晚上时常会跑过去聊天。这可能有同病相怜的意思,黄明灯杀了人,胡满香现在虽然还没有明确为寡妇,但迟早是,杨村年轻点的寡妇不光是她魏寡妇一个人了。或者,魏寡妇晚上去找胡满香是为了躲避赖伍的纠缠。或者,魏寡妇是在给赖伍引路,希望赖伍去追求胡满香而放弃对自己的纠缠。但赖伍根本就没有那个胆量,他怕黄明灯跑回来一刀把他捅了呢。这足以说明赖伍是一个欺软怕硬、有贼心没有贼胆的家伙，杨村就算有一百个寡妇，谁都不会嫁给他。

　　父母亲到金宝家以前没有忘记叮咛我，而且又从外边把院门锁上了。这就叫只许州官放火，不许百姓点灯。他们刚出院门，我就风风火火地爬到了屋顶。我匍匐下来，天哪，魏寡妇卷起了袖子，叉着腰，正挡在胡满香前面和金宝奶奶娘家那两个女人干架呢。你们良心坏了，魏寡妇说，你们也是女人，将心比心，你们就不觉得满香可怜吗？那两个女人不甘示弱。一个女人说，谁可怜？可怜的是老太太，一个多月了，胡满香给老太太送过一根葱没有？另一个女人说，胡满香给老太太送过一把米没有，送过一碗面汤没有？魏寡妇说，谁给谁送？你们要心疼老太太把她接走呀！这时候我父亲和我母亲就出现了。魏寡妇把他们当成了援兵，扯着我母亲的胳膊说，你们瞧瞧，大过节的这两个女人来杨村闹事了。那两个女人则跑到了我父亲身边，一边一个揪着他的胳膊让他评理，我父亲张口结舌，为难坏了。再去看胡满香，拎着二斤月饼，耷拉着脑袋一声不吭，好像三个女人吵来吵去的根本和她无关。再去看老太太，坐在煤堆旁边，好像在哭，手里还拎着一把光秃秃的笤帚，一个中年男人蹲在她旁边默默地抽烟。那么，金宝呢？金宝在哪里？我往前爬了爬，担心金宝家院子里的人看到我。如果我的目光能拐弯就好了，说不定金宝又在屋檐下磨刀呢。我尽量把脖子探出去，这时金宝家的院门洞里再次响起嘹亮的哭声，金宝母亲的娘家人也赶过来了。金宝，可怜的金宝……金宝二姨走在最前面，后边还跟着一个女人和一个男人，三个人出现以后魏寡妇和那两个女人一下子就不吵了。但很快，金宝二姨就和老太太娘家的那两个女人吵了起来。越吵越凶，两个男人也面红耳赤参与进去，简直乱成了一锅粥。魏寡妇这时候成了劝架的角色，声音太杂乱了，我听不清她在说什么。我母亲好像被金宝二姨推了一把，我父亲不答应了，但他并没有出手，他使劲地在地上跺了一脚，又跺了一脚。我看得心惊肉跳，看来要打群架了。我不由得站了起来。我想怒吼一声，从天而降的声音也许会把他们震住。但我试了几次都没有喊出来，嗓子眼里像是上了道闸门。我突然发现金宝拎着他的刀冲入了人群，人群顿时安静了，像受惊的羊群一样散开。金宝用粗哑的声音喊，你们别吵了！金宝又喊，我要报仇！金宝又喊，我要杀人！金宝发疯般挥舞着他的刀，搅动着纷乱的阳光。金宝突然举着刀向胡满香冲过去，胡满香还是缩着身子一动不动，魏寡妇慌张地喊，金宝，金宝要杀人了，金宝啊……金宝冲到胡满香面前后却停了下来，也就是这一瞬，老太太扑了过去，挡到了胡满香的前面。老太太说，金宝你要杀就把我杀了吧，奶奶对不住你，奶奶是畜生，奶奶早就不想活了。老太太舞动着瘦长的胳膊，甚至要抓住刀刃，刚才那个抽烟的男人一把将她扯开了。金宝，男人喊，把刀放下！金宝，快把刀放下呀！金宝二姨也喊。然后魏寡妇也喊，我父亲和我母亲也喊，一群人齐心协力对付金宝，金宝突然将他的刀丢在一片空地上。他的刀在青砖地面上栽了两个跟头，安安静静地躺下了。然后金宝二姨又哭喊起来，金宝，可怜的金宝啊！另一个女人也哭，魏寡妇也哭，我母亲也哭，女人们都哭了。她们用嘹亮的哭声慨叹着少年金宝的命运。

后来金宝又怒吼了一声，跑回了屋里。几拨人没有再争吵，我母亲回来后说，其实金宝二姨这次来还是想把金宝带着，这次未必需要老太太央求，是金宝不肯去。金宝说他哪儿也不去，他要报仇。我父亲又感慨说，金宝这样一副样子，迟早会杀人的，来了那么多亲戚，怎么就不知道把金宝的刀没收了？母亲反驳说，没收了刀，金宝会更急，出了事怎么办？父亲说，那就眼睁睁看着他每天摆弄一把刀？我母亲突然笑了。我母亲说，亏你还是个老爷们，你还看不出来吗，金宝还是个孩子，他哪敢去杀人？母亲挖苦父亲我当然乐意，但她的话让我有些失望。金宝每天都在练功，他怎么就不敢杀人？如果他不杀人，每天摆弄那把刀又有什么意义？我饿坏了，我母亲终于从锅里捞出来饺子，我狼吞虎咽地吃。中秋节每年毕竟只有一个，我还想空点肚子吃月饼，还要吃水果，金宝二姨没有在老太太家吃饭，却让母亲给我带回来五个大苹果，又红又大，我突然把金宝额头上那个血泡想起来了。

晚上要供月神。月亮早早地升起来，父亲在院子里摆了一张矮桌，供上了月饼和水果，还点了蜡烛，还立了一面镜子，从镜子里可以看到又圆又亮的月亮。供月神是一件庄重的事情，父母亲神情肃穆，给月亮烧纸的时候母亲一直念念有词。母亲说，请月亮爷爷保佑我们全家平安，保佑我们家石头一辈子顺利，长大后有出息。父亲点着纸，纸灰飞起来后我不由得想起了金宝父母亲的葬礼。又想，客人们早就走了，金宝奶奶和金宝也会供月神吗？金宝奶奶会不会像我母亲一样念叨？我忍不住提出这个问题，我母亲沉着脸说，石头你说什么？以后不准你和金宝玩。我说，妈你不是说金宝根本就不敢杀人吗？母亲说，金宝不杀人你也不能和他玩。

我把肚子吃坏了，翻来倒去睡不着，后半夜想大便，母亲让我在便盆里解决。我认为这样不好，父母亲看着我我是拉不出来的。其实我早就一个人睡了，血案发生后父母亲又让我回到他们屋里，还睡在两个人中间，未免有点小题大做。我坚持要到院子里的茅厕去，父亲只好陪着我。茅厕挨着院门洞，我蹲下来望着天上的月亮。月亮真好，把夜晚照得像一个梦，我感觉像是在梦里大便呢。但月亮周围看不到几颗星星，月亮会孤独吗？腿有点麻，蹲着蹲着我感觉肚子里好像平静了，我不想再大便，又不想起来，抬手看着月光下的掌纹。父亲在茅厕外咳嗽了一声，我不理他，他又咳嗽了一声。父亲说，石头你能不能快点？我说，快不了，肚子不听我的话。父亲说，你要吸取教训，以后可不能这么吃了。我偷笑，心想，如果每天都过中秋节，我肯定不会这么吃。又想，如果每天都过中秋节，金宝家每天都要闹架了，每天都会有人哭。我欠了欠身，正在考虑要不要站起来，院门外突然响起了杂乱的脚步声。站住！我听到有人喊。站住！又喊，然后"砰"的一声巨响，起初我以为是在放炮，后来终于想到有人开枪了。父亲冲进茅厕，拉着我不管不顾地跑回了屋里。

六

　　据说，血案发生后黄金荣到凤城帮一位朋友卖起了水果。我曾经借助梦境和想象见到过他卖水果时的情景，有人怀疑西瓜没有成熟，他用小拇指轻轻一点，西瓜嘎的一声炸开了，买瓜的人吓得尿湿了裤子。隔着一条马路，他能把苹果准确无误地投掷到托盘秤上。因为摔坏了苹果，他和朋友干了一架，他的朋友被他揍得屁滚尿流，他把半个西瓜壳扣到了那家伙头上。他甩着长发发出狂妄的笑声，嘴里突然喷吐起火焰。他干脆站在一堆水果中变起了戏法。他的头顶上数不清的刀子在翻跟斗，各种各样的水果跳跃起来，他成了一堆水果的大王……

　　每次做过类似的梦，兴奋之余我都按捺不住内心的失落。我想念黄金荣。金宝尽管变了一个人，尽管每天都在摆弄他的刀，但他根本没法和黄金荣比，他的刀要等到什么时候才能派上用场？黄金荣跑到凤城避避风头也可以，都这么长时间了为什么还不回来？

　　中秋节的后半夜，当我在茅厕里听到枪声时，根本想不到警察抓捕的会是黄金荣。那天晚上我们全家都吓坏了，还以为警察打烂了黄明灯的脑袋。终于熬到了天亮，父亲战战兢兢出了院门，带回来的却是一个令人意外的消息。黄金荣拎着一大包吃的，后半夜准备扔到金宝家院子里，警察把他当成他爹抓起来了，谁让他和他爹长得那么像呢？警察的这次行动足以表明，他们并没有放弃对黄明灯的抓捕，杨村的群众把他们误解了。

　　父亲的腔调像是在给警察辩护，又像为黄金荣被抓庆幸和开怀。他当然不会顾及我的感受。我问他，那警察把黄金荣抓走了吗？我爹说，抓走就好了，白白浪费了一颗子弹。我没有继续问，匆匆吃了饭，拎着书包跑了出去。还好，父母亲都没有跟踪我。我一口气跑到胡满香娘家门前，院门紧闭，连目光都进不去。这时魏寡妇刚好从她家出来，皱着眉头问我，石头你偷偷摸摸的干什么呢？我气呼呼地反问她，赖伍昨天晚上到你家要杀羊刀了没有？魏寡妇撇撇嘴说，小孩子家你懂什么！我以为魏寡妇会到胡满香娘家去，她却往巷口走，我实在忍不住了，又问她，黄金荣不在他姥爷家吗？魏寡妇说，你找黄金荣干什么，他和满香回家收拾东西去了，他们准备搬到凤城。

　　我撇下魏寡妇向黄金荣家跑去。我跑得气喘吁吁，没到院门前就听到了砍伐声，黄金荣正用斧头对付那两个榆树墩呢。黄金荣还是留着长发，他光着上身，弯着腰背对着我，斧头以极快的频率砍向树墩。他的肩膀富有节奏地起伏着，黝黑的腰身刚劲挺拔，在清早的阳光下闪闪发光。怦，怦，怦，我的心跳改变了节奏，瞬间就被砍伐声俘虏了。我还在喘，呼吸已经不太顺畅。说不清为什么，我的眼窝子突然热起来，想哭，又想喊，或者干脆跑到他身边去，就像当初飞奔到村后的山坡上集合。这个在杨村人眼里不务正业的阿飞，难道真是我少年时代的偶像？

　　突然，我听到了一声怪异的呼喊声。我吃力地扭过头来，天哪，金宝举着他的杀羊刀正向我飞奔而来。我还没有回过神来，以为金宝是来对付我的。砍伐声停下来，我又扭头往院子里瞅，黄金荣转过身来，丢下了斧头，沉着脸笔直地站立着。金宝越来越近，除了叫喊声，我听到他喉咙里好像还滚动着另一种声音。我要报仇！我要杀人！我仓皇躲闪，金宝跨过门槛，向黄金荣冲了过去。我惊得目瞪口呆，身体轻起来，像是要在空气里融化。意识也飘忽着，我想，金宝看来是要杀掉黄金荣了，他的刀终于派上了用场，他的刀会刺向黄金荣的胸脯吗？目光被意念中血淋淋的画面所覆盖，黄金荣和黄金宝厮杀在一起，他们要大战三百个回合并且血流成河。如果他们在激战以后出现了僵持，我应该去帮谁呢？我真是太抬举金宝了，定睛再去看，金宝已经停下来，他和黄金荣面对面，像是一棵大树旁边长着一棵小树。黄金荣一动不动地望着金宝，长发掩盖下的脸上看不出任何表情。我要报仇！我要杀人！金宝又喊，把刀举起来，黄金荣还是纹丝不动。我要报仇！我要杀人！金宝又把刀举起来，停在了半空。金宝加上胳膊和刀的长度以后超越了黄金荣。金宝的刀甚至要架到黄金荣的脖子上了,黄金荣还是一动不动。金荣!我听到一声喊,面色苍白的胡满香出现在院子里,她好像要扑上去,黄金荣抬起手摆了摆,那个矜持的动作同样给我留下了一生难忘的记忆。妈你别过来,黄金荣平静地说,金宝,父债子还,血债血还,你要觉得杀了哥可以报仇现在就动手吧。黄金荣的这句话在我脑海中飘荡了好多年,以至于和一些电影画面的情节交织在一起。金宝又喊,我要报仇,我要杀人,然后他又不争气地把刀丢在了地上。然后他又呜呜地哭了。

一下子涌来好多人,魏寡妇来了,我父亲和我母亲来了,连村支书王万顺和马老师也跑了过来。金宝扭身望着来人,他奶奶的哭声隐隐传来,他捡起他的刀,疯狂地穿过了人群。我要报仇,他又喊,我要杀人!他呼喊着落荒而去。没有谁去追赶金宝。大家可能都认为,即便金宝挥刀怒吼,也不会惹出什么事端。少年金宝也就是做做样子罢了。黄金荣还黑着脸戳在那里,王万顺做起了他的思想工作。王万顺说,金荣,你今天像个男人,去了凤城照顾好你妈,你妈也不容易。黄金荣不吭声,王万顺又说,虽然你爹罪大恶极,但现在也不是腐朽落后的封建社会,不兴株连九族那一套,你要堂堂正正做人,偷鸡摸狗的事情以后别干了!黄金荣还是耷拉着脑袋不吭声,王万顺的话既像是安慰他又像是批评他,他会突然大发雷霆,一拳将王万顺砸倒,或者干脆用脚下的斧头对付他吗?父母亲又拉住了我的手,我发现黄金荣的腿隐隐地颤抖,而我在隐隐地期待着。我终究什么也没有等来,直到人群散去,黄金荣一句话都没有讲。我始终觉得王万顺的话对黄金荣造成了严重的伤害,他憋了一肚子气,时隔二十多天后终于在凤城和一伙人打了一架。据说他被打断了肋骨,住院了。

金宝则变得越来越沉默,每天下午放学后他不再待在家里,而是拎着他的刀四处转悠,礼拜天也出去转。不清楚他为什么这么干,他要干什么,他在村街上走,有时健步如飞,有时则恢复了当初慢吞吞的节奏。然后他漫无目的地拐进某一条巷子,然后又从巷子里出来,走向野外,走到河边。天色已晚,庄稼已经收割,他孤独地行走着,像是一个太过于恪尽职守的护秋员。

　　金宝奶奶一开始还跟着金宝,老太太走起路来摇摇晃晃,眼睛也快哭瞎了,她怎么能跟得上金宝的步伐?她只好站在村街上,扶着某一棵柳树哭。金宝,回家吧,金宝,奶奶对不起你,金宝啊……人们开始还劝劝老太太,过了几天就没人劝了,夜幕低垂,老太太的哭泣和呼唤成为杨村一道独特的风景。

　　有一天早晨,老太太哭着来到了我们家。尽管我已经去上学了,还是根据父母亲后来的对话还原了当时的情景。老太太给我带着两个干硬的月饼。老太太说,石头爹,石头娘,中午让金宝在你们家吃顿饭,你们帮我看着点他好不好?父亲不解地问,婶子你要干什么去?老太太说,我晚上就回来了。母亲说,婶子你都这么大年纪了还要出门吗?老太太哭得上气不接下气。老太太终于把黄金荣住院的消息告诉了父母亲。手心手背都是肉呀,老太太说,父亲叹了一口气,母亲也落泪了。这种情况,父母亲没有道理拒绝老太太的请求。

　　但老太太最终并没有去凤城。老太太计划搭乘胡满香的弟弟胡保卫的三轮车,听说黄金荣出了事,昨天晚上他已经和胡满香的父母说好了。胡满香的父母虽然不太情愿,但同样扛不住她的眼泪。可事到临头,胡保卫却坚决不同意。胡保卫说,我可不敢拉你,路上有个闪失怎么办?老太太说,保卫,我死了怪不到你头上。胡保卫说,就算你不怪我,你儿子黄明灯怪我怎么办?我怕黄明灯半路上杀出来把我捅了呢。老太太不好再说什么,她只能哭,她的武器只有眼泪。她扳着三轮车的马槽不肯松手,胡保卫发动着三轮车,跳下来一下子就把老太太拎开了,就像是拎一袋粮食。老太太或许没有一袋粮食重,那就像拎一袋谷糠,总之老太太还没有返回来,三轮车已经突突突冒着黑烟走远了。凤城到杨村这边倒是通着公共汽车,但下午才来。杨村还有三户人家养着三轮车,但谁都不肯拉她去。她只能哭。她靠着一棵柳树在村街上坐下来,一直在哭。好多人又去劝慰她、开导她,村支书王万顺还做了她的思想工作,但她还在哭。她瘦成了一根筋，身体里却蕴藏着取之不尽的眼泪。人们不停地劝，她不停地哭。哭泣的间歇她只说一句话，手心手背都是肉呀。黄金荣和黄金宝，谁是手心谁又是手背呢？黄明灯和黄明照，谁又是手心谁又是手背呢？人们不再劝她，她却不哭了，看起来像是因为不劝才不哭，但很快就搞清楚了，快到中午了，老太太要回家给金宝做饭。老太太站起来，拍掉屁股上的土，她哪还有什么屁股？她像一个瘦弱的稻草人，摇摇晃晃地回家去了。

　　老太太的哭声让杨村人对金宝多了些不满。也不能说是不满，金宝多可怜，还好意思对他不满吗？人们是不希望金宝每天拎着刀四处转悠。村支书王万顺为此通过村里的高音喇叭召集了一帮人，晚上开了个专题会。叫去的人就有我父亲。我父亲很少有开会的机会，我母亲不清楚会议的内容，还以为我父亲犯了什么错误呢。我父亲回家后她焦急地问，叫你开会干什么？我父亲说，抽烟，王万顺的三盒"牡丹"烟全给狗日的抽完了。我是问，你说了些什么？我母亲瞪起了眼，我父亲好像严肃了，皱着眉头想了想，发愁坏了的样子，好半天才说，也没有说什么，王万顺让大家想办法，就是教育金宝别再拿着刀瞎转悠。我母亲松了口气，又问，那想出什么办法来了？我父亲说，大家想的办法都让王万顺否定了，王万顺骂我们是草包，我们就抽他的烟，我们把三盒"牡丹"烟全给狗日的抽完了。

　　那次会议或许让村支书王万顺明白了一个道理，群众可以发动起来，但好些时候是没办法依靠的，他只能依靠他自己。他想出办法以后去找马孝先老师，希望得到他的支持甚至赞同，但马老师把他的办法否定了。这个不行，马老师说。这个也不行，马老师说。王万顺气坏了。王万顺说，这个也不行那个也不行你说哪个行？马老师不仅有文化，还是一个温和的人，笑着把王万顺送出了学校。然后马老师又做了几次金宝的思想工作，效果并不好，金宝下学以后还是拎着刀四处转悠。王万顺嘲笑了马老师两次，思前想后，犹豫再三，一直到腊月，终于决定把他的办法落实到行动上。

七

那年的腊月尤其冷，入冬后下的一场大雪直到开春以后才融化。我的脚后跟冻坏了，每天晚上母亲都让我用泡着茄子秆的温水泡脚。我有点烦，不相信这种民间的偏方。我问母亲，耳朵冻坏了这个偏方管不管用？母亲说，耳朵可不能让冻坏，妈会保护好你的耳朵的。母亲不仅给我买了棉帽，还用毛线打了耳套，里边塞了棉花。她总共打了四个耳套，我以为是让我倒替着用，但她把其中两个送给了金宝。耳朵都快冻掉了，金宝他还转悠什么，我看这孩子恐怕得了精神病了！母亲这么说，父亲又叹气。父亲说，金宝迟早要杀人的，现在不杀，长大后也会杀！

就是父亲说这句话的那天傍晚，金宝拎着刀又来到村街上，正准备走向白茫茫的田野时，村支书王万顺把他拦住了。王万顺说，金宝，我得和你谈谈话。金宝不理王万顺，但王万顺挡着他的路。金宝把刀挥了挥，王万顺笑了。王万顺说，金宝你别吓唬我，我今天必须和你谈一谈。金宝说，我不谈，我要报仇，我要杀人。王万顺说，我就是想帮你报仇，我让你杀一次黄明灯，然后你把刀子交给我好不好？金宝说，黄明灯在哪儿，他是不是藏在地道里？王万顺说，不在地道里，但我有办法让你捅他一刀，你现在给我老老实实回家待着去，你不怕自己的耳朵冻掉吗？金宝愣了愣神，居然同意了。

王万顺的办法真有点荒唐，后来好多人都知道了，连金宝奶奶都知道了，但金宝不知道。王万顺安排人在打谷场上并排栽了两根木头，就是黄金荣家那两棵砍掉的榆树。赖伍牵着他的一头羯羊来到打谷场，众人七手八脚把羊绑在了木头上。羊叫得很疯狂，很凄惨，像死了孩子的女人在哭。羊被迫站立着，五花大绑，只有脑袋还在不要命地挣扎。它把没有覆盖羊毛的肚皮袒露出来，面对着观众。它还在发疯般叫，紫红色的肚皮暖水袋一样起伏着。然后王万顺亲手给羊裹上了一件蓝外套，在腿上裹上了残缺的裤腿,脑袋上还荒唐地戴了一顶"火车头"棉帽,这些衣物的主人正是黄明灯。王万顺把羊打扮得差不多了,从地上捡起来那块纸牌挂到了羊的脖子上,纸牌上用毛笔歪七扭八地写着"黄明灯"三个字,打着一个愤怒的红叉。行了,去把金宝喊来,他拍了拍手吩咐身边的人,我父亲刚好离他最近。我父亲想躲开,但已经来不及了。海生,去呀,我刚才难道放了一个屁?众人都笑了,我父亲也不自在地笑了,他磨蹭着,王万顺又要说什么,马老师大步跑了过来。马老师说,王支书,你不能这么干,你要逼着金宝去杀人吗?王万顺轻蔑地说,我是让金宝杀羊。马老师说,杀过羊后他会去杀人的。王万顺说,杀过羊后他就会放下屠刀。两个人争论得面红耳赤,那只羊看到了援兵,叫声越发凄厉了。人们刚开始还在看热闹,后来也分成两派辩论起来,这种群体性的唇枪舌剑以前从来没有出现过。让人有点意外的是,王万顺的弟弟王万年大义灭亲地站到了马老师这边。王万顺讲起了粗话,马老师气得张口结舌,王万年便站出来打圆场。王支书,不能这么干!王万年这么称呼他哥,王万顺扑哧一声乐了。老子今天就这么干,老子不过是杀一头羊!他怒吼一声,人群一下子静下来,连那只羊都不敢再叫。没有人能阻止村支书的意志,他撂下众人大步向学校走去,半路上就把金宝抓住了。金宝,跟我去报仇!金宝不知所措,将信将疑,被动地走,和王万顺回家把他的刀取上了。金宝,走,去把黄明灯一刀宰了!王万顺又拉着金宝往打谷场走,金宝奶奶战战兢兢跟出来,刚出院门就瘫软在地。老太太对王万顺的计划好像不持立场,王万顺和她讲的时候她一直沉默着,后来又哭起来。王万顺需要黄明灯的衣物,她配合着取来了。金宝啊,有人把老太太扶起来后她又喊,奶奶对不住你,奶奶是个畜生,奶奶早就不想活了……她也要到打谷场去,我母亲和另外一个女人把她搀回了家。我母亲想把我喊回来,我早就跑到了打谷场,我怎么情愿错过这样一场好戏?

王万顺拉着金宝来到打谷场,人群安静下来,只有那只羊还在叫。人们自觉地向后退,排成了括号一样的队列,那只五花大绑的羊以站立的姿态一览无余地呈现在少年金宝面前。它看上去不像是羊,而是一个等待处决的罪犯。黄明灯的衣物让它变得荒唐可笑,那顶高高在上的帽子虽然缠绕着麻绳,还是在脑袋的摇晃中急剧地动荡着。脖子上吊着的那个纸牌也在动,那个红叉仿佛墨迹未干,流淌着鲜红的血。我吃惊地望着羊,后来不清楚为什么把黄金荣想起来了。

金宝,你还等什么,这就是黄明灯,上去杀了它!王万顺喊,顺手推了金宝一把,金宝趔趄几步又停下来。金宝像是受了惊吓,又像是刚从梦里钻出来,迷迷瞪瞪的样子。金宝,你不是每天叫喊着要报仇吗?你不是每天提着刀转悠吗?你去杀呀,你快动手呀!王万顺又喊,金宝还是没有向前,那只羊叫得更凄厉了,它看到了屠刀。金宝,你答应过我的,报了仇就把刀交给我,你快去呀!王万顺又推了金宝一把,马老师突然冲上去,想把金宝手里的刀夺下来,王万顺一把搂住他,拖到了一边。马老师说,金宝,不能,不能。王万顺居然将马老师推倒了。金宝,你这个软蛋、胆小鬼、窝囊废,你还像不像个男人?王万顺又喊,金宝颤抖起来,先是两条腿,然后是手,是那把明亮的屠刀。金宝突然怒吼了一声。金宝喊,我要报仇!我要杀人!金宝举起刀疯狂地挥舞几下,然后向那只羊冲去,羊发出一声惨叫,帽子突然甩下来,金宝猛地收住了步子。我要报仇,我要杀人!金宝又喊,双手握着刀把,像端着一架冲锋枪,斜着身子没头没脑地刺过去。金宝的样子太疯狂了。他的身体倾斜得越来越厉害,整个儿人就是一个带着刀尖的武器。我要报仇,我要杀人!他还在喊,刀却刺偏了,他从榆树桩旁边穿过去,继续向前冲刺。我要报仇,我要杀人!他一直向前冲,眨眼间冲出了打谷场……

没有谁想到会是这样的结果。金宝已经奔跑到了村街上。他还在喊,他的声音终于把人们叫醒了。王万年说了声不好,追了上去,好多人都去追,连村支书王万顺也去追。一支浩大的队伍出现在村街上,追逐着那个挥刀奔跑的少年。少年金宝跑得太快了,他一直在喊,他的喊声却越来越远。他在老槐下拐了弯,继续奔跑。他跑向了后山,当人们追上山坡时已然踪影皆无。

　　这一次，大家做出了一致的判断，金宝钻进了地道。人们捡来了柴火，点燃了火把，如一列燃烧的火车浩浩荡荡开了进去。我也想跟进去，我父亲一脚把我踹出来了。我和几个伙伴守着地道口，望着里边忽闪的火光。喊声在火光照耀下颤抖、震荡。金宝，金宝，金宝你跑哪儿了，金宝你出来呀……喊声从地道口钻出来后已经虚无缥缈，仿佛来自遥远的古代。

　　但金宝并不在地道里。狼狈的人群只是从地道里找出来一口生锈的铁锅，那是兔子家一年前丢掉的。另外还找出来半袋发霉的玉米。铁锅和玉米的存在让人想入非非，但大家顾不上多想了，村子里传来混乱的哭喊声，一群人赶紧往回返，来到打谷场时看到那只站立的羯羊脚下已经血流成河。马老师瘫坐在地上，我母亲和另外几个女人慌乱地搀扶他，女人们看到大队人马后又哭喊起来，金宝跑回来把羊给宰了！你们不知道金宝有多疯狂，母亲说，金宝真的是疯了，一刀就把羊给捅了，然后又捅了三刀，他还笑呢，他拎着血淋淋的刀跑掉了，就像当初黄明灯跑掉。母亲当然是事后才发出如此感叹的，谁都顾不上多问，人们又开始寻找金宝。马老师刚刚缓过神来，金宝奶奶又瘫倒在村街上。老太太用孱弱的声音呼唤着金宝，这是她最后一次预习死亡，第二年开春以后她终于死掉了。

　　腊月的村庄乱作一团，一直到夜色围拢，几路人马还是没有把金宝找回来。支书王万顺面如土灰，但他还在咬牙切齿地发号施令。挖地三尺也要把兔崽子找到，他说，找到兔崽子后我非一刀把他给捅了。他的声音变得嘶哑，逻辑也开始混乱，难道不是他处心积虑地安排金宝杀羊的吗？但他还是跑了一趟喜镇，把警察也请来了，村子周围的山岭上闪耀起星星点点的灯火。嘶哑的呼喊声隐隐传来，与飘荡到村庄上空的哭声交织在一起。我也想参加到寻找金宝的队伍中，但母亲不让我去。母亲也不容易，她又要和其他几个女人照顾金宝奶奶，又要看管我，眼泪都顾不上流了。母亲提出来把老太太送到喜镇的卫生院，说完又后悔了，如果送过去，住院的钱让谁负担呢？何况老太太不想去。老太太醒过来后又开始哭，又开始呼喊金宝的名字。老太太甚至揪扯起自己的稀疏的白发。老太太把自己的脸抓出了五道血痕。金宝啊，老太太喊，奶奶是畜生，奶奶对不起你……然后老太太又晕了过去。

我的心里则乱糟糟的，说不来是悲伤还是恐惧。或许我根本就没有悲伤，没有恐惧，而只是乱。我如此真切地意识到，人活一辈子真是不容易，活着真是太麻烦了。我站在金宝家的屋檐下望着天上的寒星。金宝跑到了哪里？他是寻找黄明灯报仇去了吗？他根本找不到黄明灯，因为连警察都找不到。但他会越走越远，从此浪迹天涯，成为一名江湖侠客、武林高手。这样想，我毫不犹豫地生出几分羡慕来。我真想追随他，就像当初追随黄金荣一样。我也许小瞧金宝了，他的形象瞬间伟岸起来。我突然想呼喊一声金宝，村街上传来了嘈杂的声音，我不管不顾地跑了出去。

我来到村街上，人们果然把金宝找到了。王万年背着金宝奔跑，其他人也奔跑着。他们一边跑一边喊，快，快，快！像是在催促王万年，又像是催促着自己的脚步。后来我才知道，王万年他们是在金宝父母的坟头上找到金宝的。王万年看到金宝的时候，金宝已经把他的刀插进了自己的胸膛。金宝双手握着刀把，嘴里喃喃着，呼喊着妈妈。趴在王万年肩上的金宝还在喊妈妈，声音却越来越低。王万年快跑不动了，金宝的脑袋在他肩头上晃来晃去，有人要替他背着金宝，他却不肯撒手。他拼命地跑，平时跑步练出来的功夫真正派上了用场。王万顺还算清醒，清冷的月光下，他还是咬牙切齿的样子。他把金宝的刀愤怒地砸向一棵柳树。他命令胡保卫赶紧去发动三轮车。他一边奔跑一边问奔跑的人群，金宝在说什么？有人说金宝在喊妈妈。魏寡妇刚好从巷子里跑出来，他声嘶力竭地喊，金宝喊他妈呢，魏寡妇你快答应呀！魏寡妇使劲地张开了嘴，终于喊了出来，金宝，金宝别怕，妈守着你呢，妈就在你身边。然后，另外一些跑出来的女人也喊起来，金宝，妈守着你呢，妈就在你身边！听不到金宝的喊声，女人们的声音却无比嘹亮。这个寒冷的夜晚，杨村三十多个女人奔跑在村街上，她们争先恐后地充当着金宝的母亲。王万顺把金宝抱上三轮车后她们全都哭了。她们齐心协力地哭到了天明。

八

金宝被送到喜镇卫生院后，卫生院的大夫又陪同着把他送到了凤城医院。不清楚黄金荣是怎么知道的，他赶了过去，金宝需要输血，他的血液毫不犹豫地流进了金宝的血管里。后来我母亲说，也许就是因为黄金荣给金宝输了血，他们两个长得越来越像了。

我母亲说这话是在二十多年以后。我已经在凤城参加了工作，我陪着母亲到一条便民巷里买菜，无意中碰到了黄金荣和黄金宝。那是在盛夏，黄金荣和黄金宝站在一堆西瓜中间，他们都光着膀子，剃着光头，他们的样子真是太像了。有个五大三粗的男人买瓜，黄金荣单手搂起来一只放到了秤盘上。男人怀疑瓜没有熟，他用刀尖一点，瓜嘎的一声炸开了。他的手机响了起来，黄金宝接过他的刀，瞪着眼问那个男人，要吗？男人赶紧掏出了钱包。我和母亲从远处望着他们，最终没有走过去打招呼。母亲说，真的是黄金荣和黄金宝吗？他们长得太像了，都这么多年了你一眼就能认出来？我扭头瞅了瞅，不知道如何回答。我母亲又说，我看到刀就害怕，他们哥俩会不会闹意见呢？母亲的神色慌乱起来，她肯定是想起了黄明灯，想起了往事。这么多年了，黄明灯是死是活谁也不清楚。这个不要命的家伙，就为了一棵树，他把弟弟和弟媳妇全都杀掉了。

波隆那比熊

一

家具城马上要关门，二楼一户商家把马龙喊过去，让他往"德国小镇"送一只五斗橱。老板娘说，马龙，去了你一个人扛到楼上就可以了，我给你加十块钱搬运费。马龙赶紧道谢，您就是我的衣食父母，您的大恩大德我下辈子也不忘记。老板娘说，马屁精，路上小心点，别把柜子给我蹭了。装好柜子，马龙又在外边罩了一层毡布，电动三轮车后马槽有点松动，哗哩哗啦地响，他找来一根八号铁丝在角上紧了紧。"德国小镇"离他的住处不远，送完货他一拧油门就回家了。

"德国小镇"是三年前刚刚开发出的楼盘，凤城有名的富人区。天色暗下来，路灯亮了，马龙等了五个红灯，半个小时后看到了"德国小镇"的指路牌。拐上通往小区的水泥路，马龙靠边停下车，给李丹阳打了个电话。马龙说，李丹阳你猜猜看我现在在哪儿？李丹阳说，不猜，我正忙着呢。马龙说，猜猜有什么了不起，你不希望我给你带来点惊喜吗？李丹阳说，我的惊喜是每天晚上你交我五百块钱。马龙挂断电话后有些扫兴，准备给买主打，又想，抽根烟再打也不算迟。一根烟还没有抽完，他看到面前的车辆已经摆起了长龙，扶着车把站起来往前看，有一辆丰田车横在路中央，两面夹攻，谁都不能动弹了。马龙来了兴致，探着身子一直看，脖子都有点累了。他看到的都是高档车，奥迪、宝马、奔驰，最次也是凯美瑞。一辆凯美瑞和奔驰之间还夹着一辆艳红的保时捷。喇叭的长鸣响成一片，他突然很气愤，心想，摁喇叭有鸟用，有本事长出翅膀飞进去呀！他目测了一下，左边商铺的台阶与车辆间留着一条通道，他的三轮车差不多可以开到小区门口。他车技好，一边向前行驶一边还左顾右盼。到那辆保时捷跟前，开车的果然是一个女人，可惜并不漂亮，浓妆艳抹把一辆好车给浪费了。供他的三轮车行驶的路面越来越窄，他还在往前开。他听到某辆车里有人骂他，越发有点幸灾乐祸。他已经看到在"德国小镇"大门一侧卖烤红薯的李丹阳了。

　　孙子，你给我站住！马龙听到身后有人叫喊，没认为是喊他。他爷爷在老家，三年前就去世了。开三轮车的孙子，你给我站住！那个声音气坏了，马龙停下车，一个牛高马大的男人冲上来抓住了他的衣领，没等他回过神来就被揪扯了下来。马龙立稳身子，看清了男人的相貌，两条腿抖了起来。马龙说，大哥，有话好好说！男人又揪住了他，一口气将他揪扯到一辆银灰色的宝马前。男人说，孙子，你这叫肇事逃逸明白不？马龙看到了宝马车后边的车门上一道闪亮的划痕。大哥你误会了，不是我干的，他赶紧辩解。再说一遍？男人把马龙拽过来，甚至要拎起来，马龙在男人面前像一只灰头土脸的瘦猴子。马龙说，我不说了，可真不是我干的。好多人从车上下来看热闹，喇叭的鸣叫停歇下来。有人喊，小子，是你三轮车上的铁丝划的，我们都看到了你还敢抵赖？马龙瞟了一眼喊话的人，这家伙是从奥迪车上下来的，奥迪给三轮车当爹也就罢了，还要给宝马当儿子吗？马龙突然想起来，他在加固三轮车后马槽时余出来两寸长的一截铁丝，并没有剪掉。他目测了一下那道划痕的高度，认定是八号铁丝闯祸了。大哥，您的大恩大德我永世不忘，我赔，赔多少？马龙带上了哭腔，宝马车主一把将他推倒了。一万，他说，再加两千肇事逃逸的罚金，再加两千精神损失费。马龙坐在地上再不想起来，三个数字加起来是一万四，尚不清楚可不可以打折。大哥，您大恩大德……说着，他看到李丹阳从路边商铺的台阶上疯疯癫癫地跑了过来。春天，李丹阳穿着一件花格子衬衫，戴着两只蓝色的套袖，肉嘟嘟的身材，因为没有戴乳罩，两只乳房快跳疯了。还好天色已经暗下来，她奋力摆动的两条胳膊可以遮人耳目。眨眼间李丹阳跑到了马龙身边，更多的人聚拢过来，连疏导交通的小区保安也把手背到了身后。李丹阳瞅了瞅车上的划痕，突然用双手揪住了马龙的衣领。马龙工作服上那粒宝马车主快要揪下来的扣子终究被她揪掉了。你干的？李丹阳瞪着小眼睛，喘着粗气问，马龙无奈地点了点头。李丹阳抬手在马龙脸上扇了一个响亮的耳光。马龙的耳朵嘶鸣起来，望着李丹阳哑然失语。宝马车主也愣住了，不清楚这个女人为什么要替自己出这口气。围观者嘀嘀咕咕，有人认出来这个女子是小区门口卖烤红薯的，却还是不明就里。大哥，李丹阳扭头对宝马车主说，你怎么还不揍他，你快揍他出出气呀，他哪儿有钱赔你，就算卖到屠宰厂也没几斤肉！宝马车主渐渐反应过来，扑哧一声笑了。你们两个这是在演双簧是不是？你们觉得有意思吗？赔不起，好，那让他给我把那道划痕舔了，让他舔了呀！宝马车主扒拉开李丹阳，揪住马龙的头发往车门上靠。马龙留着长发，两个礼拜前他就准备理发了。舔了！宝马车主喊。舔了！舔了！！舔了！！！有人开始呼应。马龙的脑袋不由自己控制，却还在想，有钱人看来都是一伙的，他掉到有钱人的汪洋大海里了。他双唇紧闭，咬着牙，甚至想把舌头咽到肚子里去。他明白李丹阳的良苦用心，可她也太过分了，真他娘钻到钱眼里了是不是？他的脑袋被动地向前杵，那扇受伤的车门突然打开了。他挣脱男人努力向后缩，担心再把车门撞出一个大坑来。

一个年轻的女人从车里钻了出来。女人抱着一条白色的小狗，虽然脸上挂着不耐烦，甚至愤懑的神色，但对她的姿色并没有造成多少破坏。众人目瞪口呆，没有人注意到宝马车里还坐着一位香艳女子，这场戏太好看了。你有完没完，小九饿了，我要带它回家吃饭。女人皱着眉头冲宝马车主说，一边牵引着众人的目光往前走。女人从李丹阳身边经过，李丹阳突然喊了一声姐。姐，姐！接着她又喊了两声，侧身跟着女人走，脸上堆起了笑。姐，姐，姐！她一直喊，女人扭头看了看她，皱着眉头笑了。她是我妹！女人冲宝马车主喊，也就划了一道子，你觉得有意思吗？

二

晚上，马龙第十三次问李丹阳，宝马车上下来的那个女人是谁，怎么会是你姐呢？李丹阳不搭理马龙，她背靠床头，一边看电视，一边织十字绣。她织的是"家和万事兴"的图案，这个浩大的工程已经持续半年了。电视是从二手市场买来的，图像不太清晰，画面中的人物是阴阳脸，笑起来怪滑稽的。或许不能怪电视，也许是架在房顶上的那个"锅盖"出了问题。房子是古旧的平房，吊顶正中间的一块掉了，像张着一张黑乎乎的大嘴巴，旁边两块锈满水渍，像伤痕累累的脸。房子的面积也就二十来平方米，但院子却不算小，他们可以和其他租客一起使用，不仅可以停放马龙的三轮车和李丹阳卖烤红薯的家什，还可以用窗户底下的蜂窝煤炉子做饭。这片区域属于城乡接合部，与"德国小镇"只隔着一堵围墙，据说很快就要拆迁，已经规划为"德国小镇"的三期工程。

李丹阳，我快憋死了，求求你告诉我吧。马龙央求李丹阳，他希望知道谜底。他也坐到床上，一只手在李丹阳的大腿上摸。李丹阳将马龙那只不安分的手扔到床下，并且用针头对准了它。你找死呀！李丹阳说，这是马龙送完货回家以后她说的第一句话。马龙说，反正也是死，要不被有钱人骂死，要不自己把自己憋死，要不被你扎死，你来扎，你来扎呀！李丹阳果然扎了马龙一针，马龙疼得叫喊起来，李丹阳，一日夫妻百日恩，君子动口不动手，你真是心狠手辣。李丹阳说，狗屁，谁和你夫妻？你有房吗？有车吗？你以为我会眼睁睁地嫁给一堆垃圾？马龙耷拉下脑袋，舔了舔手背，嘟囔说，就当垃圾堆被美丽的小蜜蜂亲了一口吧。李丹阳嘴唇一抖，差点儿笑出来。马龙扑上去，把李丹阳肥硕的腰身结结实实搂住了。

滚开！李丹阳把马龙推开，你给我靠墙站好！马龙按李丹阳的指令靠墙举起了双手，像电影里的情节。李丹阳站到地上，咬牙切齿地指住了马龙的鼻子，你说你今天闯了多大的祸，你还敢对宝马车下手，榨干你的骨髓油你能赔得起吗？要不是遇上我姐，你说会是什么结果，你说呀！马龙说，那个女人到底是你什么姐，我怎么从来没有听你说过？李丹阳说，这个你别管，你先回答我的问题。马龙说，结果是我会被大卸八块，然后被那帮人和你一块一块地丢进垃圾筒。李丹阳说，你给我严肃点，你明天跟我去负荆请罪，负荆请罪你明白吗？马龙说，去也可以，可你那个姐夫太凶了。

　　第二天李丹阳并没有带马龙去负荆请罪。吃过早饭，马龙开着三轮车又到家具城门口揽活，临行前愤怒地剪掉了那截惹是生非的八号铁丝。李丹阳则照旧去"德国小镇"门前卖烤红薯。她烤红薯用的炉子是用半截汽油桶改造的，固定在一辆板车上，板车车辕下还焊了两条腿，走到哪里都可以稳稳当当停下来。她今天特意挑选了些体型瘦长的红薯，准备烤好以后送给那个从宝马车上下来的女人。那个女人是她姐。

　　李丹阳和她姐其实只见过四次面，除了昨天，都是在她来买烤红薯的时候。姐，你慢走！姐，这一根瘦，火候也刚好！李丹阳推着车往"德国小镇"大门那边走，把好些情景想起来了。女人后面两次来买烤红薯都是穿着粉色的睡衣，懒洋洋地抱着那条白色的小狗。那条小狗很乖，躺在女人怀里一动不动，一开始她还以为女人抱着一个毛绒玩具呢。第一次想不起来了，后边两次，女人都是在下午三四点钟来买烤红薯，也许她还没有吃午饭吧。

　　烤炉上盖着一个厚重的铁皮盖，李丹阳失去了耐心，几次掀起盖子往炉子里看。这样会让红薯的香味跑掉，她当然清楚。她往小区里边看，估计有六七十栋楼房，以两栋小高层为界，后边是别墅群，她姐会住在单元楼还是别墅群呢？她又把铁盖掀起来看，香味扑上来，有两根已经烤好了，其中一根裂了一道缝，吃吃吃地叫，涌出来诱人的黄浆，像是给红薯戴了一条金项链，或者围了一条金丝带。这个时段顾客其实很少，平时，她把红薯放进去后并不会把火眼捅开。她往往是欣赏着小区里的风景。距离小区大门不远就是一个广场，广场上的喷泉交织缠绕成各种形状，唰一声落下来，她的心里不清楚为什么会咯噔一声。再往远处看有一片草坪，一栋楼房阻隔了目光，只能看到草坪的一个角。草坪的旁边，也像其他地方一样盛开着白色的玉兰花。她站在小区门口闻到玉兰花的香味了。"德国小镇"，德国的小镇也会盛开着玉兰花吗？

李丹阳埋了火。即便如此，过一会儿炉子里那些红薯也会过了火候。过了火候就会有焦煳味，会发苦，红薯皮硬邦邦的不容易扒下来。她又往小区里边看，门口一个胖保安向她走过来。妹子，我又闻到烤红薯的香味了。胖保安笑着说，他缺了一颗门牙，原来胖子缺了门牙后尤其难看。李丹阳揭开盖子，把炉子里最粗的一根红薯夹出来，递给了胖保安。胖保安接过红薯，两只手倒来倒去，还呼哧呼哧地吹，卡在喉咙里的痰快要吐出来了。胖保安说，妹子，每次吃你的红薯，我的心里都热乎乎的，就像是吃了一团火。说着他把目光投向李丹阳，投向她鼓胀柔软的胸部。李丹阳说，大哥那你干脆把我的炉子也吃了吧，省得我这么辛苦。胖保安掰开红薯笑了，又说，昨天我可是替你捏着一把汗呢，什么玩意儿！李丹阳说，大哥你这是在骂我？胖保安说，我怎么会骂你，我骂那两个狗娘养的，开个宝马有什么了不起，有本事开一辆装甲车。李丹阳说，大哥你不能骂她。胖保安说，谁？那个贱女人？李丹阳说，什么话，她是我姐。红薯太烫，胖保安咬了一口后敞着嘴咝咝地吸气。你姐，她怎么会是你姐呢，她纯粹是一个……李丹阳打断了胖保安的话，大哥你就别骂我姐了，你知道她住在哪栋楼吗？胖保安说，她是你姐你还不知道住哪栋楼？李丹阳说，大哥，求求你，你就告诉我吧。胖保安说，这个不行，我们是有纪律的。说着他把剩余的红薯砸向一只野狗。

这一天生意其实不错。中午吃饭的时候，李丹阳带的红薯只剩下九根。午饭她会吃一碗面皮，或者麻辣烫，有时候还可以用烤红薯和其他小贩交换。大家都是推着板车讨生活，彼此图个方便嘛。剩下的九根红薯李丹阳不想卖了,希望下午三四点能等到她姐。她和胖保安说话的时候又叫了两声姐,越发觉得那女人是她姐了。但一直到四点半,她姐并没有从小区出来。她去小区里上了几次厕所,同样没有看到她。她不停地张望,马龙开着三轮车突然出现在她的面前。

李丹阳!马龙在车上嬉皮笑脸地喊,把李丹阳吓了一跳。李丹阳说,你怎么跑过来了?马龙说,我到附近送家具,拐过来看看你。李丹阳说,有什么好看的,你怎么记吃不记打呢,还往这边跑?马龙说,我就是有点不放心嘛,那截铁丝已经剪掉了,现在路上的车也不多。李丹阳说,有什么不放心的,你赶紧给我滚,以后不准来。马龙说,待会儿我准备买"超级大乐透",想征求一下你的意见。李丹阳说,你就别糟蹋人民币了,赶紧给我滚。马龙却下了车,从衣兜里飞快地摸出一袋板栗递给李丹阳。李丹阳接过板栗后想笑,还是憋住了。赶紧给我滚,她说。滚就滚,马龙嘟囔着准备上车,突然又把脑袋凑过来说,李丹阳你今天又没有戴胸罩,太不像话了!李丹阳愤怒地将两颗板栗砸在了马龙的额头上。

三

连着两天,李丹阳都没有见到她姐。她想和胖保安再打听一下,或者问问其他人,但她忍住了。第二天快要收摊的时候她看到了那辆银灰色的宝马车,她记住了宝马车的车牌号。宝马从她面前经过,她愣怔一瞬往过跑,猛然收住了步子。车门上那道划痕还在,她感觉自己的肚子被什么东西拉了一下,就是那种大冬天拉开拉链的感觉,冷飕飕的,麻酥酥的,隐隐作痛。她姐会在车上吗?如果在,她为什么不摇下车窗和她打声招呼呢?宝马进了小区后拐了道弯消失了,她追进小区,赌气般想,我就不相信等不到你,有本事你不要出来,有本事你搬到德国去。

果然,第二天下午四点多,女人抱着那条小狗出现在了喷泉旁。李丹阳手忙脚乱,从炉子里往出夹红薯的时候把盖子碰到了地上。她顾不上捡，抓着两根红薯往小区里跑。跑几步她又停下来，返回来把红薯装在了两个纸袋里。又想，要不还是别去送了，等她姐过来的时候直接从炉子里夹两根更好。她犹豫着，再往小区里看，她姐却不见了。她抓着两个袋子跑进小区，旁边卖鸡蛋灌饼的李婶替她捡起盖子后冲她喊，丹阳你跑什么呀，需要把炉子盖上吗？

　　进了小区后李丹阳果然看到了她姐。她姐已经把小狗放下来，跟在狗的后边沿着石子铺的便道缓缓往前走。便道旁栽着两棵玉兰，肥硕的玉兰花映衬着她姐婀娜的身姿。她姐梳着马尾辫，穿着白衬衣，外边套着米黄色的背带裙，看背影像是一个闲庭信步的大学生。李丹阳跑得喘吁吁的，距离她姐还有十来米，想喊一声姐，却被喉咙卡住了。来到她姐身后她紧张起来，又想喊姐，不小心咳嗽了一声。她姐扭头看到她，她赶紧笑，肯定笑得难看死了。姐——她把嘴唇吃力地张开，声音很低，她姐也许根本就没有听见。她姐也冲她笑了。她姐说，原来是你呀。李丹阳说，姐，我都找了你三天了。她姐说，你找我有事？李丹阳愣了愣神，伸展双臂把两个袋子递过去。李丹阳想，她姐帮她和马龙解了围，省下那么多钱，难道忘记了吗？姐，趁热吃吧，她说。她姐接过一个袋子，拽出红薯，往垃圾箱那边瞅，李丹阳跨前一步，把纸袋接了过来。你的红薯烤得真香，我小时候也烤过。她姐一边掰开红薯一边说。李丹阳又笑，姐，以后你的烤红薯我就承包了，什么时候想吃给我打电话，后半夜打电话也行，我给你送过去。谢谢你，可红薯含糖量高，吃多了会发胖的，她姐浅浅地咬了一口，吃相文雅死了。姐吃多少红薯也不会发胖，姐的身材多好呀，全小区，不，整个凤城数姐的身材好呢。李丹阳夸奖她姐，她姐果然又笑了，你还挺会说话的，叫什么名字？李丹阳说，姓李，丹凤朝阳的丹阳。她姐说，好名字，性格也好，热情、开朗、大方。李丹阳垂下了头，有点羞涩了，重新抬起来后说，姐，那天多亏你帮助我们……她姐说，我帮助你们什么了？李丹阳说，姐，你忘了吗，那个开三轮车的是我男朋友，姐，你快吃红薯，趁热吃，我炉子里还有七根呢。女人又吃了一小口，前面走着的小狗突然躬起了腰,尾巴旗杆一样直戳戳竖了起来。小九,不能随地大便,丹阳阿姨会笑话你的!女人往前走两步,躬下腰,希望制止小狗大便似的。小狗却不肯听她的,眼瞅着拉出来了,拉完后又往前跑。女人往身上摸,李丹阳判断她是要找卫生纸处理狗粪,赶紧冲上去,垫着装过红薯的那只纸袋抓起粪便,丢到了一株玉兰的根部。狗粪也是好肥料,她说。她一扭头,看到她姐把手里的红薯丢进了垃圾箱。

连着五天,每天下午女人都会带着小狗出现在喷泉旁。李丹阳呢,看到女人后抓两根红薯就会跑进小区。姐,你快趁热吃吧!每一次李丹阳都会这么说。女人未必会吃李丹阳的烤红薯,女人带着小狗往前走,李丹阳也跟着走,边走边和女人聊天。李丹阳不知道聊什么好,女人不说话的时候她感觉别扭死了。姐,你就是凤城人吗?姐,除了爱吃烤红薯,你还喜欢吃什么?李丹阳提出来这些问题,女人只是笑,她就觉得不该聊这些了。可是,不聊这些又能聊什么呢?她就夸奖那只小狗。女人告诉她,小狗是一只比熊,名字叫小九。小九太可爱了,雪白的皮毛,乌黑的眼睛,脑袋看起来像是毛茸茸的棉花糖。小九蹦来蹦去,有一次追逐一只蝴蝶,蝴蝶飞走后它竖起身子也想往天上飞,女人都笑成一朵花了。李丹阳也笑,但她笑得并不自然。她不觉得一只狗追一只蝴蝶有什么好笑的,但她在努力地笑,陪着她姐笑。她姐虽然和她笑过好多次,但都是微笑,她察觉到她姐不怎么开心的,是她多虑了吗?她姐的手机响起来,接过电话后突然很生气。小九围着她撒欢,她居然踢了小九一脚。黄胜利,你个王八蛋,黄胜利,你给我滚!她姐这么说,李丹阳后来才知道,小九还有个名字叫黄胜利。李丹阳望着她姐的样子不知所措,她手里还攥着两根烤红薯,递过去说,姐你消消气,姐你吃红薯吧!她姐夺过红薯,砸向一棵白玉兰。李丹阳吓坏了。李丹阳说,姐,你不喜欢吃就别吃了。她想把红薯捡回来,扔了怪可惜的,她姐又冲她笑了。丹阳,对不起,她姐说,你过来给我送红薯不是耽误生意了吗?李丹阳赶紧说,不会的,有李婶照应呢。一片花瓣落到李丹阳头上,她姐帮她摘了下来。她姐说,丹阳,你可真像我妹。李丹阳眼窝突然热起来，像是受了委屈，又像是被某一件事情感动坏了。

有一次，女人突然提出来要李丹阳带她去烤红薯，甚至不管不顾地把李丹阳的套袖扯下来戴上了。姐，那咱赶紧去呀！李丹阳拉住了她姐的手，她姐的手细长、白净、绵软，却有点凉，李丹阳一下子就察觉到了。算了，她姐突然把手抽回去，依次把两只套袖扯了下来。算了，她姐说，丹阳你跟我到家里去，送你几件衣服吧。

女人果然住在别墅区。别墅是欧式风格，栅栏围着个小院，院子里也栽着一棵白玉兰。但白玉兰并没有开花，树叶卷曲着，半死不活的样子。院子也荒芜着，去年的枯草还在，又生出来不少杂草，还白旗一样挂着两只塑料袋。李丹阳一下子就注意到那棵玉兰，以至于把高贵典雅的别墅忽略了。她姐的别墅和其他别墅的外观没什么区别，也确实没什么好看的。她在想，这棵玉兰为什么不开花呢？是让虫子蛀了吗？还是因为水土不服、营养不良？她在老家的时候给苹果树喷过农药，拿不准玉兰树应该喷哪一种。她的脑海中出现了迎宾大道上那些吊着瓶子的泡桐树，原来树也可以输液的。小九进了院子后撒起了欢，她又想，要不要现在就进去帮她姐除除那些杂草呢？丹阳，她姐喊她，进去喝杯咖啡吧。她愣了愣神，居然没有应声。她姐也没有再邀请她，隔了一会儿，拎着两个大袋子出来了。拿去穿吧，或者你扔到垃圾堆！她姐说，她姐好像又生气了。

四

女人三天没有露面了。李丹阳总是往小区里张望，还去过她姐的别墅前两次。别墅里边很安静，她犹豫着，没有勇气摁下门铃。还有一次，她远远地看到那辆宝马车停在门前，警惕地走过去，那道划痕还在，赶紧溜走了。她的情绪有了变化，或者说她有了心事了，连卖鸡蛋灌饼的李婶都看出来了。李婶问，丹阳你有什么心事，话也少了，笑脸也少了，和男人闹矛盾了是不是？李丹阳赶紧笑。李丹阳说，那个开电动三轮车的不是我男人，是男朋友。李婶说，男人也不怕，不行的话趁早吹灯拔蜡各奔前程，你是不是嫌他是开三轮车的？李丹阳说，李婶你这是说什么呢。李婶说，你是不是嫌他又瘦又小？李丹阳说，我们真的挺好的。李婶说，其实我知道你们挺好，你的心事是不是和小区里那个女人有关？你怎么不去陪她遛狗了？李丹阳无言以对，上次她姐给她衣服的时候，她感觉她姐生气了，是因为她没有跟她姐进屋去喝咖啡吗？她姐给她的衣服太瘦了，她试了好多次，终于吃力地穿上了一条牛仔裤。牛仔裤把她大腿上的肉全都挤到了腰上。她快憋死了，下决心要减减肥。她姐看到她穿着这条牛仔裤会开心吗？或者开怀大笑？她抻了抻腿，牛仔裤虽然是名牌，做工考究，裤裆还是刺啦一声扯开了。

马龙也看出来李丹阳有心事。马龙说，李丹阳你是不是给我怀上孩子了？李丹阳说，一边待着去。马龙说，你总吊着一张脸干什么，不说话你以为就能减掉二十斤吗？李丹阳埋头只顾织她的十字绣。十字绣进展缓慢，跑针都跑了一百遍了，"家和万事兴"那个"家"字待的地方都快被她戳成洞了。马龙说，你这个样子是不是因为你姐？你觉得这样有意思吗？李丹阳说，不准你说我姐。马龙说，我看你那个姐根本就不是什么好玩意儿，八成是二奶，或者三奶，你怎么能把这样的女人当成姐，这就像认贼作父？李丹阳说，放屁，就算她是二奶三奶也是我姐，你还有没有良心？你这样咒我姐不怕烂了肠子吗？马龙放声笑出来。马龙说，李丹阳，你骂我我就觉得你正常了，我就是想让你骂，我替你捏着一把汗你知道不？你姐美丽善良、知书达礼、冰清玉洁，你姐是咱们的福星、救星，咱们好好报答你姐好不好？李丹阳说，那你说怎么报答，你知道玉兰为什么不开花吗？马龙一时无语，没想到李丹阳把他的赞美当真了。

李丹阳的生意也受到了影响。她总是往小区里边看，烤出来的红薯不是心子硬就是过了火候，老顾客都有意见了，连胖保安都看不下去了。胖保安说，妹子，你要是想去看你姐我带你去。李丹阳回过神来说，我说要去看我姐了吗？胖保安说，那你总探着脖子看什么？李丹阳说，我在看玉兰花，德国小镇的玉兰花难道不让别人看吗？但这一次她又看到了她姐。她姐抱着那条小狗又出现在喷泉旁，她撇下胖保安，抓了两根红薯飞快地跑进了小区。姐，姐！喷泉唰一声落下来，李丹阳喊得痛快淋漓。姐，姐！她继续喊，眼窝竟有点热了，水雾打在她滚烫的脸颊上。

　　她姐果然笑了。她姐抱着小狗，腾出一只手在李丹阳的额头上轻轻摸了摸，李丹阳看到她姐的三根手指上挂上一片黑晕，一准是她烤红薯的时候不小心抹上去的。姐，她又喊了一声。丹，阳，对，丹阳，我正想去找你呢，她姐说。李丹阳愣了愣神，双臂平举，把两只烤红薯同时递过去。我今天不想吃烤红薯，她姐说，我想让你帮我个忙。李丹阳使劲点头，姐你快说！一边想，她姐有什么事情需要她帮忙呢？是想让她给那棵玉兰树治治病吗？丹阳，是这样，她姐说，我要出去旅行，半个月的行程，到德国、意大利、芬兰……我是说我在凤城没有什么朋友。李丹阳皱着眉头听着，心想，她姐要出去旅游，是要让她看门吗？她的眼窝又热了，她姐对她太信任了，根本就没有和她生气。姐，你就放心吧，她说，反正我每天都在大门口卖红薯。她姐的眉头也皱了皱。她姐说，丹阳，小九其实挺乖的，它也就是一只狗，按时喂它，下午遛一遛，别丢了，别让它和其他狗混在一起就行。李丹阳喊了出来，姐，原来你是让我替你养着这条狗呀！我小时候养过三条狗呢，姐你就放心吧，等你回来的时候它会吃得又肥又壮。她姐摸着怀里的小狗说，别把它撑坏，她不需要长个子，它是一只比熊。小狗的脑袋突然直起来，她姐抖了一下，小狗从怀里蹦了出去。小狗落地后顺势完成了一个不太规范的前滚翻，摇摇晃晃向前跑。她姐追上去，气愤地喊，黄胜利，你给我站住！

五

　　第二天下午李丹阳就把小狗接管过来。她姐要赶飞机，晚上十点就要出发了。她姐除了把小狗托付给她，还交给她两大袋东西，包括狗粮，牵狗的绳子，晚上睡觉的垫子，供狗撕咬玩耍的大小三根狗骨头，项圈和铜铃，梳理狗毛用的大小三把梳子，给狗剪趾甲的专用工具等。还有一个粉色皮子的笔记本，上边列着二十五条注意事项。她姐一条一条读给她，末了笑着说，丹阳，其实就是一条狗，你千万别当回事呀！李丹阳说，姐你放心，我保证完成任务。她姐回小区前抱起小狗亲了亲，李丹阳想，姐对一条狗都这么好，姐真是太善良了。她抱着小狗和她姐挥了挥手，小狗在她怀里扭着身子，哼哼唧唧想蹦出去，是在为短暂的别离伤心吗？小九你放心，李丹阳摸了摸小狗说，我会把你当成亲外甥照顾好的。

　　李丹阳给马龙打了个电话，让他先把自己送回家，再把板车拉回去。马龙回到家里，李丹阳仰躺在床上，正举着那只小狗逗弄。小九你笑一笑，小九你想我姐了是不是？马龙叹了口气说，李丹阳，你觉得这样有意思吗？李丹阳不理他，他又说，她凭什么让你照管她的狗，这不是添乱吗？李丹阳坐起来说，你什么意思，你的良心真是让狗吃了。马龙说，我的意思是与其养一条小狗，还不如咱们生个孩子。李丹阳说，你有房吗，有车吗，你还想养孩子？马龙耷拉下脑袋。李丹阳说，你现在的任务是和我一起养好小九，你想想看，晚上让小九睡哪儿？马龙到院子里找来一只纸箱子，放到了墙角，把狗睡觉的垫子铺进去。李丹阳说，地上太潮了！马龙把自己替下来的一件工装垫到了箱子底。李丹阳说，你的衣服又酸又臭，想把小九熏死呀？马龙把自己的衣服抽出来，又垫了几层纸板。李丹阳叹了口气说，算了，你根本就完不成这项任务，就让小九在床上睡吧。李丹阳搂着小九躺下，马龙说，李丹阳，咱们两个中间躺一条狗，你觉得有意思吗？李丹阳说，你靠边点，当心压住小九。马龙往边上靠，李丹阳又说，以后不准你打呼噜，快把人吵死了。马龙赌气说，算了，我还是铺上纸板到地上睡吧，把位置给这条狗让出来。李丹阳并没有反对。

　　第二天早上，李丹阳没有去卖烤红薯，她要全身心照顾好小九。她抱着小九来到了"德国小镇"。一晚上小九都叽叽歪歪的，泡好狗粮不肯吃，水也不喝,就是茶饭不思嘛。李丹阳抱着小九站到她姐的别墅前,不停地抚摸它,从头上摸到尾巴上,再从头上摸到尾巴上。一边说,小九小九,我知道你想我姐,我也想她,过上十几天她就回来了。又说,其实我还想我妈呢,过年回家我就住了八天,现在又过了三个月了,你说我想不想?小九仿佛听懂了她的话,两只眼睛湿漉漉的,她学着她姐亲了亲小九。她把小九放下来,让它把前面两个爪子搭在栅栏门最下边的横梁上。小九小九,她又说,等我姐回来后你告诉她,我要把这棵玉兰树的病治好。胖保安不知什么时候来到了李丹阳身后,手里拎着一条乌黑的警棍。胖保安说,妹子你不卖烤红薯跑这里干什么?你怎么也抱着一条狗?李丹阳说,它叫小九,是我姐的狗。胖保安朝别墅指了指说,我认出来了,确实是你姐那条狗。李丹阳说,大哥你怎么说话呢?胖保安又笑,妹子你不应该和这种女人来往,昨天晚上她让一个男人带走了。李丹阳说,我姐是去旅游,去意大利、德国、芬兰。胖保安说,你真不应该和这种女人来往,她会把你带坏的。李丹阳不理胖保安了,她要去遛狗。

　　李丹阳抱着小九看了一会儿喷泉,沿着石子铺的便道来到一棵玉兰树下,把小狗放了下来。小狗走着走着,抬起一条后腿撒了泡尿,李丹阳笑了。李丹阳说,小九,你就把我当成我姐好了,别和我见外,原来怎么样现在还怎么样。她跟着小九往前走,一直来到草坪前。这块草坪太美丽了,修整成一道缓坡,周围栽着玉兰,草坪中穿插栽着五角枫、夹竹桃、月季花,还有一大一小两块奇形怪状的石头。李丹阳说,小九小九,你看那两块石头像什么?小九不理她。她又说,小九小九,那两块石头是一对姐妹,现在你可以猜出来了吧。小九跑进草坪,她也跑进去了。草坪另一边,一帮老头子和老太太看着她。

　　李丹阳每天都要到"德国小镇"遛狗,上午下午各一次。她总是从她姐的别墅前出发,最后再回到别墅前。遛着遛着,她好像成为"德国小镇"的业主,她好像变成她姐了。有一次,她居然在傍晚的草坪上旁若无人地躺了下来。阳光暖融融的,天上的云朵变幻着形状,她闭上眼睛,把小九搂在了怀里。小九在她的精心照顾下活泼起来，欢快起来，该吃时候吃，该拉时候拉，看起来一点儿不和她见外了。小九，如果我一直带着你，每天都带着你，你愿意吗？小九叫了两声，把爪子伸给她，好像要和她拉钩呢，一片玉兰花的花瓣正从树上缓缓落下来。小九你愿意吗？她又问，更像是明知故问。她突然看到一道黑影，那个讨厌的胖保安又来找她搭讪了。她赶紧坐起来，扯下衣襟盖住了肚子。她把那条牛仔裤缝好以后又穿上了，她已经瘦了五斤。胖保安说，妹子，你还是去卖烤红薯吧，别耽误了正事。李丹阳说，大哥你是想吃红薯了吧，说不准我以后就不卖了。胖保安说，不卖红薯你想卖什么？我的意思是你也不是业主，每天在小区里晃悠什么呢？李丹阳突然很气愤。"德国小镇"的保安她不应该得罪的，但她没有把持住，抱起小九快步离去。她的情绪一下子糟糕起来。回到她姐的别墅前，她抓住栅栏门使劲摇了摇，好像要破门而入似的。小九用爪子扒着栅栏门不肯走，她揪住它的脖子一下子把它拎了起来。这个动作把她吓了一跳，她怎么能如此粗暴地对待小九呢？太不像话了！

　　回家的路上，李丹阳给小九道了歉。小九你放心，李丹阳说，我姐回来后我马上把你送回去。小九叫了两声，她又说，到时候你会不会舍不得我？小九又叫，她的眼窝热了。这时候马龙打来了电话。马龙说，李丹阳，你猜猜看我现在在哪儿？李丹阳说，你烦不烦，不猜。马龙说，这次我真的给你一个惊喜，你快回家吧。李丹阳说，狗屁！李丹阳进了院子，开门的时候却拧不动，猛然听到了马龙抑制不住的笑声，她气坏了。给老娘开门！她叫喊，门果然开了。马龙已经打开了折叠桌，上边摆了八个菜，都是从外边买回来的，盘子不够用，有三个菜还放在塑料袋里，菜的中间还摆着一瓶酒。李丹阳说，怎么，你中奖了？马龙说，猜对了！李丹阳说，中了多少，五块？马龙说，笑话，五块有什么好庆祝的，是三千块，三千块你知道不？李丹阳说，也就三千块，我还以为三千万呢。马龙说，万事开头难，三千块是来报信的，你看看，我还给你买了个玉镯子。李丹阳说，不就是三千块嘛，看把你烧的。李丹阳把小九放到床上，拿起来镯子看，镯子算是红的，色泽灰暗，多少有点失望，但她还是戴上了。马龙说，今天晚上咱们喝几杯吧。

马龙和李丹阳居然把一瓶酒喝完了。主要是马龙，喝了有七八两。老婆老婆，我要好好挣钱，我发誓要让你过上好日子！马龙满脸通红，话越发多了，手也不老实，直往李丹阳胸口探。李丹阳说，你给我滚。马龙说，我就不滚！李丹阳说，我爹我妈要是知道我和你小子住在一起，还不知道会多伤心呢。李丹阳本来想说生气，快要出口时改成了伤心，她喝上酒后是有些伤心了。马龙说，李丹阳我说话算话，我不准备开三轮了，我要去跑保险，不跑保险我这张嘴就浪费了。李丹阳说，你就别折腾了，这都是命。马龙说，我不相信命，莫斯科不相信眼泪。马龙不管不顾搂住了李丹阳，李丹阳反抗并不激烈，两个人滚到了床上。马龙说，李丹阳，自从蹬了车你就不让我碰了，我的水龙头都快憋坏了你知道不？马龙解李丹阳的衣服，小九叫了一声，李丹阳把马龙推开了。李丹阳说，小九看着呢。马龙说，怎么了？李丹阳说，小九看着我不好意思。马龙说，那我把它丢到院子里。李丹阳说，你敢？马龙说，我不敢。小九卧到了墙角的垫子上，马龙在他跟前挡了一只纸箱。纸箱不够高，他担心李丹阳还是不同意，又把做饭用的案板竖起来靠在纸箱上。他又爬到床上，李丹阳扳着他的肩问，你洗澡了吗？马龙说，以前你可没有这样要求过。你的头发该理理了，李丹阳还没有说完，马龙已经疯起来，他真像是疯了。你就是一堆垃圾，李丹阳说，啊，啊，你就是一堆垃圾，垃圾……突然"嘭"的一声，小九发出一声尖叫，李丹阳一把将马龙推到了床下。

六

李丹阳发现小九尾巴的末端有点异常，扒开毛仔细看，是有点粗，更像是受伤以后的结痂。这是以前的伤，马龙说，案板根本就没有砸到它。没有砸到小九怎么会叫，它叫得太吓人了，李丹阳说。它是被吓的，这只死狗,把我吓了一跳。你才死狗呢,你的良心真是让狗吃了。李丹阳没心思和马龙争吵,抱着小九匆匆往外走。马龙追出去问,你要干什么去?李丹阳说,你给我滚!已经是晚上十点,李丹阳出了院门,马龙继续追。你给我滚!李丹阳又喊,马龙返回院子里,开出了电动三轮车。

马龙拉着李丹阳来到了附近一家宠物诊所。诊所已经关门了,但里边还亮着灯,李丹阳使劲拍门,几分钟后一个头发蓬乱的小伙子终于把门打开了。小伙子说,小店已经关门了,你们到其他地方吧。李丹阳说,大哥,我们是急诊,不好耽误的。马龙说,宠物诊所也应该实行革命人道主义。小伙子不情愿地放他们进了诊所,诊所貌似里外间,用两个柜子隔开,柜子中间的空当挂着白布帘。白布帘影影绰绰地动荡,里间传来窸窸窣窣的声音。小伙子从李丹阳手里把小九接过去,皱着眉头问,怎么回事?李丹阳轻轻捏住了小九的尾巴,大哥,你看这儿,它被案板砸了一下。马龙说,它没有被砸到,是旧伤。小伙子在小九的尾部捏了捏,瞥了马龙一眼说,不要紧,这算什么急诊?李丹阳说,大哥,不要紧是多么要紧?小伙子说,我不是说过了吗,不要紧。李丹阳说,大哥的意思是它没什么事对不对?小伙子说,我可没有这么说,我还有事,你们走吧。小伙子把小九交给李丹阳,李丹阳没有接。李丹阳说,那它到底有事没事?小伙子说,我怎么能知道它有事没事,我要说没事的话万一有事你不抓住我把柄了?李丹阳说,那你给它好好看看呀,它的尾巴到底怎么回事?小伙子说,那我给它消消毒,涂点碘酊吧。小伙子干起来很熟练,从柜子里取药,拿棉棒,不到两分钟就完事了。李丹阳和马龙怔怔地望着他。好了,五十,你们走吧,我还有事,小伙子说着把小九交还给李丹阳。李丹阳忘记带钱了,冲马龙喊,你死人呀,还不拿钱?马龙说,就涂了点药水,五十块太夸张了吧?小伙子说,大哥你去其他地方打听打听,五十块多吗?马龙说,打五折吧。小伙子说,本诊所小本经营,从来不打折。李丹阳在马龙小腿上踹了一脚,愤怒地喊,啰唆什么,赶紧掏钱!

从诊所出来,马龙以为李丹阳要回家,李丹阳却让他开着三轮车到市中心去。马龙一准认为李丹阳的脑子进水了。马龙说李丹阳,不是已经看过了吗,还折腾什么?李丹阳说,就涂了点药水,你觉得管用吗?马龙说,人家不是说了吗,没什么事。李丹阳说,小诊所不能相信,那家伙急着打发咱们走是要干坏事。马龙说,他挣了五十块钱还不耽误干坏事!

  他们来到市中心一家宠物医院。大医院就是不一样,门庭华丽,亮如白昼,二十四小时营业的霓虹灯不停地闪耀。接待他们的是一个戴着眼镜的五十多岁的胖女人,态度谦和,把小九抱到怀里轻轻抚摸着,像是抱着自己的孩子。小家伙多乖,女人说,我最喜欢比熊了,这可是一只纯种的波隆那比熊,它的毛多白,多么柔顺,小眼睛都会说话了,你们俩把它照顾得多好,你们把它当成自己的孩子是不是?

  女人这么说,李丹阳的脸烫了起来。马龙哭笑不得,皱着眉头难看死了。李丹阳捏住小九的尾巴让女人看,女人腾出一只手从桌上拿过了放大镜。她看得很仔细,起码看了两分钟。女人说,小家伙遭罪了,我看着都心疼呢,上午也是一只比熊,大半截尾巴都烂掉了。李丹阳说,大夫,小九的伤严重吗?马龙说,它到底是什么时候受的伤?女人摘下了眼镜,先回答了马龙的问题,什么时候受的伤不重要,关键是什么时候把伤治好。然后她笑着问李丹阳,姑娘,孩子是你自己的,你说它严重不?马龙说,刚才已经在一家诊所给它涂过药水了。女人板起脸,小诊所你们也敢相信?他们就知道卖假货,坑蒙拐骗,祸害生灵。女人把小九交给李丹阳,李丹阳赶紧说,大夫,我们以后吸取教训,你说小九的伤到底怎么样?女人说,外伤看起来不严重,恐怕已经感染了,尾巴会一截一截烂掉,然后其他部位也会开始烂。李丹阳说,大夫那你赶紧给小九治病呀。女人说,那得先搞清楚感染源,是细菌、真菌还是螨虫,建议你们给孩子做个血常规,再做个刮片化验、过敏测试,这些都是配套的,我们医院的设施和技术绝对一流,德国实验室你们明白吗?李丹阳说,德国实验室?马龙问,那得多少钱?女人垂下头,在一台计算机上摁了起来,一百三十二、六百四十八……整个治疗下来大概两千多吧。马龙说,我的天,你有没有搞错？

当天晚上并没有给小九治疗。马龙把衣服上所有的口袋翻出来让李丹阳看，他带的钱还有二百六十元。从宠物医院出来，马龙骂骂咧咧的。黑店，他说，纯粹他娘的是骗子。来的时候李丹阳和马龙挤在驾驶座上，现在她坐到了车厢里。马龙还在骂，李丹阳说，你还有完没完，我都快烦死了。马龙说，两千六呢，一条死狗哪值这么多钱？李丹阳说，你不是买彩票刚中了三千元吗，钱去哪儿了？马龙猛地刹住了车，扭头问，李丹阳，你难道真要给这条狗治病吗，看来你不可救药了！

第二天一早，李丹阳果然要带着小九去治疗。李丹阳不理马龙，马龙还是陪着她去了。路上，李丹阳的手机响了起来。李丹阳抱着小九，掏出手机一看，是她姐打来了。尽管在马路上，手机铃声还是格外刺耳，她终究是接了。姐，她说。丹阳，我现在在德国呢，她姐说，声音听起来果然很遥远。姐，小九挺好的，小九没事，李丹阳说。我晚上睡不着，我想吃你的烤红薯，她姐说。小九真的挺好的，李丹阳说。李丹阳挂断电话，小九正抬着头望着她。小九的眼睛又黑又亮，突然把嘴巴张开，舌头吐了出来。李丹阳的脸烫起来，她在说谎，小九在嘲笑她是不是？马龙扭头问，李丹阳，是你那个姐来电话了？李丹阳说，你给我好好开车，开快点。

李丹阳和马龙没有去昨天晚上那家宠物医院，又跑了两家，医生的说法大同小异。治疗之前还是应该做个全面检查，对症下药嘛！有一家医院还推销他们的狗粮，李丹阳看出来了。李丹阳最后选择了没有推销狗粮的那家医院。她问医生，你们的实验室是德国的吗？医生是个瘦高个男人，也戴着眼镜，笑着说，当然，小妹妹太专业了，孩子有你这样的母亲太幸运了。

还好，化验结果比较乐观。四天过来，一千五百多块钱已经花出去了。医生给小九又涂了些碘酊，并且进行了药物和注射治疗，第二次检查后认为小九只要再打一次针就不会有问题了。李丹阳松了一口气，想给她姐发条短信。从医院回家的路上她问马龙，她姐在德国，可以收到她发的短信吗？马龙黑着脸不吭声，钱是他出的。你哑巴了吗？心疼钱的话我还你。李丹阳叫嚷，马龙只顾开车，还是不吭声。给老娘停车，李丹阳厉声喊，马龙果然把车停下了。李丹阳抱着小九从三轮车上跳下来，大步向前走。马龙说，你干什么去？李丹阳不理他，他也从车上跳了下来。你干什么去？马龙又问，妄图拉住李丹阳，被她甩开了。马龙跑到了前面，张开了双臂，李丹阳说，我去取钱，还你钱后你赶紧给我滚！马龙说，我用得着你还钱吗？狗尾巴上明明是旧伤，凭什么吃这种哑巴亏！李丹阳说，你才哑巴呢，你给我滚，你的良心坏了。马龙说，良心坏了我还出一千五？李丹阳我实话告诉你，我买彩票压根就没有中奖，我是怕那个风骚女人把你带坏了，我是在挽救你你明白不？去挽救你娘吧！李丹阳又扇了马龙一个响亮的耳光。马龙捂着脸说，李丹阳，打人不打脸，都第二次了，有胆量你再来一次！李丹阳又把巴掌挥出去，马龙闪开了。马龙说，有本事你再来一次！李丹阳将小九放到地上，扑上去扇马龙的耳光，两个人揪扯在一起。看热闹的人眼瞅着就多了。李丹阳又扇了马龙一个耳光，马龙抱住李丹阳，将她抵在一根路灯杆子上。马龙气喘吁吁地说，李丹阳，你觉得这样有意思吗？李丹阳说，算我瞎了眼了。马龙说，一码归一码，现在是狗尾巴的问题，和眼睛有什么关系？李丹阳说，我希望从今以后你在地球上消失。马龙说，你还是放我一马吧，你累不累？你不管你的小九了？李丹阳胳膊一颤，扭头看了看，丢开马龙叫喊起来，小九，小九！

七

小九找不到了。你看到小九了吗？一只比熊狗，白的，这么大……李丹阳比画着，问那些围观者。她转着圈子问，所有的人都在摇头。你看到小九了吗，比熊……李丹阳从围观者的包围圈中出来，问更多的人。问着问着圈子就散了，但好些人还都在看着她，不情愿离去。李丹阳边走边问，她问对面来的行人，问路边修自行车的、钉鞋的，问卖报纸的，问蹲在报亭旁下象棋的。什么比熊，将——下象棋的老头子不搭理她，她赌气般扭身往回返。马龙还待在那根路灯杆子下，一动不动地望着她，她冲上去又扇了马龙一个耳光。你死人呀，她叫喊，还不快去把小九找回来！

　　李丹阳和马龙分头找，一个向东，一个向西。午饭他们没有吃，通了两次电话，碰了一次头，天色已晚，还是没有找到。李丹阳，回家吧，马龙说，李丹阳双手捂着嘴，呜呜地哭了起来。李丹阳，别哭了，大不了咱们赔它，一只狗咱们也不是赔不起，马龙安慰李丹阳，李丹阳的哭声越来越高，干脆放下两只手号啕大哭。马龙搂住了李丹阳的肩，这些天她确实瘦了。这是赔起赔不起的问题吗？李丹阳抽泣着说，我姐要是知道小九丢了会多么伤心，我姐会怎么看我，小九小九，你到底跑到哪儿去了？李丹阳哭得上气不接下气，马龙叹口气说，哭有什么用，哭坏了身体还得花钱，咱们明天接着找！

　　第二天一早他们扩大了寻找的范围。找着找着，李丹阳的手机响了，她姐又打来了电话。手机一直响，李丹阳颤着手不肯去接。马龙说，要不我来接吧，纸里包不住火，我把事情给她讲清楚。李丹阳却摁下了接听键。李丹阳捂着嘴不让自己哭出来。姐，她不知喊出来了没有，电话里传来她姐气急败坏的叫嚷声。丹阳，你给我抽黄胜利二十五个嘴巴，你饿它三天三夜！李丹阳没有反应过来，她姐又说，丹阳你一定要听我的，你要替姐出出气！说完，她姐把电话挂断了。马龙问，你姐说什么了？她好像在叫喊。李丹阳说，她说什么了？她说让我抽黄胜利二十五个嘴巴，饿它三天三夜。马龙又问，黄胜利是谁？李丹阳说，黄胜利就是小九。李丹阳哇一声又哭了，姐我对不住你，姐你已经知道小九丢了是不是，姐你这是故意和我这么说呢，姐我一定要把小九找回来。

　　临近中午，他们还是没有找到。他们决定到派出所报案。这个主意是马龙出的。马龙担心找不到小九李丹阳会出大问题，关键时刻他不能掉链子。派出所会帮咱们找到小九吗？李丹阳将信将疑地问马龙，马龙笑了笑。马龙说，咱去试试吧，就当锻炼锻炼嘴皮子。来到派出所，马龙和民警是这样说的,那只叫小九的比熊是他爷爷养的,他爷爷七十五岁,小九丢了以后伤心过度不省人事,马龙说,只有把小九找回来,在他爷爷病床前不停地叫,他爷爷才有可能苏醒过来。马龙说着说着就哭了,他可演得真像,李丹阳也哭,接待他们的女警官被感动得热泪盈眶。女警官说,按理说我们是没有时间和精力帮人找宠物的,但我会通知大家关注一下这只狗,以前狗叫的时候你们没有录音吗?马龙说,没有,我倒是趴在爷爷病床前学过二百多次狗叫,可我学得不像,爷爷没有把我当成狗。女警官当下就给派出所所有的民警群发了短信,有人很快回过来,说如果有一张狗的照片就好了。女警官哎呀一声,说我怎么糊涂了,你们快把狗的照片发到我手机上。马龙问李丹阳,你的手机上有小九的照片吗?李丹阳摇头,其实她的手机可以拍照,她怎么就没有给小九拍几张照片呢?女警官叹了口气,连照片都没有,寻找起来恐怕难度就大了。但她还是仔细询问和记录了小九的信息,并且用派出所的打印机打印了八十份寻狗启事,落款留下马龙的电话号码。对了,女警官说,应该发挥媒体的作用,让记者采访一下你们,再把你爷爷躺在病床上的照片登上报纸,肯定会有好心人帮你们找狗的!女警官给新闻热线打电话,马龙抓起那些寻狗启事,扯着李丹阳溜出了派出所。

　　来到马路上后马龙说,李丹阳,警察也许可以帮你把小九找回来,咱们先去吃点东西好不好?李丹阳说,你怎么能在派出所编瞎话,不怕警察把你抓起来吗?马龙说,不怕,为了帮你找到狗我豁出去了。李丹阳说,那你也不应该瞎说。话音未落,马龙的手机响起来,报社的记者给他打来了电话。马先生吗,报社记者说,我们想采访一下你们,帮你们找到那条狗。马龙说,我现在没时间也没心情接受采访,以后再说吧。隔了一会儿,又一个电话打过来,是电视台的记者。电视台记者说,马先生吗,你爷爷住在哪家医院,你带我们过去做个现场报道好不好……马龙把手机关掉了。李丹阳急得跺起了脚,让你编瞎话,让你编,你这不是添乱吗?李丹阳右臂不停地晃,马龙赶紧躲开了,担心被她再抽一个耳光。

他们把八十份寻狗启事贴了出去。他们把启事贴到路边的树干上、饭店门前的垃圾筒上、公交站牌上、银行门口、公园的停车处,最后一张贴到了电动三轮车的后马槽上。李丹阳提醒马龙,快把手机打开呀,要是有人看到狗联系你怎么办?马龙犹豫着开了手机,他担心记者又找他采访。手机果然响起来,一个男人问,是你贴的寻狗启事吗?马龙说,对。男人说,我们是城管,你赶紧给我一张一张撕下来,否则我们到派出所报警,举报你破坏环境的不道德行为。马龙说,是派出所让我贴的,你去报警呀。马龙挂断电话,李丹阳警惕地问,谁?马龙说,城管让咱们把寻狗启事一张一张撕掉。李丹阳说,那咱们撕不撕?马龙说,世界上我最不怕的人就是城管。手机再次响起,这一次是个女人,一接通电话女人就哭。女人说,马先生,你的狗狗也丢了是不是?请你不要伤心,只要大家团结一致,同心同德,一定能把孩子们找回来。马龙说,大姐你看到我们的狗了吗?女人说,你还是加入我们的组织吧,人多力量大,肯定能把孩子们找到。马龙哭笑不得,李丹阳又问,是有人看到小九了吗?马龙说,八成是骗子。

过了几天,他们还是没有找到小九。他们决定到宠物市场,如果小九落在不法之徒手里,说不准会被送到宠物市场交易的。宠物市场在城南,马龙和李丹阳找到狗市,果然看到了数不清的狗,听到了不绝于耳的狗叫声。李丹阳头有点晕,感觉自己在乱哄哄的狗叫声中似要冰棍一样融化了。四面八方都是狗,她不知道往哪里去。马龙牵着她的手,一个摊位一个摊位地寻找。有一只大铁笼里关着七八条比熊,李丹阳皱着眉头看,哪一只都像是小九。小九小九,她忍不住喊出来,七八只狗都冲她叫喊。小九小九,她把脑袋凑过去,额头都碰到狗笼子了,卖狗的胖男人瞪起了眼睛。胖男人说,你喊什么?李丹阳说,你的笼子里有没有小九?胖男人说,什么小九,你到底什么意思?马龙赶紧把李丹阳扯到了一边说,李丹阳,你这不是找事吗?就算小九关在笼子里,他怎么可能承认,又怎么能证明小九属于我们?李丹阳说,按你说找到也是白搭,那我们来宠物市场干什么？马龙一时无语，来宠物市场寻找小九也是他的主意。我看到每一条比熊都和小九差不多，马龙这么说显然是文不对题，偷换概念。要不我们买一只比熊吧，李丹阳说，就把它当成小九。马龙吓了一跳，赶紧摇头，李丹阳你真是糊涂了，你以为你姐出一趟国会变成傻子，连小九也认不出来了？李丹阳的眼窝一下子又湿了，我真是糊涂了，我还以为小九本来就是咱们的呢。

从宠物市场出来，李丹阳还在哭。怎么办？李丹阳说，我们该怎么办？马龙说，小九恐怕是找不到了。李丹阳吼叫起来，我问你怎么办？马龙耷拉下脑袋想了想说，李丹阳，要不我们搬家吧，你别在"德国小镇"卖红薯了。李丹阳吃惊地望着马龙，你什么意思？马龙说，我的意思是我们找不到狗，你姐也找不到我们。你的良心真是让狗吃了！李丹阳又吼了一声，扇了马龙一个响亮的耳光。一条白色的小狗突然向他们跑过来。李丹阳眼里还挂着泪，小九小九，她一边喊一边蹲下去，将小狗紧紧地抱在怀里。小狗果然是一只比熊。小九小九，李丹阳又喊，把脸贴上去。小狗汪汪地叫，一男一女两个年轻人奔跑过来。放下，把狗给我，女孩喊，李丹阳下意识地侧转身体。把狗给我呀，女孩又喊，李丹阳叫喊起来，它不是你的，它是我的小九。女孩说，你疯了吗，狗是我们刚刚买来的。男青年也是牛高马大，冲上去想从李丹阳怀里把狗夺回来。马龙赶紧说，兄弟别动手，你这条狗我们不稀罕。男青年说，你怎么说话呢？男青年揪住了马龙的衣领，巴掌眼瞅着举起来。马龙指着自己的脸说，兄弟，要打你打我这边的脸，这边我刚刚挨了一个耳光，你能告诉我为什么挨耳光的总是我吗？小伙子扑哧一声笑了。

回家的路上，李丹阳还在哭，马龙都不知道如何安慰她了。三轮车路过"德国小镇"，李丹阳让马龙停下车，她要到小区里一趟。你去"德国小镇"干什么？马龙问李丹阳，李丹阳没有回答。你先回家吧，走出一截后李丹阳说，过一会儿我就回去了。

李丹阳要到"德国小镇"干什么呢？流了那么多泪，她已经清醒了。

她姐说好今天回来,她要去负荆请罪,这一刻她迟早要面对的。她不想哭了,但眼泪还是流了出来,她的眼窝里究竟储备着多少眼泪呢?她往她姐的别墅走,玉兰花在路灯的光晕里闪烁着阴郁的白。姐,姐,我把小九弄丢了,她默念着,她姐也许马上会给她打来电话。姐,姐,都是我的错,她想象她姐泪眼婆娑的样子。她姐出国刚回来,她把这个万分悲痛的消息带给她。她走着走着就犹豫了,步子慢下来,她看到她姐的别墅了,窗口一片灰暗。她又哭出来,她姐看来还没有回家。来到那个熟悉的栅栏门前,她望着灰暗的窗口。姐,我对不住你,她说。姐,我明天还会去找小九,我决不会放弃,小九小九,你到底跑哪儿去了……她突然听到了小九的叫声,以为是幻觉。但她又感觉到脚腕被什么东西扒拉了一下。小九!她喊了一声,蹲下去,把小九从栅栏门里抱了出来。她浑身都在抖,眼泪流疯了。

八

李丹阳带小九到宠物医院做了一次检查。洗过了澡,小九明显瘦了,好在没有什么外伤,连尾巴上的结痂都摸不到了。小九小九,这几天你是怎么过来的?小九小九,我怎么就没有想到你会跑回家呢?李丹阳想给她姐打个电话,又过了两天了,她姐怎么还没有回来呢?又想,晚回来几天也好,小九到时候就吃胖了。又想,就算小九瘦一些她姐恐怕也不会在意,她真是有点对不住小九了。

马龙问李丹阳,你那个姐怎么还没有回来,这条狗你难道要养一辈子吗?李丹阳说,养一辈子又怎么样,你瞧瞧小九多可爱?马龙说,你姐让你照管这条狗八成是别有用心。李丹阳说,你的良心让狗吃了,你不是要去跑保险吗,还待在家里干什么?马龙说,跑保险要押金,我担心赔进去。李丹阳说,那你去开三轮送家具呀,当初我就不同意你跑保险。马龙说,几天没有去,我的位置让人顶替了。叹了口气又说,李丹阳,蹭了一次车我们两个都失业了，这条狗花了我们多少钱，让我们两个喝西北风呀？李丹阳又想骂马龙，但她忍住了，马龙在寻找小九的过程中毕竟是尽心尽力的。

　　李丹阳又去"德国小镇"遛狗，一边遛狗一边等着她姐回来。她还是从她姐别墅前出发，走原来的路线，但当初的感觉一点儿都没有了。当初的感觉回想起来似一场梦。玉兰花的叶子不停地往下落，走着走着她会停下来，连她自己都不清楚在想什么，为什么会停下来。小九倒是和她亲切了，或者已经把她当成了主人。她站在玉兰树下发呆，小九返身跑回来扯她的裤脚，蹦蹦跳跳想让她抱，她回过神来把小九抱起来。小九小九，我姐怎么还没有回来，你想我姐了是不是？她抚摸着小九，小九咿咿呀呀往她怀里钻。小九小九，如果我离开你，你也会想我吗？她和小九来到那片草坪上。她背靠着那块个头较小的石头。她搂着小九闭上眼睛，傍晚的阳光映红了她的脸。她的泪又开始流了。那个胖保安不知什么时候又来到她身边。胖保安望着她，小九叫了两声，她把眼睛睁开了。妹子你怎么哭了？胖保安问她，她赶紧抹去眼泪。妹子你怎么瘦了？胖保安又问，她站了起来。妹子，我想你的烤红薯了。她顺着来路往回返，胖保安跟着她。她突然很愤怒。你跟着我干什么，你给我滚！她吼叫起来，吓得胖保安后退了两步。胖保安说，我是在执行公务，你凭什么骂我呢？然后他又笑，你那个姐不是回来了吗，你还抱着一条狗溜达什么？

　　李丹阳不相信她姐已经回来。带着小九来到别墅前，里边很安静，但她吃惊地发现窗帘拉开了。姐，她轻声喊。姐，她又喊，里边还是没有回应。小九小九，你去看看我姐回来没有？她让小九从栅栏门的下边钻进去，小九扭头望着她，似有些不情愿，或者胆怯。小九小九，你去敲门呀！她又喊，小九爬上台阶来到门前，立起身子，用一只爪子抓门。小九小九，你叫两声呀，叫两声我姐就听到了。小九便汪汪地叫。门突然开了，小九被弹射出去，李丹阳发出一声惊叫，她姐头发蓬乱，穿着粉色的睡衣高高在上地出现在门口。小九爬起来，跌跌撞撞跑回来，钻出栅栏门往李丹阳身上爬。李丹阳把小九抱了起来。李丹阳说，姐！她姐皱着眉头说，烦死了，烦死了，丹阳，你给我抽黄胜利两个嘴巴！李丹阳说，姐！她姐说，算了，你和这个狗东西处出感情了是不是，舍不得抽它是不是，那你把它带走吧，我再不想看到它，我要开始新的生活！李丹阳说，姐！她姐返身回去，重重地把门关上了。李丹阳发起了呆，眼泪又开始流，时隔多日，她没有想到她姐会这样面对她和小九。她站了有五分钟，抱着小九离开了她姐的别墅。她走得很慢，小九在她怀里咿咿呀呀。她走着走着，听到有人在身后喊她，她姐追出来了。丹阳，她姐说，刚才我生气是因为黄胜利把我吵醒了，我好不容易才睡着。李丹阳望着她姐，点了点头，又摇了摇头。她姐又说，丹阳，这条狗我不想养了，送给你吧，我希望忘记过去。她姐手里抓着两包东西，向她递过来，那样子就像她当初递给她姐烤红薯。德国的巧克力，她姐说，你尝尝。李丹阳并没有接，她还在流泪。姐！她喊了一声，抱着小九大步离去。

　　第二天，李丹阳又带着小九来了两次"德国小镇"。睡了一夜，她还是觉得应该把小九还给她姐。她站在她姐的栅栏门前，屋里还是很安静。她想喊一声姐，却无论如何喊不出来了。小九也没有叫，背着身子不情愿朝她姐的门前看。她终究带着小九回家了。

　　马龙问李丹阳，你姐怎么还没有回来，这条死狗难道我们要养一辈子吗？马龙在外边喝了点酒，牙上挂着绿菜叶，胡子拉碴难看死了。李丹阳不理马龙，马龙又问，李丹阳，这条死狗难道我们要养一辈子吗？小九蹲在垫子上，马龙突然冲上去单手把它拎了起来，像厨师拎起一只烤鸭。小九发出惨烈的叫声，李丹阳从床上爬起来扑向马龙，夺下小九搂在了怀里。你给我滚！李丹阳吼叫着，眼泪同时蹦出来。马龙说，我可以滚，我已经受够了，但我想搞清楚，是我重要还是这条狗重要？李丹阳不吭声，马龙又说，李丹阳你知道吗，宝马他娘的有什么了不起，我到修理厂问过了，处理那道划痕撑死也就一千多块，可我们花了多少钱，我们的生活让这条死狗毁掉了！马龙说着哭了起来。李丹阳还没有见马龙哭过，她也哭,丢下小九把马龙搂住了。

他们决定把小九卖掉,然后搬家,李丹阳不准备在"德国小镇"大门前卖烤红薯了。李丹阳最后一次来到"德国小镇",她没有看到她姐。她来到那片草坪前,望着草坪间夹杂的那些树和花,望着那两块奇形怪状的石头。她在消耗时间。马龙已经带着小九去往狗市。她走的时候小九想跟着她,马龙一把将它扯住了。小九一直在叫,她的耳边一直回响着小九的叫声。小九小九,我对不住你,她默念着。小九小九,我们没办法也没资格养你。小九小九,我和马龙说过了,不让他多要钱,只求能给你找到一个善良的主人。她闭上眼睛,双手合十放到了胸前,这个动作是从电视上学来的。她的耳边突然响起来一声惊天动地的惨叫,睁开眼睛愣怔一瞬,撒腿跑出了"德国小镇"。

李丹阳改变了主意,不想卖小九了。马龙二十分钟前已经驾着三轮车出发,她知道追不上马龙,但她还在追。她拼命地奔跑,其实她可以拦一辆出租车的。她跑呀跑,路边的人都惊奇地望着她。她跑呀跑,面前突然拥堵起来,不光是机动车道拥堵,连自行车道和人行道都堵上了。她听到有人在议论狗,看到了路边停放的一辆电动三轮车,顿时有一种不祥的预感。她不管不顾地闯进人群,果然看到了马龙。马龙怒发冲冠,双手揪扯着一个牛高马大的男人的衣领。男人被动地弯着腰,像是在给马龙低头谢罪。赔两万还多吗?马龙咬牙切齿地叫喊,我还要四千块钱精神损失费,你压死的是一条纯种的波隆那比熊,老子专门去意大利买回来的波隆那比熊!李丹阳被人挤了一下,目光跌落下来,看到了宝马车下的一摊乌黑的血迹。